QUATRO PARA
MARCAR

JANET EVANOVICH

QUATRO PARA MARCAR

Tradução de Alice Klesck

Título original
FOUR TO SCORE

Copyright © 1998 *by* Evanovich, Inc.
Excerto de *High Five* © 1999 *by* Evanovich, Inc.

Todos os direitos reservados, incluindo o de reprodução
no todo ou parte sob qualquer forma.

Direitos para a língua portuguesa reservados
com exclusividade para o Brasil à
EDITORA ROCCO LTDA.
Av. Presidente Wilson, 231 – 8º andar
20030-021 – Rio de Janeiro – RJ
Tel.: (21) 3525-2000 – Fax: (21) 3525-2001
rocco@rocco.com.br
www.rocco.com.br

Printed in Brazil/Impresso no Brasil

CIP-Brasil. Catalogação na fonte.
Sindicato Nacional dos Editores de Livros, RJ.

E92q	Evanovich, Janet
	Quatro para marcar / Janet Evanovich; tradução de Alice Klesck. Rio de Janeiro: Rocco, 2012.
	Tradução de: Four to score
	ISBN 978-85-325-2722-6
	1. Romance norte-americano. I. Klesck, Alice. II. Título.
11-8130	CDD-813
	CDU-821.111(73)-3

Obrigada a Shannon Hendrix,
por sugerir esse título para esse livro

Capítulo 1

Morar em Trenton em julho é como viver dentro de um imenso forno de pizza. Quente, sem ar, aromático.

Por não querer perder nada da experiência de verão, eu estava com o teto solar aberto, em meu Honda CRX. Meus cabelos castanhos estavam puxados num rabo de cavalo encaracolado pelo vento. O sol assava o topo de minha cabeça e o suor escorria por baixo do meu top preto de lycra. Eu usava um short de lycra combinando e uma enorme camisa de beisebol do Trenton Thunders. Era um traje excelente, exceto por não sobrar lugar pra guardar meu 38. O que significava que eu teria que pedir uma arma emprestada para matar meu primo Vinnie.

Estacionei o CRX na frente do escritório de contratos de fiança de Vinnie, saí do carro, marchei pela calçada e escancarei a porta do escritório.

– Onde está ele? Onde está esse infeliz disfarçado de ser humano?

– Iii – disse Lula, de trás do armário –, alerta de perigo.

Lula é uma prostituta aposentada que ajuda a limpar os arquivos e às vezes vai de copiloto quando tenho que apreender algum delinquente. Se pessoas fossem carros, Lula seria um imenso Packard preto, 53, com cromados brilhantes, faróis enormes e um ronco de cão de guarda de quintal de ferro velho. Muito músculo. Jamais caberia num espaço compacto.

Connie Rosolli, gerente do escritório, recuou em sua mesa quando entrei. O território de Connie era essa sala da frente, quando amigos e parentes de canalhas vinham implorar dinheiro. E, mais atrás, numa sala interna, meu primo Vinnie dava uns petelecos no sr. Johnson e conversava com seu bookmaker.

– Ei – disse Connie –, eu sei por que você está injuriada, e isso não foi decisão minha. Pessoalmente, se eu fosse você, descia o cacete nesse teu primo pervertido.

Afastei uma mecha solta de cabelos do rosto.

– Descer o cacete não resolve. Acho que vou matá-lo.

– Vai fundo! – disse Lula.

– É – concordou Connie. – Atira nele. – Lula deu uma olhada na minha roupa. – Você precisa de uma arma? Não vejo lugar algum onde você possa guardar uma, nessa lycra. – Ela suspendeu a camiseta e tirou um 'Chief's Special' do short de brim. – Você pode usar a minha, só tome cuidado. Ela mira alto.

– Você não vai querer uma bostinha dessas – disse Connie, abrindo a gaveta da escrivaninha. – Tenho um 45. Dá pra fazer um belo rombo, com um 45.

Lula pegou a bolsa.

– Dá um tempo aí. Se é isso que quer, deixe-me mostrar meu ferro. Tenho um Magnum 44 carregado com hydroshocks. Essa belezinha faz um estrago e tanto, entende o que quero dizer? Dá pra passar de Volkswagen pelo buraco que essa belezura faz.

– Eu estava meio que brincando sobre matá-lo – eu disse a elas.

– Que pena – disse Connie.

Lula enfiou a arma de volta no short.

– É, isso é uma decepção e tanto.

– Então, onde está ele? Está aí?

– Ei, Vinnie! – gritou Connie. – Stephanie está aqui para vê-lo!

A porta do escritório interno se abriu e Vinnie pôs a cabeça para fora.

– O quê?

Vinnie tinha 1,80m, parecia uma doninha, pensava como uma doninha, cheirava como uma piranha francesa e uma vez se apaixonou por um pato.

– Você sabe o quê! – eu disse, de mãos nas cadeiras. – Joyce Barnhardt. Minha avó disse que você contratou Joyce para evitar o rastreamento.

– Então, qual é o problema? Eu contratei Joyce.

– Joyce Barnhardt faz reformas na Macy's.
– E você costumava vender calcinhas.
– Isso é diferente, eu te chantageei para me dar esse emprego.
– Exatamente – disse Vinnie. – Então, o que quer dizer?
– Ótimo! – gritei. – Apenas a mantenha fora do meu caminho! Eu *detesto* a Joyce Barnhardt!
E todo mundo sabia por quê. Com a tenra idade de vinte e quatro anos, depois de menos de um ano de casamento, eu flagrei Joyce com a bunda de fora, na minha mesa de jantar, brincando de esconder o salame com meu marido. Foi a única vez em que ela me fez um favor. Nós tínhamos estudado juntas, quando ela espalhava boatos, contava mentiras, arruinava amizades e ficava espiando por baixo da porta dos cubículos do banheiro das meninas, para ver as calcinhas das outras.

Ela foi uma criança gorda e dentuça. Os dentes melhoraram com aparelhos, e até os quinze anos, Joyce já tinha emagrecido o suficiente para se parecer com uma Barbie tomando esteroides. Ela incrementou os cabelos com uma tinta ruiva e cachos provocantes. Suas unhas eram compridas e pintadas, seus lábios, melados de gloss, os olhos, pintados com delineador azul-marinho, e os cílios, emplastrados de rímel preto. Ela era alguns centímetros mais baixa que eu, três quilos mais pesada e usava um sutiã dois tamanhos maior. Teve três ex-maridos e nenhum filho. Corria um boato de que fazia sexo com cachorros grandes.

Joyce e Vinnie formavam uma dupla feita no céu. Pena que Vinnie já fosse casado com uma mulher perfeitamente legal, cujo pai por acaso era Harry, o Destruidor. A descrição do emprego de Harry dizia "despachante", e ele passava boa parte de seu tempo diante de homens que usavam chapéus fedora e sobretudos pretos.

– Apenas faça seu trabalho – disse Vinnie. – Seja profissional. – Ele acenou para Connie. – Dê algo a ela. Dê aquela ficha nova de "não comparecimento" que acabamos de receber.

Connie pegou uma pasta em sua escrivaninha.

– Maxine Nowicki. Acusada pelo roubo do carro do namorado. Pegou a apólice de fiança conosco, mas não apareceu no tribunal.

Ao pagar a fiança, Nowicki ficou livre para deixar a cadeia e regressar à sociedade, aguardando o julgamento em liberdade. Agora, ela não tinha aparecido. Ou, na linguagem de caçador de recompensas, ela tinha um DDC (Deixou De Comparecer). Esse lapso na etiqueta judicial mudou o status de Nowicki para criminosa e deixou meu primo Vinnie preocupado com que o tribunal pudesse achar conveniente ficar com seu dinheiro da fiança.

Como agente de cumprimento de fiança, esperava-se que eu encontrasse Nowicki e a trouxesse de volta ao sistema judiciário. Para realizar esse serviço dentro do prazo apropriado, eu receberia dez por cento do valor da fiança. Dinheirinho bom, já que isso parecia uma disputa doméstica, e eu não achava que Maxine Nowicki estaria interessada em estourar meus miolos com um 45 de cano curto.

Remexi na papelada que consistia no acordo da fiança, uma foto e uma cópia do boletim de ocorrência.

— Sabe o que eu faria? — disse Lula. — Eu falaria com o namorado. Qualquer um que estiver injuriado o bastante, a ponto de mandar prender a namorada por roubar seu carro, estará injuriado o suficiente para dedurá-la. Ele provavelmente está apenas esperando para dizer a alguém onde encontrá-la.

Essa também era minha ideia. Li, em voz alta, o que estava na ficha de acusação de Nowicki: — Edward Kuntz. Homem branco, solteiro. Idade: vinte e sete. Residente à rua Muffet, 17. Aqui diz que ele é cozinheiro.

Estacionei em frente à casa de Kuntz e fiquei pensando no homem lá dentro. A casa era de madeira branca, com molduras verde-água nas janelas e tinta cor de tangerina na porta. Era metade de um duplex bem cuidado, com um minúsculo quintal na frente. Havia uma estátua de três palmos da Virgem Maria, vestida de azul-claro, colocada num perfeito pedacinho de grama. Um coração esculpido em madeira e um letreiro vermelho com margaridinhas brancas pendiam na porta do vizinho, proclamando que os Glick viviam ali. O lado de Kuntz não tinha ornamentos.

Segui a calçada até a varanda, forrada com tapete verde do tipo externo e interno, e toquei a campainha de Kuntz. A porta se abriu e um homem suarento e musculoso, seminu, me olhou.

– O que é?

– Eddie Kuntz?

– Sim?

Eu entreguei meu cartão de visitas.

– Stephanie Plum. Sou agente de cumprimento de fiança e estou à procura de Maxine Nowicki. Torço para que você possa me ajudar.

– Pode apostar que posso. Ela levou meu carro. Você acredita? – Ele projetou o queixo com barba por fazer na direção do meio-fio.

– Sorte dela, não ter arranhado. A polícia a pegou dirigindo pela cidade, e trouxeram o carro de volta pra mim.

Dei uma olhada para trás, no carro. Um Chevy Blazer branco. Recém-lavado. Quase fiquei tentada a roubá-lo.

– Vocês moravam juntos?

– Bem, é, por um tempo. Uns quatro meses. Depois a gente se desentendeu e, de repente, ela sumiu com meu carro. Não que eu a quisesse presa... eu só queria meu carro de volta. Por isso liguei para a polícia. Eu queria meu carro.

– Tem alguma ideia de onde ela possa estar agora?

– Não. Tentei entrar em contato com ela, para consertar as coisas, mas não a encontrei. Ela saiu do emprego no restaurante e ninguém sabe dela. Fui até seu apartamento, algumas vezes, e não tinha ninguém. Tentei ligar para a mãe dela. Liguei para algumas amigas. Parece que ninguém sabe de nada. Talvez estejam mentindo pra mim, mas acho que não. – Ele piscou pra mim. – As mulheres não mentem pra mim, sabe como é?

– Não. Não sei como é.

– Bem, não gosto de me gabar, mas levo jeito com as mulheres.

– Sei. – Deve ser o aroma pungente que elas acham tão atraente. Ou talvez os músculos bombados a esteroide, que o faziam parecer precisar de um sutiã. Ou talvez a sua incapacidade de conduzir uma conversa sem coçar o saco.

– Então, o que posso fazer por você? – perguntou Kuntz.

Meia hora depois, eu fui embora com uma lista de amigos e parentes de Maxine. Sabia onde Maxine tinha conta bancária, comprava sua birita, ia ao supermercado, tintureiro e cabeleireiro. Kuntz prometeu me ligar, se tivesse notícias de Maxine, e eu prometi o mesmo, se algo interessante surgisse. Claro que eu estava com os dedos cruzados quando fiz a promessa. Eu suspeitava de que o jeito de Kuntz com as mulheres fosse fazê-las correr gritando, na direção oposta.

Ele ficou na varanda me vendo entrar no carro.

– Bonitinho – gritou ele. – Gosto de uma gata dirigindo um carrinho esporte.

Dei um sorriso que pareceu uma careta e saí com o carro. Tinha comprado o CRX em fevereiro, atraída por uma pintura nova e um velocímetro que marcava dezenove mil quilômetros. Impecável, dissera o dono. Quase não foi dirigido. E isso era parcialmente verdade. Quase não foi dirigido com o cabo do velocímetro ligado. Não que isso tivesse importância. O preço estava bom e eu ficava bem no banco do motorista. Recentemente, surgiu um ruído de um buraquinho do tamanho de uma moeda no escapamento, mas, se eu andasse com o Metallica tocando alto o suficiente, mal ouvia o barulho. Talvez tivesse pensado duas vezes antes de comprar o carro, se soubesse que Eddie Kuntz o acharia bonitinho.

Minha primeira parada foi no restaurante Silver Dollar. Maxine tinha trabalhado ali por sete anos e não listara nenhuma outra fonte de renda. O Silver Dollar ficava aberto 24 horas. Servia boa comida e porções generosas e estava sempre apinhado de gente acima do peso e idosos avarentos. As famílias de gordos limpavam seus pratos e os idosos levavam as sobras para casa, em quentinhas... pãezinhos, saquinhos de açúcar, hadoques comidos pela metade, saladas, batatas fritas engorduradas. Dava para um idoso comer uma refeição do Silver Dollar durante três dias.

O Silver Dollar ficava em Hamilton Township, num trecho da estrada entupido de lojas de ponta de estoque e centros comerciais. Era quase meio-dia e os clientes do restaurante estavam comendo hambúrgueres com bacon, alface e tomate. Eu me apresentei à mulher atrás do balcão do caixa e perguntei por Maxine.

— Não posso acreditar que ela esteja tão encrencada — disse a mulher. — Maxine era responsável. De confiança. — Ela arruma uma pilha de cardápios. — E aquela história do carro! — Ela revirou os olhos. — Maxine veio trabalhar com o carro, várias vezes. Ele emprestava a chave. De repente, ela foi presa por roubo. — Ela deu um gemido descontente. — Homens!

Dei um passo atrás para permitir que um casal pagasse a conta. Quando eles embolsaram as balas, fósforos e palitos de cortesia e deixaram o restaurante, eu voltei ao caixa.

— Maxine não apareceu em sua audiência no tribunal. Ela deu alguma indicação de que talvez deixasse a cidade?

— Disse que ia sair de férias, e nós achamos que devia mesmo fazer isso. Trabalhou aqui sete anos e nunca tirou férias.

— Alguém a viu, desde que ela partiu?

— Não, que eu saiba. Talvez, a Margie. Maxine e Margie sempre trabalharam no mesmo turno. De quatro às dez. Se quiser falar com a Margie, volte lá pelas oito. Às quatro, o movimento é grande com os pratos especiais, mas às oito começa a acalmar.

Agradeci à mulher e voltei ao meu CRX. Minha próxima parada seria o apartamento de Nowicki. Segundo Kuntz, Nowicki tinha morado com ele durante quatro meses, mas nunca se mudara de seu apartamento. O local ficava a meio quilômetro do restaurante, e Nowicki afirmou em seu contrato de fiança que residia ali havia seis anos. Todos os endereços anteriores eram locais. Maxine Nowicki era de Trenton, até a raiz de seus cabelos tingidos de louro.

O apartamento ficava num condomínio de dois andares, com prédios de tijolinhos, blocos centrais gramados e estacionamentos arborizados. Nowicki ficava no segundo andar, com uma entrada no primeiro. Escada interna privativa. Não era bom para bisbilhotar pela janela. Todos os apartamentos do segundo piso tinham varandinhas nos fundos, mas eu precisaria de uma escada para chegar lá. Uma mulher escalando uma parede seria algo suspeito. Decidi optar pelo óbvio e bati na porta. Se ninguém atendesse, eu pediria ao síndico que me deixasse entrar. Muitas vezes, os síndicos colaboram nesse sentido, principalmente quando se confundem com a autenticidade do meu distintivo falso.

Havia duas portas da frente, lado a lado. Uma era para o andar de cima e a outra, para o de baixo. O nome sob a campainha da porta de cima era Nowicki. O da porta de baixo era Pease.

Toquei a campainha de cima e a porta de baixo foi aberta por uma idosa que me olhou.

– Ela não está em casa.
– Tem certeza, sra. Pease? – perguntei.
– Sim.
– Tem certeza de que Maxine não está em casa?
– Bem, acho que eu saberia. Dá pra ouvir tudo, nesses apartamentos vagabundos. Se ela estivesse em casa, eu ouviria sua TV. Eu a escutaria andando. Além disso, ela passaria aqui para me dizer que estava em casa e para levar sua correspondência.

Arrá! A mulher estava guardando a correspondência de Maxine. Talvez também tivesse sua chave.

– Sim, mas suponha que ela tenha chegado em casa tarde, uma noite, e não quis acordá-la. Já imaginou que ela pode ter tido um enfarte?
– Nunca pensei nisso.
– Ela poderia estar lá em cima, nesse momento, dando seu último suspiro.

A mulher virou os olhos para cima, como se pudesse enxergar através das paredes.

– Hmmm.
– Tem a chave?
– Bem, sim...
– E quanto às suas plantas? Tem regado as plantas dela?
– Ela não me pediu para regar as plantas.

– Talvez a gente deva dar uma olhada. Ter certeza de que está tudo bem.
– Você é amiga de Maxine?
Eu ergui dois dedos, lado a lado.
– Assim.
– Imagino que não teria problema verificar. Já volto com a chave. Está lá na cozinha.
Certo, então eu menti um pouquinho. Mas não foi uma mentira tão grande, porque foi por uma boa causa. Além disso, ela *poderia* estar morta na cama. E suas plantas *podem* estar morrendo de sede.
– Aqui está – disse a sra. Pease, mostrando a chave.
Ela virou a chave na fechadura e abriu a porta.
– Oláá – gritou, em sua voz de velhinha. – Tem alguém em casa?
Ninguém respondeu, então, nós subimos a escada. Ficamos em pé na pequena área da entrada, olhando as salas de estar e de jantar.
– Ela não é muito boa dona de casa – disse a sra. Pease.
O apartamento fora revirado. Não tinha sido briga, porque não havia nada quebrado. E não era bagunça de último minuto, para partir. As almofadas tinham sido arrancadas do sofá e jogadas no chão. As portas dos armários estavam abertas. As gavetas tinham sido puxadas e estavam viradas ao contrário, com seu conteúdo espalhado. Dei uma andada rápida e vi a mesma coisa no quarto e no banheiro. Alguém esteve procurando alguma coisa. Dinheiro? Drogas? Se foi roubo, foi algo muito específico, pois a TV e o vídeo estavam intocados.
– Alguém revirou o apartamento – eu disse à sra. Pease. – Estou surpresa por a senhora não ter ouvido as gavetas sendo jogadas.
– Se eu estivesse em casa, teria ouvido. Deve ter sido quando eu estava fora, no bingo. Vou ao bingo toda quarta e sexta. Só volto pra casa às onze. Acha que devemos avisar à polícia?
– Agora, não adiantaria muito. – Exceto pelo fato de notificar à polícia de que eu estive no apartamento de Maxine meio que ilegalmente. – Não sabemos se algo foi levado. Provavelmente de-

vemos esperar que Maxine volte para casa e deixar que ela ligue para a polícia.

Não vimos nenhuma planta para regar, portanto, descemos e trancamos a porta.

Entreguei meu cartão à sra. Pease e pedi que me ligasse, se visse ou ouvisse algo suspeito.

Ela estudou o cartão.

– Uma caçadora de recompensas – disse, demonstrando surpresa na voz.

– Uma mulher tem de fazer o que é preciso – eu disse.

Ela ergueu os olhos e concordou.

– Imagino que seja verdade.

Estreitei os olhos na direção do estacionamento.

– Segundo fui informada, Maxine tem um Fairlane 84. Não o estou vendo por aqui.

– Ela saiu com ele – disse a sra. Pease. – O carro não era grande coisa. Sempre tinha algo quebrado, mas ela colocou a mala e foi embora.

– Ela disse para onde estava indo?

– Férias.

– Só isso?

– É – disse a sra. Pease –, só isso. Geralmente, a Maxine não é de falar muito, mas, dessa vez, ela não estava falando nada. Estava com pressa e não disse nada.

A mãe de Nowicki morava na rua Howser. Havia colocado a casa como garantia da fiança. À primeira vista, pareceu um investimento seguro para o meu primo Vinnie. A verdade é que fazer uma pessoa ser despejada é uma tarefa que não afeiçoa o fiador à comunidade.

Peguei meu mapa de ruas e encontrei a Howser. Ficava no norte de Trenton, assim, retracei minha rota e descobri que a sra. Nowicki morava a duas quadras de Eddie Kuntz. Mesma vizinhança de casas bem cuidadas. Exceto pela casa da família Nowicki.

Essa era uma casa térrea e estava em ruínas. Tinta descascando, telhas despencando, varanda da frente cedendo, quintal da frente com mais terra que grama.

Subi os degraus podres da varanda e bati na porta. A mulher que atendeu era o sucesso desbotado de robe. Era quase meio da tarde, mas a sra. Nowicki parecia ter acabado de sair da cama. Ela era uma mulher de sessenta anos, aparentando a devastação da bebida e o desencanto pela vida. Seu rosto flácido mostrava os traços de maquiagem não removida da noite anterior. A voz tinha aquele tom áspero de dois maços de cigarro diários, e seu hálito era de noventa graus.

– sra. Nowicki?
– Sim.
– Estou procurando Maxine.
– Você é amiga de Maxy?

Dei meu cartão.

– Sou da Agência Plum. Maxine faltou à audiência no tribunal. Estou tentando encontrá-la, para ver se podemos remarcar.

A sra. Nowicki ergueu uma sobrancelha pintada a lápis marrom.

– Meu bem, eu não nasci ontem. Você é uma caçadora de recompensas e está atrás da minha garotinha.
– Sabe onde ela está?
– Não lhe diria, se soubesse. Ela será encontrada quando quiser.
– A senhora colocou sua casa como garantia da fiança. Se Maxine não aparecer, pode perder a casa.
– Ah, sim, isso seria uma tragédia – disse ela, revirando o bolso do robe, achando um maço de Kools. – A revista *Arquitectural Digest* vive querendo fazer uma matéria de página dupla, mas eu estou sem tempo. – Ela enfiou um cigarro na boca e acendeu. Tragou com força e estreitou os olhos me olhando através da nuvem de fumaça. – Devo cinco anos de impostos. Se quiser essa casa, terá de pegar uma senha e entrar na fila.

Às vezes, os afiançados sumidos estão simplesmente em casa, tentando fingir que a vida não está descendo pelo ralo, achando que toda a confusão desaparecerá, caso ignorem a ordem judicial.

Eu tinha pensado que Maxine fosse uma dessas pessoas. Ela não era uma criminosa de carreira, e as acusações não eram sérias. Realmente não tinha motivo pra sumir. Agora, eu não tinha tanta certeza. Começava a ter uma sensação desconfortável em relação a Maxine. Seu apartamento fora revirado e sua mãe me fez pensar que Maxine não queria ser achada no momento. Voltei para o meu carro e decidi que meu raciocínio dedutivo progrediria muito se eu comesse um donut. Então, atravessei a cidade até a Hamilton e estacionei em frente à Confeitaria Tasty Pastry.

Eu havia trabalhado na Tasty Patry em meio período quando estava no ensino médio. Não mudou muito desde então. Mesmo piso de linóleo verde e branco. Mesmas vitrines impecavelmente limpas e repletas de biscoitos italianos, cannoli, biscotti, napoleons, pão fresco e tortas de café. Mesmo aroma feliz de massa frita e canela.

Lennie Smulenski e Anthony Zuck fazem os confeitos e guloseimas no salão dos fundos, nos imensos fornos e tinas de óleo quente. Nuvens de farinha e açúcar recaem sobre as superfícies das mesas e escorregam ao chão. E a gordura é transferida, diariamente, dos tonéis industriais para as bundas locais.

Escolhi dois Boston Cremes e embolsei alguns guardanapos. Quando saí, encontrei Joe Morelli encostado ao meu carro. Conheço Morelli a minha vida toda. Primeiro, quando era um garotinho lascivo, depois, um adolescente perigoso. E, finalmente, o cara que, aos dezoito anos, me cantou para tirar minha calcinha, me deitou atrás da vitrine de doces, certo dia após o trabalho, e me livrou de minha virgindade. Agora Morelli era policial, e a única maneira para que voltasse a entrar na minha calcinha seria sob a mira de uma arma. Ele parecia entender muito do assunto. Estava vestindo uma calça Levi's desbotada e uma camiseta azul-marinho. Precisava de um corte de cabelo, mas seu corpo era perfeito. Esguio, com músculos rijos e a melhor bunda de Trenton... talvez do mundo. Nádegas que davam vontade de cravar os dentes.

Não que eu tivesse a intenção de mexer com Morelli. Ele tinha um hábito irritante de periodicamente aparecer em minha vida, me matando de frustração, pra dar as costas e partir. Não havia muito que eu pudesse fazer quanto a ele aparecer e dar as costas. Mas podia fazer algo sobre a frustração. Dali em diante, Morelli seria *persona* erótica *non* grata. Olhe, mas não toque, esse era meu lema. E ele podia guardar a língua para si, muito obrigada.

Morelli sorriu para cumprimentar.

– Você não vai comer esses dois donuts sozinha, vai?

– Esse era o plano. O que está fazendo aqui?

– Estava passando. Vi seu carro. Achei que você precisasse de uma ajuda com esses Boston Cremes.

– Como sabe que são Boston Cremes?

A última vez que vi Morelli foi em fevereiro. Em um minuto, estávamos atracados no meu sofá e ele com a mão na metade da minha coxa. De repente, o bipe tocou e ele partiu. Sumiu cinco meses. Agora, aqui estava ele... cheirando os meus donuts.

– Há quanto tempo – eu disse.

– Tenho estado disfarçado.

Sei.

– Tudo bem – disse ele –, eu poderia ter ligado.

– Achei que você talvez estivesse morto.

O sorriso se contraiu.

– Pensamento desejoso?

– Você não vale nada, Morelli.

Ele soltou um suspiro.

– Você não vai dividir esses donuts, vai?

Entrei no meu carro, bati a porta, saí do estacionamento cantando pneu e fui pra casa. Até chegar ao meu apartamento, eu já tinha comido os dois donuts e me sentia bem melhor. E estava pensando na Nowicki. Ela era cinco anos mais velha que Kuntz. Ensino médio completo. Casada duas vezes. Sem filhos. A foto do arquivo mostrava uma loura desalinhada, com uma cabeleira estilo Jersey, muita maquiagem e uma silhueta esguia. Ela estava olhando para o sol, sorrindo, com salto alto, calça preta de lycra e um suéter solto, com mangas arregaçadas até os cotovelos, com um decote V cavado. Quase esperei encontrar algo escrito atrás da foto... "Se você quer se divertir, ligue para Maxine Nowicki." Talvez ela tivesse feito exatamente o que disse. Provavelmente ficou estressada e saiu de férias. Talvez eu nem deva me empenhar tanto, porque ela pode voltar a qualquer hora.

E quanto ao apartamento? O apartamento foi perturbador. O apartamento me dizia que Maxine tinha problemas maiores do que uma simples acusação de roubo. Melhor não pensar no apartamento. O apartamento só turvava a água e não tinha nada a ver com o meu trabalho. Meu trabalho era simples. Encontrar Maxine. Apresentá-la à Justiça.

Tranquei o CRX e atravessei o estacionamento. O sr. Landowsky saiu do prédio pela porta dos fundos, enquanto eu me aproximava. Ele tinha oitenta e dois anos e, de alguma forma, seu peito encolhera com a idade e agora era forçado a usar as calças embaixo das axilas.

– Oi – disse ele. – Que calor! Não consigo respirar. Alguém tem que fazer alguma coisa.

Imaginei que estivesse falando de Deus.

– O cara do tempo, do noticiário matinal. Deviam matá-lo. Como posso sair num clima desses? E, quando fica quente assim, deixam os mercados frios demais. Quente, frio, quente, frio. Isso me solta o intestino.

Fiquei contente por ter uma arma, porque, quando ficasse velha como o sr. Landowsky, ia comer uma bala. Na primeira vez em que eu ficasse com o intestino solto no mercado, pronto. PUM! Já era.

Peguei o elevador ao segundo andar e entrei no meu apartamento. Um quarto, um banheiro, sala de estar, de jantar, uma cozinha sem inspiração, mas adequada, pequeno hall e uma porção de ganchos para pendurar casacos, chapéus e coldres.

Rex, meu hamster, estava correndo em sua roda quando entrei. Eu lhe contei sobre o meu dia e me desculpei por não ter

guardado um pedaço de donut. Ele pareceu desapontado com a parte do donut, então, dei uma olhada na geladeira e lhe arranjei umas uvas. Rex pegou as uvas e sumiu dentro da sua lata de sopa. A vida é bem simples quando você é um hamster. Fui perambulando de volta à cozinha e cheguei meus recados telefônicos.
– Stephanie, aqui é sua mãe. Não se esqueça do jantar. Tem frango assado.
Sábado à noite e eu ia jantar frango com meus pais. E não era a primeira vez. Isso era uma ocorrência semanal. Eu não tinha vida.

Eu me arrastei até o quarto, despenquei na cama e fiquei olhando o ponteiro dos minutos girar no meu relógio de pulso, até dar a hora de ir para a casa dos meus pais. – Meus pais jantam às dezoito horas. Nem um minuto mais cedo, ou mais tarde. É assim. Jantar às seis, ou sua vida está arruinada.

Meus pais moram num duplex estreito, num loteamento estreito, numa rua estreita, na área residencial de Trenton chamada Burgo. Quando cheguei, minha mãe estava esperando na porta.
– Que roupa é essa? – perguntou ela. – Você está sem roupa. Isso é jeito de se vestir?
– Essa é uma camisa de jérsei de beisebol – eu disse a ela. – Estou apoiando os esportes locais.
Minha avó Mazur espiou por trás de minha mãe. A vovó Mazur foi morar com meus pais logo depois que meu avô foi para o céu jantar com o Elvis. A vovó acha que está numa idade além das convenções. Meu pai acha que ela está numa idade além da vida.
– Preciso de uma dessas camisas de jérsei – disse a vovó. – Aposto que teria um monte de homens correndo atrás de mim, se eu me vestisse assim.
– Stiva, o agente funerário – meu pai murmurou, da sala, com a cabeça mergulhada no jornal. – Com a fita métrica.
A vovó me deu o braço.

— Hoje eu tenho um agrado para você. Espere e verá o que preparei.
Na sala, o jornal foi abaixado e as sobrancelhas do meu pai se ergueram.
Minha mãe fez o sinal da cruz.
— Talvez você deva me contar — eu disse à vovó.
— Eu ia fazer surpresa, mas acho que posso contar. Já que ele estará aqui a qualquer minuto.
Houve um silêncio sepulcral na casa.
— Convidei o seu namorado para o jantar — disse a vovó.
— Eu não tenho namorado!
— Bem, agora tem. Arranjei tudo.
Dei meia-volta e segui rumo à porta.
— Estou indo embora.
— Você não pode fazer isso! — a vovó gritou. — Ele ficará muito desapontado. Nós tivemos uma longa conversa. E ele disse que não se importa que seu meio de vida seja atirar nos outros.
— Eu não atiro nos outros como meio de vida. Quase nunca atiro em ninguém. — Eu bati a cabeça na parede. — Detesto esses arranjos. Arranjos são sempre horríveis.
— Não pode ser mais terrível do que aquele palhaço com quem você se casou — disse a vovó. — Só há um jeito de seguir, depois daquele fiasco.
Ela estava certa. Meu curto casamento tinha sido um fiasco.
Houve uma batida na porta e nós viramos a cabeça para o hall.
— Eddie Kuntz! — resfoleguei.
— Ãrrã — disse a vovó. — Esse é o nome dele. Ele ligou à sua procura e eu o convidei para jantar...
— E aí — disse Eddie, através da porta de tela.
Ele estava com uma camisa cinza, de mangas curtas, aberta até a metade do peito, calça de pregas e mocassins Gucci, sem meias. Tinha uma garrafa de vinho tinto na mão.
— Olá — nós dissemos, simultaneamente.
— Posso entrar?

– Claro, entre – disse a vovó. – Acho que não devemos deixar um belo homem em pé, na porta.
Ele entregou o vinho à vovó e piscou.
– Aqui está, gatinha.
A vovó deu uma risadinha.
– Mas você é demais.
– Eu quase nunca atiro em ninguém – eu disse. – *Quase* nunca.
– Eu também – disse ele. – Detesto violência desnecessária.
Eu dei um passo atrás.
– Com licença. Preciso ajudar na cozinha.
Minha mãe se apressou atrás de mim.
– Nem pense nisso!
– O quê?
– Você sabe o quê. Você ia sair escondida, pela porta dos fundos.
– Ele não faz meu tipo.
Minha mãe começou a servir as travessas com a comida do fogão. Purê de batatas, ervilhas, repolho vermelho.
– O que há de errado com ele?
– Ele tem botões demais desabotoados na camisa.
– Ele pode ser uma boa pessoa – disse minha mãe. – Você deveria lhe dar uma chance. Qual é o sacrifício? E quanto ao jantar? Fiz um belo frango e vai estragar. O que você vai comer no jantar, se não comer aqui?
– Ele chamou a vovó de *gatinha*!
Minha mãe estava fatiando o frango. Ela pegou uma coxa e jogou no chão, chutou um pouco, pegou e colocou na ponta da travessa.
– Pronto – disse ela. – Vamos dar essa coxa pra ele.
– Fechado.
– E eu tenho torta cremosa de banana, de sobremesa – acrescentou, para selar a barganha. – Então, fique até o fim. Aguenta coração.

Capítulo 2

Sentei-me ao meu lugar na mesa, ao lado de Eddie Kuntz.
– Você estava tentando entrar em contato comigo?
– É. Perdi seu cartão. Coloquei em algum lugar e não consigo achar. Então, olhei na lista telefônica... só achei seus pais. Ainda bem. Sua avó me disse que você está com dificuldades com homens e, por acaso, estou entre mulheres agora, e não me importo com gatas mais velhas. Então, acho que é seu dia de sorte.
A gata fez um esforço descomunal para não cravar o garfo no olho de Eddie Kuntz.
– Sobre o que queria falar?
– Recebi uma ligação de Maxine. Ela disse que tinha um recado pra mim, mas que chegaria amanhã, via área. Eu disse que amanhã era domingo, e não havia despacho aéreo no domingo, então, por que ela não dizia logo o que era. Aí, ela me xingou de alguns nomes. – Ele fez uma cara como se Maxine o tivesse magoado, sem um bom motivo. – Foi muito abusivo – disse ele.
– Só isso?
– Só isso. Exceto por dizer que me faria me contorcer. Depois desligou.

Até chegarmos à torta cremosa de banana, eu estava me sentindo inquieta. Nowicki tinha ligado para Kuntz, portanto, estava viva, e isso era bom. Infelizmente, ela estava mandando algo via aérea, o que significava distância. E distância era ruim. Ainda pior era que o guardanapo de Eddie Kuntz estava se mexendo em seu colo, sem que ele usasse as mãos. Minha primeira inclinação foi gritar – Cobra! – e atirar, mas provavelmente não ia colar no tribunal. Além disso, por mais que desgostasse de Eddie Kuntz, eu até que me identificava com um homem que ficasse de pau duro por uma torta cremosa de banana.

Engoli um pedaço de torta e estalei os dedos. Dei uma olhada no relógio.

– Nossa, olha a hora!

Minha mãe lançou um olhar resignado que dizia: "Então vá... pelo menos você ficou até a sobremesa e teve uma boa refeição essa semana. E por que você não pode ser mais parecida com a sua irmã, Valerie, que é casada, tem dois filhos e sabe fazer um frango?"

– Desculpe, preciso correr – eu disse, afastando a cadeira da mesa.

Kuntz parou com o garfo a caminho da boca.

– O quê? Estamos indo embora?

Eu peguei minha bolsa na cozinha.

– *Eu* estou indo embora.

– Ele também está – disse meu pai, inclinando a cabeça sobre sua fatia de torta.

– Bem, isso até que correu bem – disse a vovó. – Não foi tão mau.

Kuntz ficou dançando atrás de mim, enquanto eu abria meu carro. Nas pontas dos pés. Cheio de energia. Tony testosterona.

– Que tal irmos tomar um drinque?

– Não dá. Tenho trabalho. Preciso terminar a checagem de uma pista.

– É sobre Maxine? Eu poderia ir com você.

Sentei-me atrás do volante e liguei o motor.

– Não é uma boa ideia, mas eu te ligo se aparecer alguma coisa. Atenção, mundo. Caçadora de recompensas em ação.

Quando eu cheguei, o restaurante estava com menos da metade da lotação. A maioria das pessoas estava fazendo hora com o café. Em mais uma hora, chegaria a galera mais jovem, para sobremesa e batata frita, depois do cinema.

O turno havia mudado e eu não reconheci a mulher que estava no caixa. Eu me apresentei e perguntei por Margie.

– Lamento – disse a mulher. – Margie não veio hoje. Ligou dizendo que está doente. Disse que talvez também não venha amanhã.

Voltei ao meu carro e remexi em minha bolsa, procurando pela lista de familiares e amigos que eu havia pegado com Kuntz. Olhei a lista sob a luz fraca. Havia uma Margie. Nada de sobrenome, nem telefone, e, quanto ao endereço, Kuntz escreveu "casa amarela na rua Barnet". Ele também acrescentou que Margie dirigia um Isuzu vermelho.

Quando cheguei à rua Barnet, o sol era um borrão fino e vermelho no horizonte, mas consegui avistar o bangalô amarelo e o carro vermelho. Uma mulher com a mão enfaixada saiu da casa amarela para pegar seu gato, enquanto eu encostava ao meio-fio. Ela pegou o gato cinza, quando me viu, e desapareceu atrás da porta. Mesmo da calçada, deu pra ouvi-la passando a corrente.

Ao menos ela estava em casa. Eu secretamente receava que tivesse sumido e agora dividisse o aluguel com Maxine em Cancun.

Pendurei a bolsa no ombro, pus um sorriso amistoso no rosto e marchei pelo caminho de cimento para bater na porta.

A porta se abriu com a corrente.

– Sim?

Passei meu cartão para ela.

– Stephanie Plum. Eu gostaria de lhe falar sobre Maxine Nowicki.

– Desculpe – disse ela. – Não tenho nada a dizer sobre Maxine. E não estou me sentindo bem...

Espiei pela fresta da porta e vi que ela estava mantendo a mão enfaixada junto ao peito.

– O que houve?

Ela me olhou com uma expressão vaga, obviamente medicada.

– Tive um acidente. Um acidente na cozinha.

– Parece ruim.

Ela piscou.

– Perdi um dedo. Bem, na verdade, eu não o perdi. Estava na pia da cozinha. Eu o levei ao hospital e eles o costuraram de volta. Tive uma visão momentânea de seu dedo em cima da pia. Pontinhos pretos começaram a dançar em meus olhos e senti o suor minando sobre meu lábio superior.
– Eu lamento!
– Foi um acidente – disse ela. – Um acidente.
– Foi qual dedo?
– O dedo médio.
– Cara, esse é meu dedo favorito.
– Ouça – disse ela. – Preciso ir.
– Espere! Só mais um minuto. Eu realmente preciso saber sobre Maxine.
– Não há nada a saber. Ela se foi. Não há mais nada que eu possa lhe dizer.

Sentei-me no meu carro e respirei fundo. De agora em diante, eu seria mais cuidadosa na cozinha. Nada de ficar mexendo no triturador de lixo, à procura de tampas de garrafas.

Estava muito tarde para procurar mais gente da lista, então, fui pra casa. A temperatura tinha caído alguns graus e o ar que entrava pelo teto solar era agradável. Fui passeando até o outro lado da cidade, estacionei atrás do meu prédio e entrei pela entrada dos fundos.

Rex parou de correr na roda quando entrei na sala. Ele me olhou, remexendo o bigode.

– Nem me pergunte – eu disse. – Você não vai querer saber. – Rex era melindroso sobre coisas como dedos decepados.

Minha mãe me dera um pouco de frango e torta para levar pra casa. Arranquei um pedaço de torta e o dei ao Rex. Ele o enfiou na bochecha e seus olhos negros brilhantes quase pularam da cabeça.

Eu provavelmente fiz essa cara, mais cedo, quando Morelli pediu um donut.

Sempre sei que é domingo, pois acordo querendo me justificar. Essa é uma das coisas legais quanto a ser católica... é uma experiência multifacetada. Se você perder a fé, há a possibilidade de manter a culpa, então, você não está totalmente ferrado. Virei a cabeça e olhei o visor do radiorrelógio digital. Oito. Ainda dá pra ir à última missa. Eu realmente deveria ir. Meus olhos ficaram pesados diante da ideia.

Quando abri os olhos novamente, eram onze. Nossa. Tarde demais para ir à igreja. Eu me arrastei para fora da cama e caminhei até o banheiro, dizendo a mim mesma que estava tudo bem, pois Deus estava disposto a perdoar coisinhas como a frequência escassa à igreja. Ao longo dos anos, eu evoluí minha religião e construí o Deus Benevolente. O Deus Benevolente também não ligava para bagatelas como maledicência ou mentira. O Deus Benevolente via o coração da pessoa e sabia se ela havia sido travessa ou bacana, no panorama geral. Em meu mundo, Deus e Papai Noel não administravam com minúcias. É claro que isso significava que você também não podia contar com eles para perder peso.

Saí do chuveiro e sacudi cabeça, para arrumar meu penteado. Vesti meu uniforme habitual de short de lycra, sutiã estilo halterofilista, com uma camisa de jérsei dos Rangers por cima. Dei uma olhada nos meus cabelos e concluí que precisava de socorro, então, fiz a sequência do gel, secador e laquê. Quanto terminei, estava alguns centímetros mais alta. Fiquei na frente do espelho, fazendo minha pose de Mulher Maravilha, de pés separados, punhos nos quadris. Você vai se dar mal, canalha. Eu disse ao espelho. Depois fiz minha cena de Scarlet, com a mão no coração, sorriso tímido. Rhett, seu bonitão danado, como consegue seguir em frente.

Nenhuma das duas pareceu certa para o dia, então, fui até a cozinha ver se conseguia encontrar minha identidade na geladeira. Eu estava mexendo num cheesecake congelado, da Sara Lee, quando o telefone tocou.

– E aí – disse Eddie Kuntz.

– E aí – respondi.
– Recebi a carta de Maxine. Achei que você gostaria de dar uma olhada.

Segui de carro até a rua Muffet e encontrei Eddie Kuntz em pé, em seu gramado minúsculo, com as mãos pendendo ao lado do corpo, olhando a janela da frente. O vidro tinha sido arrebentado. Havia um buraco enorme no meio. E muitas rachaduras. Bati a porta ao sair do carro, mas Kuntz não se virou com o som, nem com a minha aproximação. Nós ficamos ali, em pé, por um instante, lado a lado, observando o desastre da janela.
– Belo trabalho – eu disse.
Ele concordou.
– Bem no meio. Maxine foi do time de softball no ensino médio.
– Ela fez isso ontem à noite?
Outra vez ele assentiu.
– Eu ia me deitar. Apaguei a luz e BUM... um tijolo entrou voando pela janela da frente.
– Via aérea – eu disse.
– É. A porra da via aérea. Minha tia está uma fera. Ela é minha senhoria. Ela e o tio Leo moram na outra metade dessa merda. O único motivo por ela não estar aqui retorcendo as mãos é porque está na igreja.
– Eu não imaginava que você alugasse.
– O quê? Achou que eu tinha escolhido essas cores de tinta? Eu pareço um desses *boiolas*?
Nem ferrando. Boiolas não consideram um rasgo na cueca uma tendência da moda.
Ele me entregou um pedaço de papel branco.
– Isso estava amarrado ao tijolo.
A carta foi manuscrita e endereçada a Kuntz. A mensagem era simples. Dizia que ele tinha sido um escroto e, se quisesse sua propriedade de volta, teria que passar por uma caça ao tesouro. Dizia que sua primeira dica estava "no grandão". E havia uma porção de letras misturadas a seguir.

— O que isso quer dizer? — perguntei a ele.
— Se eu soubesse, não estaria te chamando, estaria? Estaria na porra da caça ao tesouro. — Ele jogou as mãos para o alto. — Ela é doida. Eu deveria ter visto que ela era maluca desde o começo. Tinha um negócio com espiões. Estava sempre assistindo àquelas porcarias daqueles filmes do Bond. Eu estava comendo ela por trás e ela assistindo a James Bond na televisão. Você acredita?

Ah, sim.

— Você investiga por aí, certo? Sabe tudo sobre ser espião? Sabe sobre revelação de códigos?

— Não sei nada de espião. E também não sei o que diz aqui. Eu nem sabia muito sobre ser uma caçadora de recompensas. Só empurrava com a barriga, aos trancos e barrancos, tentando pagar meu aluguel, rezando para ganhar na loteria.

— E agora? — perguntou Kuntz.

Eu reli o bilhete.

— O que é essa propriedade da qual ela fala?

Ele lançou um olhar vago, de um minuto.

— Cartas de amor — ele finalmente disse. — Escrevi algumas cartas de amor e as quero de volta. Não quero que fiquem por aí, agora que terminamos. Há coisas constrangedoras nelas.

Eddie Kuntz não parecia o tipo que escreve cartas de amor, mas veja só. Ele parecia o tipo que revira um apartamento.

— Você foi ao apartamento dela procurar as cartas?

— Fui, mas o apartamento estava trancado.

— Você não arrombou? Não tinha a chave?

— Arrombar? Tipo derrubar a porta?

— Andei pelo apartamento de Maxine ontem. Alguém revirou tudo.

Novamente, a cara inexpressiva.

— Não sei nada disso.

— Acho que alguém procurava algo. Será que Maxine tinha drogas?

Ele sacudiu os ombros.

– Com Maxine, quem pode saber? Como eu disse, ela é doida. Era bom saber que Maxine estava na área, porém, fora isso, eu não podia me empolgar muito com o bilhete que não conseguia ler. E decididamente não queria mais ouvir a respeito da vida sexual de Kuntz.

Ele passou o braço ao redor dos meus ombros e chegou pertinho.

– Vou dizer qual é, benzinho. Eu quero aquelas cartas de volta. Talvez até valham alguma coisa pra mim. Entende o que quero dizer? Só porque você está trabalhando pra esse cara da fiança, não significa que não possa trabalhar pra mim também, certo? Eu lhe pagaria um bom dinheiro. Tudo que você tem a fazer é me deixar falar com Maxine, antes de entregá-la à polícia.

– Tem gente que pode achar isso jogo duplo.

– Mil dólares – disse Kuntz. – Essa é minha oferta final. É pegar ou largar.

Eu estendi a mão. – Fechado.

Certo, então, eu posso ser comprada. Pelo menos, não sou barata. Além disso, era por uma boa causa. Eu não gostava de Eddie Kuntz, especificamente, mas podia entender sobre cartas constrangedoras, já que eu mesma já havia escrito algumas. Foram para o meu repugnante ex-marido, e consideraria mil dólares bem gastos, se pudesse tê-las de volta.

– Vou precisar da carta – eu disse a ele.

Ele a entregou e me deu um soquinho no ombro.

– Vai fundo.

O bilhete dizia que a primeira pista era "o grandão". Eu olhei as letras embaralhadas que vinham a seguir e não notei qualquer padrão. Isso não era surpresa, já que me faltava o cromossomo que mata charadas e eu não conseguia decifrar nem aquelas feitas para crianças de nove anos. Felizmente, eu morava num prédio cheio de idosos que ficavam de bobeira o dia todo, fazendo palavras cruzadas. E isso era parecido com palavras cruzadas, certo?

Minha primeira opção foi o sr. Kleinschmidt, do 315.

– Opa – disse o sr. Kleinschmidt, quando abriu a porta. – É a caçadora destemida. Pegou algum criminoso hoje?
– Ainda não, mas estou trabalhando nisso. – Entreguei-lhe a correspondência aérea. – Pode decifrar isso?
O sr. Kleinschmidt pegou a carta na mão.
– Faço palavras cruzadas. Isso é um caça-palavras. Você precisa pedir a Lorraine Kausner, do primeiro andar. Lorraine faz caça-palavras.
– Hoje em dia, todos são especialistas.
– Se Mickey Mouse pudesse voar, ele seria o Pato Donald.

Eu não tinha certeza do que isso queria dizer, mas agradeci ao sr. Kleinschmidt e desci dois lances de escada e estava com o dedo na campainha de Lorraine, quando a porta se abriu.

– Sol Kleinschmidt acabou de me ligar e contar sobre a mensagem de caça-palavras – disse Lorraine. – Entre. Já servi uns biscoitos.

Sentei-me numa cadeira de frente para Lorraine, à sua mesa da cozinha, e a observei matutando no enigma.

– Isso não é exatamente um caça-palavras – disse ela, concentrando-se no bilhete. – Não sei como fazer isso. Só faço caça-palavras. – Ela tamborilava o dedo sobre a mesa. – Sei de alguém que pode lhe ajudar, mas...

– Mas?

– Meu sobrinho, Salvatore, tem uma queda por esse tipo de coisa. Desde que era pequenino, ele sempre conseguiu decifrar todo tipo de quebra-cabeça. É um daqueles dons malucos.

Eu a olhava, na expectativa.

– Mas ele é meio estranho, às vezes. Acho que está passando por uma daquelas fases de maria vai com as outras.

Eu só torcia para que ele não tivesse um piercing na língua. Precisava me esforçar para não fazer sons viscerais animais, quando conversava com gente com piercing na língua.

– Onde ele mora?

Ela escreveu o endereço no verso do bilhete.

– Ele é músico e trabalha a maioria das noites, portanto, deve estar em casa a essa hora, mas talvez seja melhor eu ligar primeiro.

Salvatore Sweet morava num arranha-céu, num condomínio com vista para o rio. O prédio era de concreto jateado e vidro fumê. O jardim era bem resumido, mas bem cuidado. O hall de entrada havia sido recém-pintado e acarpetado, em tons de violeta e cinza. E o aluguel também não era baixo.

Peguei o elevador até o nono andar e toquei a campainha de Sweet. Depois de um instante, eu me vi cara a cara com uma mulher horrenda e um cara totalmente gay.

– Você deve ser a Stephanie.

Eu acenei a cabeça, concordando.

– Sou Sally Sweet. A tia Lorraine ligou e disse que você estava com um problema.

Ele estava com uma calça de couro preta apertada, com cadarços nas laterais, que deixava à mostra um pedaço de pele clara que ia do tornozelo até a cintura, e um colete preto de couro do estilo modelador de seios que faria Madonna se rasgar toda. Tinha mais de dois metros de altura com suas plataformas. Seu narigão era curvo para baixo, e tinha rosas vermelhas tatuadas no bíceps e – obrigada, Senhor – nada de piercing na língua. Estava usando uma peruca loura à la Farrah Fawcett, cílios postiços e batom marrom brilhante. O esmalte das unhas combinava com os lábios.

– Talvez não seja uma boa hora... – eu disse.

– Como qualquer outra.

Eu não tinha ideia do que dizer, ou para onde olhar. A verdade é que ele era fascinante. Era como olhar para uma batida de carro.

Ele se olhou.

– Você provavelmente está se perguntando sobre esse traje.

– É muito legal.

– É. Mandei fazer esse colete sob medida. Sou o guitarrista principal dos Lovelies. E, eu vou te contar, é uma porra impossível manter as unhas feitas durante o fim de semana, quando se é guitarrista. Se eu soubesse como as coisas seriam, teria ficado com a porra da bateria.

— Você parece estar indo bem.

— Sucesso é meu nome do meio. Há dois anos, eu era totalmente hétero e tocava no Howling Dogs. Já ouviu falar?

Eu sacudi a cabeça.

— Não.

— Ninguém nunca ouviu falar nessa porra desse Howling Dogs. Eu morava numa porra de uma gaiola, atrás da Pizzaria Romanos. Já fui punk, funk, grunge e do blues. Fui do Funky Butts, do Pitts, do Beggar Boys e do Howling Dogs. Fiquei mais tempo com o Howling Dogs. Foi uma porra de uma experiência deprimente. Eu não suportava cantar aquelas porras daquelas músicas, sobre aquelas porras daqueles corações partidos, e ainda tinha que parecer uma porra de um cara do oeste. Quero dizer, como é que se pode ter alguma autoestima, quando você tem que entrar no palco com uma porra de um chapéu de caubói?

Eu costumava falar palavrões, mas mas não tanto quanto Sally. Nem no meu melhor dia eu conseguiria falar porra tantas vezes numa frase.

— Nossa, você xinga mesmo – eu disse.

— Você não pode ser uma porra de um músico, se não xingar.

Eu sabia que isso era verdade, porque às vezes assistia a documentários de rock na MTV. Meus olhos desviaram para os cabelos dele. – Mas agora você está usando uma peruca da Farrah Fawcett. Não é mais ou menos como usar um chapéu de caubói?

— É, só que isso é uma porra de uma afirmação. Essa porra é politicamente correta. Esse é o homem mais sensível de todos, entende? Isso está tirando a porra da minha porção mulher do armário. É como se eu estivesse dizendo, aqui está, entende?

— Ãrrã.

— Além disso, eu peguei a onda com essa. Esse é o ano da *drag queen*. Somos que nem uma porra de uma invasão. – Ele pegou o bilhete da minha mão e o estudou. – Não estou apenas totalmente agendado pelo fim de semana inteiro, por dois anos...

Estou com dinheiro saindo pelo ladrão. Tenho tanto dinheiro que nem sei como gastar.

– Então, imagino que você se sinta sortudo por ser gay.

– Bem, aqui entre nós, eu não sou realmente gay.

– Você só se veste com roupa de outro sexo.

– É. Algo assim. Quero dizer, eu não me importaria em dançar com um cara, mas não faço essas coisas de dar a bunda.

Eu concordei. Eu também me sentia assim, em relação aos homens.

– Quase nunca atiro em ninguém – eu disse.

– Se eu fosse um caçador de recompensas, sairia atirando em gente pra cacete. – Ele terminou de rabiscar o papel e me devolveu.

– Talvez você ache difícil de acreditar, mas eu era meio estranho, quando criança.

– Não!

– É. Eu vivia meio... no espaço. Costumava passar um tempão falando com o Spock. E o Spock, comigo, nós mandávamos mensagens um para o outro, em códigos.

– Você quer dizer o Spock, de *Star Trek*?

– É, esse é o cara. Olha, o Spock e eu éramos carne e unha. A gente fez aquele negócio do código todo dia durante anos. Só que nossos códigos eram difíceis. Esse código é fácil demais. Esse só tem uma porção de letras juntas, com outras merdas misturadas. "Vermelho, verde e azul. No Cluck in a Bucket, a pista espera por você."

– Eu conheço o Cluck in a Bucket – eu disse. – Fica perto do escritório de fiança.

Os latões de lixo do estacionamento do Cluck in a Bucket são coloridos de vermelho, verde e azul. O verde e o azul são para papel reciclado e alumínio. O vermelho, grandão, é para lixo. Aposto a minha taxa de apreensão que a próxima pista está na lata de lixo.

Um segundo homem veio até a porta. Estava caprichosamente vestido, usando roupas Dockers, uma camisa de botões perfeitamente passada. Era menor que Sweet, talvez tivesse 1,75m.

Era esguio e totalmente careca, como um chihuahua careca, com olhos castanhos suaves escondidos atrás de óculos grossos. E uma boca que parecia grande demais, sensual demais para seu rosto miúdo e narizinho pequeno.

– O que está havendo? – perguntou ele.
– Essa é a Stephanie Plum – disse Sally. – Sobre quem Lorraine ligou falando.

O homem estendeu a mão.
– Gregory Stern. Todos me chamam de Sugar.
– Sugar e eu dividimos o apartamento – disse Sally. – Tocamos juntos na banda.
– Eu sou o azedo da banda – disse Sugar. – E às vezes eu canto.
– Eu sempre quis tocar com uma banda – eu disse. – Só que não sei cantar.
– Aposto que sabe – disse Sugar. – Aposto que seria maravilhosa.
– É melhor você se vestir – Sally disse a Sugar. – Vai se atrasar novamente.
– Temos um bico essa tarde – explicou Sugar. – Recepção de casamento.

Nooossa.

O Cluck in a Bucket fica na Hamilton. Fica abrigado num cubo de cimento com janelas em três lados. E é mais conhecido não pela incrível comida, mas pela galinha imensa, cravada num mastro rotativo no meio do estacionamento.

Entrei de carro no estacionamento e parei perto do latão vermelho. A temperatura devia estar uns 38°C à sombra, com cem por cento de umidade no ar. Meu teto solar estava aberto e, quando estacionei o carro, senti o peso do calor ao meu redor. Talvez, quando encontrar Nowicki, eu mande consertar o ar-condicionado, ou talvez passe uns dias na praia... ou talvez eu pague o aluguel e evite ser despejada.

Caminhei até a caçamba de lixo, pensando em pedir um almoço. Dois pedaços de frango, um pãozinho e uma salada, com um refrigerante extra grande, parecia bom.

Dei uma espiada por cima da beirada da caçamba, resfoleguei, involuntariamente, e cambaleei alguns palmos para trás. A maior parte do lixo estava ensacada, mas alguns sacos tinham arrebentado e derramado restos que pareciam tripas de um atropelamento. O fedor de comida podre e de frango gangrenado fervilhava acima da caçamba e me fez repensar meus planos para o almoço. Também me fez repensar sobre meu emprego. De jeito algum, eu ia revirar essa nojeira por uma pista imbecil.

Voltei para o meu carro e liguei para Eddie Kuntz do meu celular.

– Decifrei o bilhete – eu disse a ele. – Estou no Cluck in a Bucket, e tem outra pista aqui. Acho melhor você mesmo vir ver.

Meia hora depois, Kuntz entrou no estacionamento. Eu estava sentada em meu carro, tomando minha terceira Coca gigante, suando feito um porco. Kuntz parecia agradável e fresco, em seu novo carro utilitário esportivo, com ar-condicionado de fábrica. Havia trocado de roupa, não estava com a cueca manchada de suor de hoje de manhã e agora vestia uma camiseta preta arrastão, bermuda de lycra que não ajudava muito para esconder o sr. Calombudo, tinha duas correntes de ouro no pescoço e tênis Air Jordan novinhos, que pareciam ser tamanho 42.

– Todo arrumado – eu disse a ele.

– Tenho que manter minha imagem. Não gosto de decepcionar as gatas.

Entreguei-lhe o bilhete decodificado.

– A próxima pista está dentro da caçamba.

Ele caminhou até a caçamba, enfiou a cabeça por cima da beirada e se encolheu.

– Está bem no ponto – eu disse. – Talvez você queira colocar umas roupas velhas, antes de entrar aí.

– Ficou maluca? Eu não vou revirar essa merda.

– O bilhete é seu.

– É, mas eu contratei *você* – disse Eddie.

– Você não me contratou pra ficar nadando no lixo.

— Eu a contratei para encontrá-la. Só isso que quero. Só quero que você a encontre.

Ele estava com dois bipes presos à bermuda de lycra. Um deles bipou e exibiu uma mensagem. Ele leu e suspirou.

— Essa mulherada... Elas nunca param. Certo. Provavelmente era da mãe dele. Ele foi até o carro e fez algumas ligações do telefone do carro. Ao terminar, ele voltou.

— Certo — disse ele. — Está tudo providenciado. Tudo que você tem a fazer é ficar aqui e esperar pelo Carlos. Eu até ficaria, mas tenho outras coisas para fazer.

Fiquei olhando enquanto ele ia embora, depois me virei, estreitei os olhos além do estacionamento.

— Ei, Maxine — gritei. — Você está aí? — Se fosse eu, eu ia querer ver o Kuntz revirando o lixo. — Ouça — eu disse —, foi uma boa ideia, mas não deu certo. Que tal deixar que eu te compre uns pedaços de frango?

Maxine não apareceu, então, eu me sentei no meu carro e fiquei esperando o Carlos. Depois de uns vinte minutos, um caminhão-plataforma entrou no estacionamento e descarregou um guindaste. O motorista acionou o guindaste, levando-o até a caçamba, e o encaixou por baixo. A caçamba virou em câmera lenta, depois bateu no chão e ficou ali, como um imenso dinossauro. Sacos de lixo caíram no chão e arrebentaram, e um pote de vidro tilintou no asfalto, saiu rolando entre os sacos e veio parar onde eu estava em pé. Alguém usou uma caneta piloto para escrever "pista" do lado de fora do vidro.

O motorista do guindaste olhou para mim.

— Você é Stephanie?

Eu estava olhando, transfixada, para a caçamba e a bagunça à minha frente, e meu coração batia aflito. — Ãrrã.

— Quer que eu espalhe esse lixo, um pouco mais?

— Não!

As pessoas estavam em pé junto às portas e olhando pelas janelas do Cluck in a Bucket. Dois garotos do ensino médio, com o uniforme amarelo e vermelho do Cluck, saíram correndo pelo estacionamento até o guindaste.

– O que está fazendo? O que está fazendo? – gritou um deles.

– Ei, não fique estressado – o motorista disse ao garoto. – A vida é muito curta. – Ele recuou o guindaste acima do caminhão-plataforma, se sentou atrás do volante, fez uma saudação militar e saiu dirigindo.

Ficamos todos ali, sem palavras.

O garoto virou-se pra mim.

– Você o conhece?

– Não – eu disse. – Nunca o vi em minha vida.

Eu estava a menos de dois quilômetros de casa, então, peguei o vidro, pulei no meu carro e segui para casa. Ao longo de todo o trajeto, eu ficava olhando por cima do ombro, meio que esperando ser seguida, como um cão, pela polícia.

Destranquei a porta e gritei para o Rex.

– Mais um dia daqueles.

Rex estava dormindo dentro da lata de sopa e não respondeu, então, fui até a cozinha e fiz um sanduíche de manteiga de amendoim e azeitonas. Abri uma cerveja e fiquei estudando a mensagem criptografada enquanto comia. Procurei por letras grudadas, letras extras, mas, para mim, era um monte de nada. Finalmente desisti e liguei para Sally. O telefone tocou três vezes e a secretária eletrônica atendeu.

– Sally e Sugar não estão em casa, mas *adorariiiiiiam* falar com você, então, deixe um recado.

Deixei meu nome e telefone e voltei a encarar o bilhete. Às três horas, meus olhos pareciam fritos e não tinha tido notícia de Sally, então, resolvi bater novamente na casa dos velhinhos, de porta em porta. O sr. Kleinschmidt me disse que não eram palavras cruzadas. Lorraine disse que não era caça-palavras. O sr. Markwitz disse que estava assistindo à TV e não tinha tempo para bobagens.

A luz estava piscando em minha secretária eletrônica quando voltei à cozinha.

O primeiro recado era de Eddie Kuntz.

– Então, onde está ela? – Só isso. Esse era o recado inteiro.

– Mas que bunda mole – eu disse à secretária eletrônica.

O segundo recado era de Ranger.

– Me liga.

Ranger é um homem de poucas palavras. Ele é cubano-americano, ex-pertencente às Forças Especiais, é muito melhor como amigo do que como inimigo e é o caçador de recompensas número um de Vinnie. Liguei para o número de Ranger e fiquei esperando para ouvir a respiração. Às vezes, era só o que se ouvia.

– E aí – disse Ranger.

– E aí você.

– Preciso de ajuda pra pegar um fujão.

Isso queria dizer que Ranger precisava dar umas risadas, ou de uma mulher branca para servir de chamariz. Se Ranger precisasse de ajuda séria, não me ligaria. Ranger conhecia gente que encararia o Exterminador, em troca de um maço de Camel e a promessa de diversão.

– Tem um cara que faltou à audiência. Preciso tirá-lo de um prédio e não tenho os requisitos necessários – disse Ranger.

– O que é, exatamente, que está faltando?

– Pele branca lisinha, uma saia curta e um suéter apertado. Dois dias atrás, Sammy, o Manco bateu as botas. Ele está sendo velado no Leoni e o meu cara, o Kenny Martin, está lá, apresentando suas condolências.

– Então, por que você simplesmente não espera que ele saia?

– Ele está lá dentro com a mãe e a irmã, e seu tio Vito. Meu palpite é que eles vão embora juntos, e eu não quero ter que atacar toda a família Grizolli pra pegar esse cara.

– Na verdade, eu tinha planos para essa noite – eu disse. – Eles incluem viver um pouquinho mais.

– Só quero tirar o cara pela porta dos fundos. A partir daí, eu assumo.

Ouvi a linha sendo desligada, mas gritei no fone, mesmo assim: *Você tá maluco, porra?*

Quinze minutos depois, eu estava vestida de VMC ("vem me comer", porque, quando você se veste assim, fica parecendo a Piranha Maravilha). Joguei um vestidinho preto de tricô que eu tinha comprado na intenção de perder cerca de dois quilos e meio, enchi os cílios de rímel preto e incrementei o decote com umas bolinhas terapêuticas de borracha, dentro do sutiã.

Ranger estava estacionado na Roebling, a meia quadra da funerária. Ele não virou quando eu encostei junto ao meio-fio, mas eu vi seus olhos me olhando pelo retrovisor. Ele estava sorrindo quando me sentei ao seu lado.

– Belo vestido que você está quase usando. Já pensou em mudar de profissão?

– Constantemente. Estou pensando nisso agora.

Ranger me deu uma foto.

– Kenny Martin. Vinte e dois anos. Babaca da Liga Inferior. Acusado de assalto à mão armada. – Ele deu uma olhada na bolsa preta de couro que eu tinha no ombro. – Está armada?

– Sim.

– Está carregado?

Enfiei a mão na bolsa e remexi por dentro.

– Não tenho certeza, mas acho que tenho umas balas por aqui...

– Algemas?

– Certamente tenho algemas.

– Spray de defesa?

– Ãrrã. Tenho spray.

– Vai fundo, gata.

Fui rebolando pela rua e subi os degraus da funerária de Leoni. Um pequeno grupo de homens italianos fumava na varanda. A conversa parou quando eu me aproximei e o grupo se dividiu para me deixar passar. Havia mais gente lá dentro. Nenhum deles era o Kenny Martin. Fui até a sala 1, onde Sammy, o Manco, estava exposto, descansando agradavelmente sobre o caixão de mogno enfeitado. Havia muitas flores e muitas velhas italianas. Ninguém parecia estar tão aborrecido pela partida de Sammy. Nada de viúva excessivamente sedada. Nada de mãe chorando desvairadamente. Nada de Kenny.

Eu dei adeus a Sammy e segui pelo corredor, com meus saltos altos. Havia um pequeno hall no fim do corredor. O hall dava para uma porta dos fundos e Kenny Martin estava em pé, diante da porta, fumando escondido. Depois da porta, havia uma saída de garagem coberta e, além da saída, estava Ranger.

Recostei na parede, de frente para Kenny, e sorri.

– Oi.

Os olhos dele se fixaram nas minhas bolinhas de borracha.

– Você está aqui para ver Sammy?

Eu sacudi a cabeça que não.

– A sra. Kowalski, na sala 2.

– Você não parece muito chateada.

Eu sacudi os ombros.

– Se estivesse muito chateada, eu poderia te dar um consolo. Tenho muitos meios de consolar uma mulher.

Eu ergui uma sobrancelha.

– Hmm?

Ele tinha 1,80m e uns 85 quilos. Estava de terno azul-marinho e camisa branca, com o primeiro botão aberto.

– Do que você gosta, doçura? – perguntou.

Eu o olhei de cima a baixo e sorri, como se gostasse do que via.

– Qual é o seu nome?

– Kenny. Kenny "o cara" Martin.

Kenny, o cara. Nossa senhora. Uma bofetada mental. Estendi a mão.

– Stephanie.

Em lugar de um aperto de mão, enlacei os dedos aos dele e me aproximei.

– Belo nome.

– Eu ia até lá fora pegar um ar fresco. Quer vir comigo?
– Claro. Aqui dentro só tem gente morta. Até quem tá vivo tá morto, sabe o que quero dizer?
Uma menininha veio correndo pelo corredor, até nós.
– Kenny, Mama diz que temos que ir agora.
– Diga a ela que estarei lá num minuto.
– Ela disse que era pra eu te levar *agora*!
Kenny ergueu as palmas das mãos, num gesto indicando a inutilidade de discutir. Todos sabem que ninguém consegue ganhar de uma mãe italiana.
– Será que posso te ligar a qualquer hora? – Kenny me perguntou. – Talvez a gente possa se encontrar mais tarde.
Nunca subestime a força de uma bolinha de borracha.
– Claro. Por que não vamos até lá fora e eu anoto meu número? Eu realmente preciso de um pouco de ar.
– Agora! – a criança berrou.
Kenny deu um salto na direção da garota e ela saiu correndo de volta para Mama, gritando a plenos pulmões.
– Preciso ir – disse Kenny.
– Um segundo. Vou lhe dar meu cartão de visitas. – Eu enfiei a cabeça na bolsa, procurando o spray de defesa. Se não conseguisse fazê-lo sair andando pela porta, eu lhe daria uma borrifada e o arrastaria pra fora.
Escutei mais passos no carpete e olhei acima, para ver uma mulher apressada, vindo em nossa direção. Era bonita e magra, cabelos louros curtos. Usava um terno cinza e salto alto, e sua expressão ficou séria, quando ela me viu com Kenny.
– Agora eu vejo o problema – ela disse a Kenny. – Sua mãe me mandou vir buscá-lo, mas parece que você tem uma complicação aqui.
– Complicação nenhuma – disse Kenny. – Apenas diga-lhe para ficar calminha.
– Ah, sim – disse a mulher. – Eu direi à sua mãe pra ficar calminha. Isso é como um desejo de morte. – Ela olhou para mim, depois para Kenny e sorriu. – Você não sabe, sabe?

Eu ainda estava procurando o spray. Escova de cabelo, lanterna, caixa de tampão. Droga, onde estava o spray?
— Sabe o quê? — disse Kenny. — Do que está falando?
— Você nunca lê o jornal? Essa é Stephanie Plum. Ela explodiu a funerária ano passado. É uma caçadora de recompensas.
— Não sacaneia!
Ai, Deus.

Capítulo 3

Kenny me deu um soco no ombro que me lançou alguns palmos para trás.
– Isso é verdade? O que Terry disse? Que você é caçadora de recompensas?
– Ei! Tire suas mãos de mim.
Ele me deu outra pancada que me jogou contra a parede.
– Talvez você precise aprender uma lição, de não ficar de sacanagem com Kenny.
– Talvez você tenha que aprender uma lição de não furar com a sua fiança. – Eu estava com a mão na bolsa, mas não conseguia encontrar a porcaria do spray de defesa, então tirei a lata de laquê fixação ultra forte e mandei no meio da cara.
– Ai – gritou Kenny, pulando para trás, com as mãos no rosto. – Sua piranha, você vai ver. Eu... – Ele afastou as mãos. – Ei, espere um minuto. Que merda é essa?
O sorriso de Terry aumentou.
– Você acabou de tomar uma borrifada de laquê, Kenny.
A garotinha e uma mulher mais velha vinham apressadas pelo corredor.
– O que está havendo? – a mulher queria saber.
Um velho apareceu. Vito Grizolli, parecendo que tinha acabado de sair do set de filmagens de *O poderoso chefão*.
– Kenny foi borrifado com laquê – Terry disse a todos. – Ele até que brigou bem, mas não teve peito pra encarar a fixação ultraforte.
A mãe virou-se para mim.

– Você fez isso com meu menino?

Eu tentei não suspirar, mas escapou. Tem dia que não vale a pena sair da cama.

– Sou agente de cumprimento de fiança – eu disse a ela. – Trabalho para Vincent Plum. Seu filho faltou à audiência no tribunal e e agora eu preciso levá-lo para remarcar e ter seu caso revisto.

A sra. Martin puxou o ar pela boca e encarou Kenny.

– Você fez isso? Você não foi ao tribunal? Você não sabe nada?

– Tudo isso é um monte de merda – disse Kenny.

A sra. Martin deu um peteleco na lateral da cabeça dele.

– Olha a boca!

– E que tipo de roupa é essa? – ela me disse. – Se você fosse minha filha, não a deixaria sair de casa.

Eu me afastei, antes que ela também me desse um peteleco.

– Crianças – disse Vito Grizolli. – O que está acontecendo com esse mundo?

Isso, vindo de um homem que manda matar gente a toda hora.

Ele sacudiu o dedo para Kenny.

– Você deveria ter mantido seu compromisso no tribunal. Faça isso como homem. Agora, vá com ela e deixe os advogados fazerem seu trabalho.

– Estou com laquê no olho – disse Kenny. – Está lacrimejando. Preciso de um médico.

Eu segurei a porta dos fundos aberta para ele.

– Não seja tão manhoso – eu disse. – Toda hora cai laquê no meu olho.

Ranger estava esperando embaixo da abóboda. Estava vestido com uma camiseta preta e calça preta larga, enfiada para dentro das botas. Ele tem o corpo do Schwarzenegger, cabelos pretos lambidos pra trás e um sorriso de duzentos watts. Ele é sexy de matar, lúcido como o Batman e um caçador de recompensas de primeira.

Ele abriu o sorriso de duzentos watts.

– Belo toque com o laquê.
– Não comece.

Na segunda de manhã, acordei me sentindo inquieta. Queria avançar no caso de Maxine Nowicki, mas estava empacada na pista. Olhei novamente o bilhete e senti a frustração remoendo. Sally Sweet não havia retornado minha ligação. Eu estava me coçando para ligar de novo pra ele, mas eram oito horas e achei que *drag queens* provavelmente não acordam cedo.

Estava bebendo minha segunda xícara de café, quando o telefone tocou.

– Sou eu – disse Sally.

Eu li o bilhete pelo telefone, letra por letra.

Silêncio.

– Sally?

– Estou pensando, estou pensando. Passei a noite inteira acordado, dando pinta de sexy, rebolando a bunda. Não é mole, entende?

Dava pra ouvir alguém berrando ao fundo.

– O que está havendo?

– É o Sugar. Ele está com o café pronto.

– Sugar faz café da manhã pra você?

– Estou ao telefone com a Stephanie – Sally gritou de volta.

– Nossa, eu não tenho ninguém pra me fazer café.

– Você precisa morar com um cara gay – disse Sally. – Eles adoram essa merda de cozinhar.

Algo a se pensar.

– Não quero apressar seu café – eu disse. – Estarei em casa por mais uma hora, depois vou para o escritório. Quando você descobrir, pode ligar para lá ou deixar um recado na minha secretária.

– Copiado, câmbio, desligo.

Tomei um banho e me vesti para outro dia de fornalha. Dei água fresca e comida de hamster para o Rex, mas ele nem se dignou a cheirar.

Pendurei minha bolsa preta de couro no ombro, tranquei a porta e peguei a escada para a recepção. Lá fora, o asfalto estava fumegando e o sol começava a bombar no céu. Coloquei Savage Garden para tocar durante todo o trajeto até o escritório e cheguei no embalo, porque fui abençoada no trânsito, pegando todos os sinais abertos.

Quando entrei, Connie estava debruçada sobre uma pasta. Seus cabelos pretos estavam ouriçados ao redor do rosto, como um set de filmagens feito só de fachada. Tudo na frente e nada atrás. Penteado matador, contanto que não se virasse de costas.

– Se você quer falar com o homem, ele não está – disse ela.

Lula apareceu de trás de uma fileira de arquivos.

– Hoje ele foi dar umazinha matinal com uma cabra. Vi na agenda dele.

– Então, como vai indo? – perguntou Connie. – Alguma ação no negócio da Nowicki?

Passei uma cópia do bilhete para Connie e Lula.

– Tenho um recado dela que está escrito em algum tipo de código.

– Tô fora – disse Lula. – Código não é uma das minhas especialidades.

Connie cravou dois dentes no lábio inferior carregado no batom.

– Talvez, na verdade, os números sejam letras.

– Pensei nisso, mas não consegui fazer dar certo.

Ficamos todas olhando o bilhete por um tempo.

– Talvez não signifique nada – Lula finalmente disse. – Talvez seja uma piada.

Eu concordei. Piada era uma possibilidade.

– Ajudei o Ranger com uma apreensão ontem – eu disse. – Kenny Martin.

Connie riu baixinho.

– Sobrinho de Vito Grizolli? Aposto que foi divertido.

– Tinha uma mulher com ele, que não estou conseguindo lembrar quem é. Sei que já a vi antes, mas não consigo lembrar.

– Como era ela?
– Magra, bonita, cabelos louros curtos. Ele a chamou de Terry.
– Terry Gilman – disse Connie. – Era Terry Grizolli. Foi casada com Billy Gilman por umas seis horas, mas manteve o nome dele.
– Terry Grizolli! Aquela era a Terry Grizolli? – Terry Grizolli era dois anos mais velha que eu e tinha tido um negócio com Joe Morelli durante o período da escola. Ela foi eleita rainha da formatura e criou um escândalo porque escolheu Joe como acompanhante. Depois da formatura, ela se tornou animadora profissional de torcida, do New York Giants. – Fazia anos que eu não a via – eu disse. – O que ela faz agora? Ainda é animadora de torcida?
– O boato é que ela está trabalhando para o Vito. Ela tem muito dinheiro e nenhum emprego definido.
– Você está me dizendo que ela é uma espertinha?
– Afirmativo – disse Connie.
A porta da frente se abriu e todas nós nos viramos para olhar. Lula foi a primeira a encontrar voz.
– Brinco de arrasar.
Era um papagaio balançando numa argola dourada, presa à orelha de Sally.
– Comprei na praia – disse ele. – Você compra um fio dental e eles dão o brinco. – Ele apertou a bunda e levantou. – Cristo, não sei como conseguem usar essas tangas. Estão me dando hemorroida.
Ele estava sem a peruca da Farrah e seu cabelo verdadeiro era um bolo de mechas escuras enroscadas. Meio rastafári, só que sem os rolos rasta. Ele estava com jeans cortados, uma camiseta branca e com as unhas recém-feitas, pintadas de esmalte prateado.
– Essa é Sally Sweet – eu disse a Connie e Lula.
– Aposto que sim – disse Lula.
Sally me entregou a tradução da mensagem codificada e olhou ao redor.
– Achei que houvesse pôsteres de "procurado" nas paredes e prateleiras cheias de armas.

– Isso não é Dodge City – disse Lula. – Temos classe por aqui. Guardamos as armas nos fundos, com o pervertido.

Eu li o bilhete.

– Cento e trinta e dois, da rua Howser. Embaixo do banco. Esse é o endereço da mãe de Maxine.

Sally se esparramou no sofá.

– Quando eu era pequeno, assistia às reprises de Steve McQueen. *Ele*, sim, era um caçador de recompensas.

– Maldito skippy – disse Lula. – Ele era danado.

– E agora? – Sally quis saber. – Nós vamos até a rua Howser?

Um mau presságio apertou minha barriga. Nós?

Lula fechou o arquivo com uma batida.

– Espere aí. Vocês não vão sem mim! Imagine se algo der errado? Imagine se você precisar da figura de uma mulher parruda como eu para ajudar a endireitar as coisas?

Gosto muito de Lula, mas a última vez em que trabalhamos juntas, eu ganhei quatro quilos e quase fui presa por atirar num cara que já estava morto.

– *Eu* vou à rua Howser – eu disse. – Só eu. Uma pessoa. Steve McQueen trabalhava sozinho.

– Não quero ofender – disse Lula –, mas você não é nenhum Steve McQueen. E, se algo te acontecer, você ficará feliz se eu estiver por perto. Além disso, isso será divertido... nós duas trabalhando num caso, novamente.

– Nós três – disse Sally. – Eu também vou.

– Ai, meu Deus – disse Lula. – As três moscateiras.

Lula deu uma olhada na casa de Nowicki.

– Não parece que a mãezinha de Maxine passa muito tempo cuidando do lar.

Estávamos no Firebird de Lula, com Sally no banco traseiro, fingindo tocar guitarra no ar, ao som do rap de Lula. Lula desligou o motor, a música parou e Sally ficou alerta.

– Parece meio assombrado – disse Sally. – Vocês têm armas, certo?

— Errado — eu disse. — Não precisamos de armas para pegar uma pista.

— Porra, mas que decepção. Achei que vocês já iam chegar chutando a porta e entrando com tudo, sabe como? Botando pra quebrar.

— Acho bom você diminuir as drogas matinais — Lula disse a Sally. — Se continuar assim, vai cair todo o pelo do seu nariz.

Eu abri meu cinto de segurança.

— Há um pequeno banco de madeira na varanda da frente. Com alguma sorte, não precisaremos entrar na casa.

Nós atravessamos o gramado esburacado e Lula testou o primeiro degrau da varanda, parando quando rangeu embaixo de seu peso. Ela seguiu ao próximo degrau e foi escolhendo o caminho, por entre tábuas obviamente podres.

Sally seguia, cuidadosamente, atrás dela. Clonk, clonk, clonk, com seus tamancos. Não era exatamente um travesti furtivo.

Cada uma delas pegou uma ponta do banco e o virou de cabeça para baixo.

Nada de bilhete embaixo.

— Talvez tenha voado — disse Lula.

Não havia nem sopro de ar em toda Jersey, mas nós checamos os arredores, mesmo assim, as três se abanando, vasculhando o quintal.

Nada de bilhete.

— É... — disse Lula. — Acho que fomos enroladas.

Havia um espaço que dava para engatinhar, embaixo da varanda, fechado com treliças de madeira. Fiquei de quatro e estreitei os olhos, olhando por entre as treliças.

— O bilhete dizia embaixo do banco. Isso podia significar embaixo da varanda, sob o banco. — Dei uma corrida até o carro e peguei a lanterna no porta-luvas. Voltei à varanda, me abaixei e passei a lanterna pelo chão de terra. Claro, havia um pote de vidro diretamente embaixo da parte da varanda que apoiava o banco.

Dois olhos amarelos foram capturados pela luz, olhando, por um segundo, depois fugindo.

– Está vendo? – Lula queria saber.

– Ãrrã.

– E aí?

– Têm olhos ali embaixo. Olhinhos amarelos. E aranhas. Muitas aranhas.

Lula deu uma estremecida involuntária. Sally arrumou o fio dental novamente.

– Eu até iria buscar, mas uma mulher grande como eu não caberia – disse Lula. – É uma pena que não seja só um pouquinho maior.

– Acho que você caberia.

– Não, não. Acho que eu não caberia, não.

Pensei nas aranhas.

– Talvez eu também não caiba.

– Eu caberia – disse Sally –, mas não vou. Paguei vinte pratas pra fazer a unha e não vou foder tudo rastejando embaixo dessa varanda infestada de ratos.

Eu me abaixei para dar outra olhada.

– Talvez a gente possa enfiar um ancinho e puxar o vidro.

– Não – disse Lula. – Um ancinho não será grande o suficiente. Você tem que partir dessa ponta aqui, e é muito longe. De qualquer jeito, onde vai arranjar um ancinho?

– Podemos pedir à sra. Nowicki.

– Ah, sim – disse Lula. – Pela pinta da grama, ela faz muita jardinagem. – Lula ficou nas pontas dos pés e olhou por uma janela, na lateral da casa. – Provavelmente nem está em casa. A essa altura, ela já teria saído, com a gente aqui na varanda e tudo. – Lula foi até outra janela e pressionou o nariz no vidro. – Iiih!

– O que é iiih? – Detesto iiih.

– É melhor que você veja isso.

Sally e eu corremos até ela e pressionamos o nariz no vidro.

A sra. Nowicki estava estirada no chão da cozinha. Havia uma toalha ensanguentada envolvendo o alto da sua cabeça e uma garrafa vazia de Jim Beam no chão, ao seu lado. Estava com uma camisola de algodão e os pés descalços estavam em posição dez para as duas.

– Parece mortinha da silva – disse Lula.

– Quer um ancinho, é melhor ir pegar.

Eu bati na janela.

– Sra. Nowicki!

A sra. Nowicki não mexeu um músculo.

– Acho que isso deve ter acabado de acontecer – disse Lula. – Se ela estivesse ali deitada por muito tempo, com esse calor, já estaria inchada como uma bola de praia. Já teria explodido. Teria tripas espalhadas por todo lado.

– Detesto perder a parte das tripas espalhadas – disse Sally. – Talvez a gente deva voltar em algumas horas.

Eu dei a volta e segui até o carro.

– Precisamos chamar a polícia.

Lula estava na minha cola.

– Pode suspender a parte do *nós*. Essa gente da polícia me dá urticária.

– Você não é mais prostituta. Não precisa se preocupar com a polícia.

– É um daqueles negócios traumáticos – disse Lula.

Dez minutos depois, dois carros de patrulha encostaram ao meio-fio atrás de mim. Carl Costanza surgiu do primeiro carro, me olhou e sacudiu a cabeça. Eu conhecia Carl desde o primário. Ele sempre foi um garoto magrinho, de cabelo mal cortado e tiradas espertas. Ao longo dos últimos anos, ficou mais encorpado e achou um bom barbeiro. Ainda continua falando espertezas, mas, no fundo, é um cara decente e um bom policial.

– Mais um cadáver? – perguntou Carl. – Você está tentando bater um recorde? A maior quantidade de defuntos encontrados por um indivíduo na cidade de Trenton?

– Ela está no chão da cozinha. Não entramos na casa. A porta está trancada.

— Como sabe que ela está no chão, se a porta está trancada?
— Eu meio que dei uma olhada pela janela e...
Carl ergueu a mão.
— Não me conte. Não quero ouvir isso. Desculpe perguntar.
O policial do segundo carro tinha ido até a janela lateral e estava ali, em pé, com a mão na arma do cinto.
— Ela está mesmo no chão — disse ele, olhando lá dentro. Ele bateu na janela. — Ei, moça! — Ele se virou para nós e estreitou os olhos contra o sol. — Pra mim, parece morta.
Carl foi até a porta da frente e bateu.
— Sra. Nowicki? É a polícia... — Ele bateu mais forte. — Sra. Nowicki, estamos entrando. — Ele deu um murro na porta e o alisar apodrecido cedeu, e a porta foi escancarada.
Segui Carl até a cozinha e fiquei olhando, enquanto ele se debruçava sobre a sra. Nowicki, verificando-lhe o pulso, em busca de algum sinal vital.
Havia mais toalhas ensanguentadas na pia e uma faca de corte, também ensanguentada, no balcão. Minha primeira impressão tinha sido um tiro, mas não havia armas à vista e nenhum sinal de luta.
— É melhor ligar para a emergência — Carl disse ao segundo policial. — Não sei exatamente o que temos aqui.
Sally e Lula tinham se posicionado junto à parede.
— O que você acha? — Lula perguntou a Carl.
Carl sacudiu os ombros.
— Não acho muito coisa. Ela parece morta.
Lula concordou.
— Isso foi o que pensei também. Assim que a vi, disse a mim mesma, cruzes, essa mulher está morta.
O segundo policial desapareceu para fazer a ligação e Lula chegou mais perto da sra. Nowicki.
— O que acha que aconteceu com ela? Aposto que caiu e bateu a cabeça, depois embrulhou a cabeça numa toalha e apagou.
Isso parecia razoável para mim... exceto pela faca de corte com sangue e pedaços de cabelo.

Lula se abaixou e olhou a toalha, embrulhada ao estilo turbante.
– Ela deve ter tomado um golpe e tanto. Tem muito sangue.
Geralmente, quando as pessoas morrem, seus corpos evacuam e o cheiro rapidamente fica ruim. A sra. Nowicki não cheirava a morta. A sra. Nowicki cheirava a conhaque Jim Beam.
Carl e eu estávamos estranhando isso, olhando um para o outro, de lado, quando a sra. Nowicki abriu um olho e o fixou em Lula.
– Epa! – Lula gritou, dando um pulo para trás, trombando em Sally. – Ela abriu o olho!
– O que eu enxergo melhor – a sra. Nowicki disse, com a voz áspera, de quem está a um maço de distância de um câncer de pulmão.
Carl entrou no ângulo de visão da sra. Nowicki.
– Achamos que a senhora estivesse morta.
– Ainda não, meu bem – disse a sra. Nowicki. – Mas eu vou lhe contar, estou com uma dor de cabeça dos diabos. – Ela ergueu a mão trêmula e sentiu a toalha. – Ah, sim, agora eu me lembro.
– O que aconteceu?
– Foi um acidente. Eu estava tentando cortar meu cabelo e minha mão escorregou, e eu dei um picote. Sangrou um pouquinho, então, embrulhei minha cabeça numa toalha e tomei uns goles medicinais da garrafa. – Ela esforçou-se para sentar. – Não sei exatamente o que aconteceu depois disso.
Lula estava com a mão no quadril.
– Para mim, parece que você virou a garrafa toda e apagou. Acho que passou da conta desses goles medicinais.
– Para mim, parece que ela não tomou o suficiente – murmurou Sally. – Eu gostava mais dela quando estava morta.
– Preciso de um cigarro – disse a sra. Nowicki. – Alguém tem um cigarro?
Eu pude ouvir os carros encostando lá fora e passos na sala da frente. O segundo policial uniformizado entrou, seguido por um de terno.

– Ela não está morta – explicou Carl.
– Talvez estivesse – disse Lula. – Talvez ela seja um daqueles *mortos vivos*.
– Talvez você seja um daqueles *casos de manicômio* – disse a sra. Nowicki.

As luzes da ambulância piscavam lá fora, e dois paramédicos entraram na cozinha.

Eu saí, passei pela varanda e fui até a grama. Não queria estar ali quando eles tirassem a toalha.

– Não sei quanto a você – disse Lula –, mas estou pronta para deixar essa festa.

Por mim, tudo bem. Carl sabia onde me encontrar, se precisasse fazer perguntas. De qualquer forma, ali não parecia haver nada criminal. Bebum arranca um naco da cabeça com um facão de cozinha e apaga. Provavelmente acontece toda hora.

Entramos no Firebird e voltamos para o escritório. Eu me despedi de Lula e Sally, me sentei ao volante do meu CRX e acelerei pra casa. Quando as coisas se acalmassem, eu voltaria com algum tipo de mecanismo de cabo comprido para recuperar o vidro. Não queria ter que explicar aos policiais sobre as pistas.

Enquanto isso, havia algumas ligações que eu podia fazer. Eu só havia coberto uma parte da lista de Eddie Kuntz. Não faria mal verificar o restante dos nomes.

A sra. Williams, uma das minhas vizinhas, estava na portaria quando eu passei pela porta.

– Estou com um zumbido terrível nos ouvidos – disse ela. – E estou com crise de tontura.

Outra vizinha, a sra. Balog, estava em pé, ao lado da sra. Williams, verificando a caixa de correio.

– Isso é o enrijecimento das artérias. Evelyn Krutchka, do terceiro andar, tem e é terrível. Ouvi dizer que suas artérias petrificaram.

A maioria das pessoas do meu prédio é de idosos. Há algumas mães solteiras com bebês, Enie Wall e sua namorada, May, e uma outra mulher da minha idade, que só fala espanhol. Somos o segmento da sociedade com renda fixa ou de fontes duvidosas. Não estamos interessados em tênis, nem em sentar junto à piscina. Na maior parte do tempo, somos um grupo calmo, armado até os dentes sem um bom motivo e violentos apenas quando uma boa vaga no estacionamento está em jogo.

Peguei a escada rumo ao segundo andar, torcendo para fazer algum efeito na torta que eu tinha comido no café da manhã. Entrei no apartamento e me virei para a cozinha. Enfiei a cabeça na geladeira e empurrei as coisas de um lado para o outro, em busca do almoço perfeito. Depois de alguns minutos, optei por um ovo cozido e uma banana.

Sentei-me à minha mesa de jantar, que fica num pequeno nicho da sala de estar, comi meu ovo e comecei a repassar a lista de nomes e locais que Kuntz tinha me dado. Liguei primeiro para a lavanderia de Maxine. Não, eles não a viram ultimamente. Não, ela não tinha roupas a serem pegas. Liguei para minha prima Marion, que trabalha no banco de Maxine, e perguntei sobre transações recentes. Nada novo, disse Marion. A transação mais recente havia sido um saque, há duas semanas, no valor de trezentos dólares, no caixa externo da ATM.

O último nome da lista era o 7-Eleven, no norte de Trenton, a meio quilômetro de Eddie Kuntz e Mama Nowicki. A gerente noturna tinha acabado de entrar, quando eu liguei. Ela disse que uma mulher com a descrição de Maxine tinha estado ali, na noite anterior. Lembrava-se da mulher porque era uma cliente habitual. Era tarde da noite e o movimento da loja estava devagar. A mulher era falante e aliviou o tédio.

Enfiei a foto de Maxine na bolsa e parti para o 7-Eleven, para confirmar a identificação. Estacionei próximo ao meio-fio, diante da loja, e olhei através do vidro para o caixa. Havia quatro homens na fila. Três ainda estavam de terno, parecendo cansados pelo calor e o dia de trabalho. Até a hora em que passei pela porta havia dois homens. Esperei que terminassem, antes de me apresentar à mulher atrás do balcão.

Ela estendeu a mão.
— Helen Badijan. Sou a gerente noturna. Nós nos falamos ao telefone.

Seus cabelos castanhos estavam presos numa trança que ia até os ombros e o rosto estava sem maquiagem, exceto pelo delineador preto esfumaçado.

— Não entendi direito ao telefone — disse Helen. — Você é da polícia?

Geralmente tento evitar responder a essa pergunta diretamente.

— Cumprimento de fiança — eu disse, deixando que Helen acreditasse no que quisesse. Não que eu fosse *mentir* quanto a ser da polícia. Imitar uma policial não é algo esperto. Ainda assim, se alguém interpretasse mal porque não estava prestando atenção... isso não era problema meu.

Helen olhou a foto de Maxine e confirmou, acenando a cabeça.
— Sim, é ela. Só que agora está bem mais bronzeada.

Então, eu sabia de duas coisas. Maxine estava viva e tinha tempo pra pegar sol.

— Ela comprou alguns maços de cigarros — disse Helen. — Mentolados. E uma Coca grande. Disse que tinha um longo trajeto a dirigir. Perguntei se não ia comprar o bilhete da loteria, porque era o que ela sempre fazia... comprava um bilhete toda semana. Ela disse que não. Disse que não precisava mais ganhar na loteria.

— Mais alguma coisa?
— Foi isso.
— Notou que carro ela estava dirigindo?
— Desculpe, não notei.

Deixei meu cartão e pedi a Helen que ligasse, se Maxine voltasse. Imaginei que o cartão fosse direto para o lixo, no instante em que eu deixasse o estacionamento, mas o entreguei mesmo assim. Geralmente, as pessoas falam comigo quando estão cara a cara, mas não estão dispostas a dar um passo mais expressivo, como fazer uma ligação. A ligação dá a impressão de dedo duro, e dedo duro não é legal.

Saí do estacionamento e passei pelos pontos quentes... casa de Margie, apartamento de Maxine, casa do Kuntz, casa da Mama Nowicki e o restaurante. Nada parecia suspeito. Eu estava me coçando para pegar a próxima pista, mas havia gente na rua Howser. O vizinho da sra. Nowicki estava molhando a grama. Alguns garotos brincavam de skate no meio-fio. Melhor esperar anoitecer, eu pensei. Mais duas horas e o sol já teria baixado e todos teriam entrado. Então, eu poderia andar de fininho, no escuro, torcendo para não responder a perguntas.

Voltei ao meu apartamento e encontrei Joe Morelli sentando no chão do meu corredor, de costas para a parede, com as pernas compridas esticadas, tornozelos cruzados. Estava com um saco marrom ao lado, e o corredor inteiro cheirava a almôndegas e marinara.

Lancei um olhar interrogativo silencioso.

– Passei para dar um oi – disse Morelli, levantando.

Meu olhar se desviou para o saco.

Morelli sorriu. – Jantar.

– Cheira bem.

– Sanduíches marinados de almôndegas, do Pino's. Ainda estão quentes. Acabei de chegar.

Normalmente, eu não deixaria Morelli entrar em meu apartamento, mas seria uma heresia dispensar as almôndegas do Pino's.

Destranquei a porta e Morelli me seguiu para dentro. Soltei minha bolsa na mesinha do corredor e entrei na cozinha. Peguei dois pratos do armário da parede e os coloquei no balcão.

– Estou achando difícil acreditar que isso seja só uma social.

– Talvez não só – disse Morelli, perto o suficiente para que eu sentisse sua respiração no meu pescoço. – Achei que você quisesse novas notícias sobre o estado clínico da mãe de Maxine Nowicki.

Coloquei os sanduíches nos pratos e dividi o copinho de salada.

– Isso vai estragar meu apetite?

Morelli foi até a geladeira procurar cerveja.

– Ela foi escalpelada. Como nos antigos filmes de caubói e índios. Só que nesse caso, não foi tirado o suficiente para matá-la.

— Que nojento! Quem faria uma coisa dessas?
— Boa pergunta. Nowicki não fala.
Levei os pratos até a mesa.
— Digitais na faca?
— Nenhuma.
— Nem da sra. Nowicki?
— Correto. Nem da sra. Nowicki.
Comi meu sanduíche e fiquei pensando na última reviravolta dos acontecimentos. Escalpelada. Credo.
— Você está procurando pela filha — disse Morelli. Uma afirmação, não uma pergunta.
— Ãrrã.
— Acha que pode ter ligação?
— Dois dias atrás, entrevistei uma das amigas de Maxine, do restaurante. Ela estava com uma bandagem imensa na mão. Disse que tinha decepado um dedo, num acidente de cozinha.
— Qual é o nome dessa amiga?
— Margie alguma coisa. Ela mora na Barnet. Trabalha no turno da noite, no restaurante Silver Dollar.
— Alguma outra mutilação que eu deva saber?
Experimentei um pouco da salada.
— Não. É isso. Foi uma semana lenta.
Morelli me olhava.
— Você está escondendo alguma coisa.
— O que o faz dizer isso?
— Dá pra ver.
— Dá pra ver nada.
— Você ainda está zangada comigo porque eu não liguei.
— *Não estou zangada!* — Bati o punho na mesa, fazendo a garrafa de cerveja pular no lugar.
— Eu tinha a intenção de ligar — disse Morelli.
Eu me levantei e peguei os pratos vazios e os talheres. PLAFT, pling, pling!
— Você é um ser humano com disfunção.

– Ah, é? Ora, você é assustadora pra cacete.
– Está dizendo que tem medo de mim?
– Qualquer homem em seu juízo perfeito tem medo de você. Sabe aquele negócio da carta escarlate? Você tinha que ter uma tatuagem na testa escrito "Mulher Perigosa, Mantenha Distância!".

Entrei como um raio na cozinha, joguei os pratos em cima da pia.
– Eu por acaso sou uma pessoa muito legal. – Virei-me pra ele e estreitei os olhos. – O que há de tão perigoso em mim?
– Muitas coisas. Você tem essa pinta. Como se quisesse escolher cortinas pra cozinha.
– Eu não tenho essa pinta! – gritei. – E, se tivesse, *não* seria para as *suas* cortinas de cozinha!

Morelli me encostou na geladeira.
– E tem esse jeito que acelera meu coração, quando fica assim, toda empolgada. – Ele se debruçou e beijou a curva da minha orelha. – E seu cabelo... Adoro seu cabelo. – Ele me beijou de novo.
– Cabelo perigoso, gata.

Ai meu Deus.

As mãos dele estavam na minha cintura e seu joelho deslizou no meio dos meus.
– Corpo perigoso. – Seus lábios escorregavam sobre os meus.
– Lábios perigosos.

Isso não era para estar acontecendo, eu havia decidido que não.
– Escute, Morelli, eu agradeço pelo sanduíche de almôndegas, e tudo mais, mas...
– Cala a boca, Stephanie.

Então, ele me beijou. Sua língua tocou a minha e eu pensei, bem, que diabos, talvez eu seja perigosa. Talvez isso não seja uma má ideia. Afinal, houve uma época em que não havia nada que eu quisesse mais do que um orgasmo induzido por Morelli. Bem, ali estava a minha chance. Não éramos estranhos. Não era o caso de eu não merecer.

– Talvez a gente deva ir para o quarto – eu disse. Ficar longe de facas afiadas, caso algo dê errado e eu fique tentada a matá-lo.

Morelli estava de jeans, com uma camiseta azul-marinho. Embaixo da camiseta, ele tinha um bipe e um 38. Ele soltou o bipe e o colocou dentro da geladeira. Passou a corrente na porta da frente e tirou os sapatos, no corredor.

– E a arma? – perguntei.
– A arma fica. Nada vai me deter dessa vez. Se você mudar de ideia, eu vou te matar.
– É... tem a questão da segurança.

Ele estava com a mão no zíper.

– Certo, vou deixar na mesinha de cabeceira.
– Eu não estava falando da arma.

Morelli parou no meio do zíper.

– Você não está tomando pílula?
– Não. – Eu achava que com sexo uma vez por milênio não valia.
– E quanto...
– Também não tenho nenhuma.
– Merda – disse Morelli.
– Nada na sua carteira?
– Você vai achar isso difícil de acreditar, mas não exigem que policiais portem camisinhas de emergência.
– Sim, mas...
– Não tenho mais dezoito anos. Já não transo com nove em cada dez mulheres que conheço.

Isso era encorajador.

– Imagino que você não vá querer me contar o índice atual, não é?
– Nesse momento, é zero a zero.
– A gente pode tentar um saquinho plástico de sanduíche.

Morelli sorriu.

– Você me quer muito.
– Insanidade temporária.

O sorriso aumentou.

– Acho que não. Faz anos que você me quer. Você nunca superou que eu te tocasse quando você tinha seis anos.

Eu senti minha boca abrir, depois fechar num solavanco, me inclinei à frente, com os punhos fechados para não o estrangular.

– Você é um escroto!

– Eu sei – disse Morelli. – É genético. Ainda bem que sou tão bonitinho.

Morelli era muitas coisas. Bonitinho não era uma delas. Cocker spaniels são bonitinhos. Sapatinhos de bebê são bonitinhos. Morelli não era bonitinho. Morelli olha para água e a faz ferver. Bonitinho é um adjetivo muito brando para descrevê-lo.

Ele esticou o braço e puxou meu cabelo.

– Eu correria até a loja, mas acho que sua porta estará trancada quando eu voltar.

– É uma boa possibilidade.

– Bem, então acho que só há uma coisa a fazer.

Eu me preparei.

Capítulo 4

Morelli foi até a sala e pegou o controle remoto.
– A gente pode assistir ao jogo. Os Yankees estão jogando. Você tem sorvete?

Levei sessenta segundos pra achar a voz.
– Picolé de framboesa.
– Perfeito.

Eu tinha sido substituída por um picolé de framboesa e Morelli nem parecia descontente. Eu, por outro lado, queria quebrar alguma coisa. Morelli estava... certo. Eu o queria muito. Talvez ele também tivesse razão quanto às cortinas, mas eu não queria me ater a isso. Até posso lidar com a luxúria. Mas a ideia de querer um relacionamento com Morelli fazia meu sangue gelar.

Entreguei o picolé e me sentei na poltrona, sem confiar em mim mesma para dividir o sofá, com um pouco de medo de pular na perna dele e começar a me esfregar, feito um cachorro tarado.

Lá pelas nove e meia, comecei a olhar o relógio. Eu estava pensando na pista embaixo da varanda da sra. Nowicki, imaginando como eu ia pegá-la. Podia pegar um ancinho emprestado, com meus pais, depois podia alongar com alguma coisa. Provavelmente teria que usar uma lanterna e teria que trabalhar rápido, porque as pessoas veriam a luz. Se eu esperasse até duas da manhã, teria menos chance de alguém me ver. Por outro lado, uma lanterna, às duas da manhã, era muito mais suspeita que às dez da noite.

– Certo – disse Morelli –, o que está havendo? – Por que você fica olhando o relógio?

Eu bocejei e me espreguicei.

– Está ficando tarde.
– São nove e meia.
– Eu deito cedo.
Morelli fez tsk, tsk.
– Você não devia mentir para um policial.
– Tenho coisas a fazer.
– Que tipo de coisas?
– Nada de especial. Só... coisas.
Houve uma batida na porta e nós dois olhamos para a direção do som.
Morelli me olhou, especulando.
– Está esperando alguém?
– Provavelmente é a sra. Bestler, do terceiro andar. Às vezes ela esquece onde mora. – Eu olhei o olho mágico. – Não. Não é a sra. Bestler. – A sra. Bestler não tinha uma cabeleira ruiva como a da Pequena Órfã Annie. A sra. Bestler não usava roupa apertada de couro preto. Os peitos da sra. Bestler não tinham o formato de casquinhas de sorvete.
– Imagino que você não queira esperar lá no quarto, por alguns minutos...
– Nem pela sua vida – disse Morelli. – Eu não perderia isso por nada.
Tirei a corrente e abri a porta.
– Não sei por que estou fazendo isso – disse Sally. – Estou meio que tragado por essa viagem de caçador de recompensas.
– É a empolgação da caçada – eu disse.
– É. É isso. É a porra da caçada. – Ele esticou o braço, me dando o vidro. – Eu voltei lá e peguei a pista. Peguei um troço comprido daqueles de tirar pó. Decodifiquei o bilhete, mas não sei o que significa.
– Não tinha gente em volta, imaginando o que você estava fazendo?
– Quando você tem essa pinta, ninguém pergunta nada. Já ficam felizes pra cacete, se eu não dançar no gramado da frente,

com o tio Fred. – Ele ergueu o queixo um pouquinho e deu uma olhada em Morelli. – Quem é esse?
– Esse é Joe Morelli. Ele já estava indo embora.
– Não estava, não – disse Morelli.
Sally deu um passo à frente.
– Se ela está dizendo que você está indo embora, eu acho que você está indo.
Morelli se inclinou para trás, nos calcanhares, e sorriu.
– Vai me fazer ir?
– Acha que não posso?
– Acho que alguém tem que te ajudar a escolher um sutiã. Esse ano, o visual arredondado está em alta.
Sally olhou abaixo, para os cones de sorvete.
– São a minha marca registrada. Estou fazendo uma fortuna do caralho com essas gracinhas. – Ele ergueu os olhos e deu um soco na barriga de Morelli.
– Uuf – disse Morelli. Depois ele estreitou os olhos e voou em Sally.
– Não! – gritei, pulando no meio dos dois.
Houve um pouco de engalfinhação. Eu fui atingida no queixo e caí como um saco de areia. Os dois se agacharam para me levantar.
– Para trás – gritei, enxotando os dois. – Não quero que nenhum de vocês me toque. Não preciso de ajuda de dois retardados infantis.
– Ele falou mal dos meus peitos – disse Sally.
– É isso que acontece quando você tem peitos – gritei. – As pessoas falam mal deles. Acostume-se.
Joe olhava Sally fulminando.
– Quem é você? E qual é a desse vidro?
Sally estendeu a mão.
– Sally Sweet.
Joe pegou a mão ofertada. – Joe Morelli.
Eles ficaram assim por um instante, e eu vi o rubor subir pelas bochechas de Sally. As veias do pescoço de Morelli começaram

a saltar. Eles continuavam apertando as mãos, mas seus corpos davam pequenos solavancos por causa da força. Os dois retardados estavam apostando uma queda de braço.

– Agora chega – eu disse. – Vou pegar o meu revólver. E atirar no vencedor.

Eles olharam em minha direção.

– Na verdade, eu tenho que correr – disse Sally. – Tenho um bico na praia, essa noite, e o Sugar está me esperando no carro.

– Ele é músico – eu disse a Morelli.

Morelli deu um passo atrás.

– É sempre um prazer conhecer os amigos de Stephanie.

– É – disse Sally –, a porra do prazer é meu.

Morelli estava sorrindo quando eu fechei e tranquei a porta.

– Você nunca me decepciona – disse ele.

– O que foi aquela queda de braço?

– Estávamos brincando. – Ele deu uma olhada no vidro. – Conte-me sobre isso.

– Maxine Nowicki tem deixado pistas para Eddie Kuntz. É uma caçada meio vingativa. As dicas estão sempre em código. Aí que Sally entra. Ele é muito bom em desvendar códigos. – Abri o pote de vidro, tirei o papel e li a mensagem. – Nosso lugar. Quarta, às três.

– Eles têm um lugar – disse Morelli. – Isso me deixa romântico outra vez. Talvez eu deva dar uma corrida até a farmácia.

– Digamos que você fosse à farmácia. Quantas você compraria? Uma? Você compraria o estoque de um mês? Compraria uma caixa inteira?

– Ai meu Deus – disse Morelli. – Isso tem a ver com cortinas, não tem?

– Só quero saber as regras direito.

– Que tal vivermos um dia de cada vez.

– Um dia de cada vez está bom – eu disse. – Eu acho.

– Então, se eu for à farmácia, você vai me deixar entrar de novo?

— Não. Não estou no clima. — Na verdade, eu subitamente me sentia bem irritável. E, por algum motivo, a imagem de Terry Gilman ficava aparecendo na minha cabeça.

Morelli passou o dedo provocador no meu maxilar.

— Aposto que eu posso mudar o clima.

Cruzei os braços e olhei de olhos apertados.

— Acho que não.

— Hmmm — disse Morelli —, talvez não. — Ele se espreguiçou, depois foi desfilando até a cozinha e tirou o bipe da geladeira. — Você está de mau humor porque eu não me comprometi para ter um caso.

— Não estou, não! Eu absolutamente não quero o compromisso de um caso!

— Você é bonitinha quando mente.

Eu apontei a porta com o braço esticado.

— Fora!

Na manhã seguinte, eu poderia ter ligado para Eddie Kuntz e contado sobre a nova mensagem, mas quis falar com ele cara a cara. O apartamento de Maxine Nowicki tinha sido revirado e duas pessoas ligadas a ela tinham sido mutiladas. Eu achava que alguém talvez quisesse encontrá-la, por algo além de cartas de amor. E talvez esse alguém fosse Eddie Kuntz.

Kuntz estava lavando o carro quando eu cheguei. Ele estava com um amplificador imenso no meio-fio, escutando uma rádio com o DJ aos berros. Ao me ver, ele parou de lavar e desligou o rádio.

— Encontrou ela?

Entreguei o bilhete com a tradução.

— Encontrei outra mensagem.

Ele leu a mensagem e fez um som desgostoso.

— Nosso lugar — disse ele. — O que significa isso?

— Vocês não tinham um lugar?

— Tínhamos muitos lugares. Como vou saber de que lugar ela está falando?

– Pense.
Eddie Kuntz me encarava e eu achei que senti um cheiro de borracha queimada.
– Ela provavelmente está falando do banco – disse ele.
– A primeira vez que nos encontramos foi no parque e ela estava sentada no banco, olhando a água. Ela estava sempre falando daquele banco, como se fosse algum tipo de santuário ou algo assim.
– Que coisa.
Kuntz ergueu as mãos.
– Mulheres.
Um Lincoln sedã encostou junto ao meio-fio. Azul-marinho, vidro fumê, meia quadra de comprimento.
– Tia Betty e tio Leo – disse Eddie.
– Carro grande.
– É. Às vezes eu pego emprestado, pra levantar um trocado.
Eu não tinha certeza se ele queria dizer para servir de motorista para as pessoas, ou para atropelá-las.
– Eu tenho registro de que sua ocupação é cozinheiro, mas você parece ficar bastante em casa.
– É porque estou entre um emprego e outro.
– Quando foi seu último emprego como cozinheiro?
– Sei lá. Essa manhã. Torrei um waffle. Que importância tem pra você?
– Curiosidade.
– Tente ser curiosa sobre Maxine.
Tia Betty e tio Leo caminharam até nós.
– Olá – disse a tia Betty. – Você é a nova namorada de Eddie?
– Conhecida – eu disse a ela.
– Bem, eu espero que você se torne uma namorada. Você é italiana, certo?
– Meio italiana. Meio húngara.
– Bem, ninguém é perfeito – disse ela. – Entre, coma um pedaço de bolo. Comprei um bolo de massa de pão de ló na confeitaria.
– Será outro dia de maçarico – disse tio Leo. – Ainda bem que temos ar-condicionado.

— Vocês têm ar — disse Kuntz. — Minha metade não tem ar. Minha metade está quente que nem o inferno.

— Preciso entrar — disse o tio Leo. — Esse calor é assassino.

— Não se esqueça do bolo — disse Betty, seguindo Leo pelos degraus. — Tem bolo, quando quiser.

— Então, você está fazendo outras coisas pra encontrar a Maxine, certo? — perguntou Kuntz. — Quero dizer, não está apenas esperando por essas pistas, está?

— Estou seguindo a lista de nomes e negócios que você me deu. A gerente do 7-Eleven disse que Maxine apareceu no domingo à noite. Até agora, ninguém mais a viu.

— Cristo, ela está aqui, o tempo todo, deixando essas pistas imbecis. Por que ninguém a vê? O que ela é, a porcaria do Fantasma?

— A gerente do 7-Eleven disse algo que ficou na minha cabeça. Ela disse que Maxine sempre comprava um bilhete da loteria, mas, dessa vez, disse que não precisava mais ganhar na loteria.

Kuntz apertou a boca fechada.

— Maxine é uma doida. Quem pode saber o que ela está pensando?

Eu desconfiava de que Eddie Kuntz sabia exatamente o que Maxine estava pensando.

— Você precisa estar naquele banco, amanhã, às três horas — eu disse a Kuntz. — Vou te ligar de manhã, para acabarmos de combinar.

— Não sei se gosto disso. Ela atirou uma pedra na minha janela. Não dá pra saber o que ela vai fazer. E se ela quiser me apagar?

— Jogar uma pedra na janela de alguém não é o mesmo que querer matá-lo. — Eu o encarei por um momento. — Ela tem motivo para querer matá-lo?

— Registrei uma queixa contra ela. Isso é um motivo?

— Para mim, não seria. — Esse babaca nem valia o meu tempo.

— Difícil dizer sobre Maxine.

Deixei Kuntz remexendo em seu som. Não tenho certeza por que fui compelida a vê-lo pessoalmente. Acho que queria olhá-lo nos olhos e descobrir se tinha escalpelado a mãe de Maxine. Infelizmente, os olhos são vastamente superestimados como caminhos da alma. A única coisa que vi nos olhos de Eddie Kuntz foi a conta da birita da noite anterior, que aparentava ter sido um bocado.

Passei pela casa da sra. Nowicki e não vi qualquer sinal de vida. Suas janelas estavam fechadas. As cortinas também. Estacionei o carro e fui até a porta. Ninguém atendeu minha batida.

– Sra. Nowicki – chamei. – É Stephanie Plum. – Bati novamente e já ia embora, quando abriram uma fresta na porta.

– O que é agora? – disse a sra. Nowicki.

– Eu gostaria de conversar.

– Que sorte a minha.

– Posso entrar?

– Não.

Toda a parte superior da cabeça dela estava enfaixada. Ela estava sem maquiagem e sem cigarro e parecia muito, muito mais velha do que era.

– Como está sua cabeça? – perguntei.

– Já esteve pior.

– Quero dizer do corte.

Ela revirou os olhos para cima.

– Ah, isso...

– Preciso saber quem fez isso.

– Eu fiz.

– Eu vi o sangue. E vi a faca. E eu sei que não fez isso à senhora mesma. Alguém veio à procura de Maxine e a senhora acabou sendo ferida.

– Quer meu depoimento? Vá ler com os policiais.

– Sabia que alguém visitou Marjorie, amiga de Maxine, e decepou-lhe o dedo?

– E você acha que foi o mesmo cara que fez isso a nós duas.

– Parece razoável. E eu acho que seria melhor para Maxine se eu a encontrasse antes dele.
– A vida é uma merda – disse a sra. Nowicki. – Pobre Maxie. Eu não sei o que ela fez. E não sei onde ela está. O que sei é que ela está bem encrencada.
– E o homem?
– Disse que, se eu falasse, ele voltaria e me mataria. E eu acredito nele.
– Isso é confidencial.
– Não interessa. Não há nada que eu possa lhe dizer. Eram dois. Eu virei e eles estavam em minha cozinha. Altura mediana. Porte mediano. Vestindo macacão e máscaras de meias. Tinham até aquelas luvas de borracha como as que usam em hospital.
– E quanto às vozes?
– Só um falava, e não tinha nada memorável. Nem velho. Nem novo.
– Reconheceria a voz, se a ouvisse outra vez?
– Não sei. Como eu disse, não havia nada memorável.
– E não sabe onde Maxine está ficando?
– Desculpe, eu simplesmente não sei.
– Vamos tentar de outra direção. Se Maxine não estivesse morando em seu apartamento, e não precisasse ir para o trabalho todo dia... aonde ela iria?
– Isso é fácil. Ela iria para o litoral. Pegaria um pouco de brisa do mar e ia jogar no calçadão.
– Seaside ou Point Pleasant?
– Point Pleasant. Ela sempre vai a Point Pleasant.

Isso fazia sentido. Justificava o bronzeado e o fato de que ela não estava fazendo os negócios em Trenton.

Dei meu cartão à sra. Nowicki.

– Ligue, se tiver notícias de Maxine, ou pensar em algo que possa ser útil. Mantenha as portas trancadas e não fale com estranhos.

– Na verdade, eu tenho pensado em ir ficar com minha irmã, na Virginia.
– Isso parece uma boa ideia.

Virei à esquerda, na Olden, e vi um Jeep Cherokee, pelo meu espelho retrovisor. Cherokees pretas fazem muito sucesso em Jersey. Não é o tipo de carro que eu normalmente notaria, mas em algum lugar, no fundo do meu subconsciente, foi ativado um alerta dizendo que eu já tinha visto aquele carro antes. Peguei a Olden até a Hamilton, e a Hamilton até a St. James. Parei no meu estacionamento e olhei ao redor, à procura da Cherokee, mas tinha desaparecido. Coincidência, eu disse. Imaginação excessivamente reativa.

Subi correndo ao meu apartamento, cheguei minha secretária eletrônica, vesti meu maiô, enfiei uma toalha, uma camiseta e um filtro solar numa bolsa de lona, vesti um short e parti para o litoral.

O buraco no meu amortecedor estava aumentando, então eu detonei o volume do Metallica. Cheguei a Pleasant Point em menos de uma hora, depois passei vinte minutos procurando estacionamento barato na rua. Finalmente encontrei uma vaga, a duas quadras do calçadão, tranquei o carro e pendurei a bolsa no ombro.

Quando você vive em Jersey, uma praia não é o suficiente. As pessoas têm energia em Jersey. Elas precisam de coisas para fazer. Precisam de uma praia com calçadão. E o calçadão tem que ser cheio de jogos e comida vagabunda. Pode acrescentar um minigolfe. Adicione um monte de lojas vendendo camisetas com fotos ofensivas. Não dá pra ficar melhor que isso.

E a melhor parte é o cheiro. Já me disseram que há lugares onde o mar tem um cheiro selvagem e salgado. Em Jersey, o mar tem cheiro de óleo de coco e linguiça italiana com cebola e pimentão frito. Tem cheiro de zeppoles fritos e cachorro-quente com molho chili picante. O cheiro é inebriante e exótico e se alastra com o calor que sobe das multidões de corpos assando ao sol, passeando pelo calçadão.

A espuma bate na praia e o som se mistura à batida rítmica *tic, tic, tic*, das rodinhas do jogo de roleta com o Uuuuuuuuuu dos gritos da galera sendo arremessada nos tobogãs de água.

Astros do rock, punguistas, locais, cafetões, traficantes, mulheres grávidas de biquíni, futuros astronautas, políticos, estranhos, vampiros e rebanhos de famílias que compram as coisas americanas e comem as comidas italianas, todos vêm à costa de Jersey.

Quando eu era pequenina, minha irmã andava de carrossel e comia algodão doce e manjar congelado. Eu tinha um estômago de ferro, mas Valerie sempre passava mal, na volta pra casa, e vomitava no carro. Quando fiquei mais velha, o litoral era o lugar pra conhecer garotos. E, agora, eu me vejo ali, numa caçada humana. Quem poderia saber?

Parei numa banca de manjar congelado e mostrei a foto de Maxine.

– Você a viu?

Ninguém podia dizer com certeza.

Fui seguindo ao longo do calçadão, mostrando a foto, distribuindo meus cartões. Comi batata frita, um pedaço de pizza, dois pedaços de chocolate, um copo de limonada e uma casquinha de baunilha com chocolate. Na metade do calçadão, senti o puxão da areia branca e desisti da caçada humana, em favor do aprimoramento do meu bronzeado.

Você tem que adorar um emprego que te permite ficar no sol na melhor parte da tarde.

A luz piscava freneticamente em minha secretária eletrônica, quando cheguei em casa. Quando tenho mais de três recados, a máquina fica nervosa. Blink, blink, blink, blink – mais rápido que o Rex consegue mexer o bigode.

Olhei os recados e estavam todos em branco.

– Não é grande coisa – eu disse ao Rex. – Se for importante, vão ligar de volta.

Rex parou de correr em sua roda e me olhou. Ele fica doido com recados em branco. Rex não tem paciência para esperar as pessoas ligarem de volta. Ele tem um problema de curiosidade.
O telefone tocou e eu arranquei do gancho.
– Alô.
– É a Stephanie?
– Sim.
– Aqui é o Sugar. Por acaso Sally está com você?
– Não. Não vi Sally o dia todo.
– Ele está atrasado para o jantar, me disse que estaria em casa, mas não está aqui. Achei que estivesse nesse negócio de caçada de recompensas, já que só fala nisso.
– Não. Hoje eu trabalhei sozinha.

Abri as cortinas do meu quarto e olhei o estacionamento. Era o meio da manhã e o calor já estava derretendo o asfalto. Um cachorro latiu na rua Stiller, atrás do estacionamento. Uma porta de tela bateu abrindo, depois fechou. Estreitei os olhos na direção do cão que latia e avistei um Jeep Cherokee estacionado duas casas abaixo, na Stiller.
Não é grande coisa, eu disse a mim mesma, muita gente anda de Cherokee preta. Ainda assim, eu nunca tinha visto uma Cherokee ali. E realmente isso me lembrou do carro que estava me seguindo. Melhor checar.
Eu estava de jeans cortados e um camisetão verde. Enfiei meu 38 na cintura e puxei a camiseta por cima da arma. Andei assim por alguns minutos, tentando me acostumar com a ideia de que estava armada, mas me sentia uma idiota. Então, tirei a arma e guardei-a no lugar, dentro do pote de biscoito em formato de ursinho marrom.
Peguei o elevador no corredor menor, saí pela entrada da frente e caminhei uma quadra, descendo a St. James. Na esquina, virei à esquerda, continuei por mais duas quadras e vim por trás da Cherokee. Tinha vidro fumê, mas dava pra ver uma forma ao

volante. Cheguei mais perto e bati na janela do motorista. O vidro desceu e Joyce Barnhardt sorriu pra mim.

– *Ciao* – disse Joyce.

– Que diabos você acha que está fazendo?

– Estou te vigiando. O que parece que estou fazendo?

– Imagino que haja uma razão, não?

Joyce sacudiu os ombros.

– Estamos atrás da mesma pessoa. Achei que não faria mal ver as tentativas patéticas que você fez para encontrá-la... antes que eu assuma e faça o trabalho.

– Não estamos atrás da mesma pessoa. Isso simplesmente não se faz. Vinnie jamais daria o mesmo caso a dois agentes diferentes.

– Mas como você sabe das coisas...

Estreitei meus olhos.

– Vinnie achou que você não estava fazendo progresso algum, então ele me deu Maxine Nowicki.

– Não acredito em você.

Joyce mostrou o contrato, para que eu visse.

– Autorizado pela Vincent Plum Agency a apreender Maxine Nowicki... – ela leu.

– Vamos ver!

Joyce fez uma cara com beicinho.

– E pare de me seguir!

– É um país livre – disse Joyce. – Posso segui-la, se eu quiser.

Saí bufando, de volta ao meu prédio. Subi batendo os pés, peguei a chave e a bolsa, desci batendo os pés e saí com o CRX do estacionamento feito uma bala... com Joyce grudada em meu para-choque.

Nem me dei ao trabalho de dispersá-la. Virei na Hamilton e, em menos de cinco minutos, estava no escritório. Joyce estacionou a meia quadra de distância e ficou no carro, enquanto eu entrei como um raio pela porta da frente.

– Onde está ele? Aquele verme miserável?

– Iiih – disse Lula. – Já vi esse filme.

– O que houve agora? – perguntou Connie.
– Joyce Barnhardt, isso que houve. Ela me mostrou um contrato que a autoriza a apresentar Maxine Nowicki.
– Isso é impossível – disse Connie. – Eu emito todos os contratos e não sei nada a respeito. Além disso, Vinnie nunca dá um contrato de fiança a dois agentes diferentes.
– É, mas lembre-se de que essa pessoa Joyce chegou aqui cedinho, na terça de manhã – disse Lula. – E ela e o Vinnie ficaram trancados no escritório dele, por quase uma hora, e eles estavam fazendo aqueles sons estranhos, de curral.
– Esqueci minha arma outra vez – eu disse.
– Eu tenho uma arma – disse Connie –, mas não vai adiantar. Vinnie foi para a Carolina do Norte ontem, para pegar um sumido. Deve voltar no fim da semana.
– Não posso trabalhar assim – eu disse. – Ela está me atrapalhando. Está me seguindo por aí.
– Posso dar um jeito nisso – disse Lula. – Onde está ela? Vou falar com ela.
– Está na Cherokee preta, mas eu acho que isso não é uma boa ideia.
– Não se preocupe à toa – disse Lula, passando pela porta. – Serei bem diplomática. Espere aqui.
Lula, diplomática?
– Lula – gritei –, volte aqui. Eu vou cuidar da Joyce Barnhardt.
Lula chegou ao carro e estava em pé, junto ao meio-fio, perto da traseira.
– É esse? – ela gritou pra mim.
– Sim, mas...
Lula puxou o revólver que estava embaixo da camiseta e... PÔU! Fez um rombo do tamanho de um melão no pneu traseiro de Joyce. Ela já estava com a arma embaixo da camiseta, quando Joyce saiu do carro.
Joyce viu o pneu e seu queixo caiu.

— Você viu isso? — Lula perguntou a Joyce. — Um cara passou e atirou no seu pneu. Depois fugiu rápido. Não sei o que será desse mundo.

Joyce desviava o olhar de Lula para o pneu, do pneu para Lula, o tempo todo com a boca aberta, sem sair uma palavra.

— Bem, preciso voltar ao trabalho — disse Lula, dando as costas para Joyce, caminhando de volta ao escritório.

— Não posso acreditar que você tenha feito isso! — eu disse a Lula. — Você não pode simplesmente sair atirando no pneu dos outros!

— Pois é — disse Lula.

Connie estava em sua mesa.

— Alguém quer ir ao Mannie almoçar hoje? Estou no clima de massa.

— Eu preciso ir atrás de uma pista — eu disse a ela.

— Que tipo de pista? — Lula quis saber. — Vai ter ação? Se tiver, eu quero ir, porque agora estou no clima de ação.

A verdade é que eu até podia usar outra pessoa pra ficar de olho em Maxine. Teria preferido o Ranger, mas ia pegar mal, com Lula na minha frente, ansiosa por ação.

— Nada de ação — eu disse. — Essa é uma pista chata. Muito chata.

— É sobre a Maxine, não é? Ai, meu Deus, isso vai ser ótimo. Aquele corpo que a gente achou já estava quase morto. De repente, dessa vez, pode ser a sorte grande.

— Vamos precisar levar seu carro — eu disse a Lula. — Se tiver uma apreensão, não vai caber todo mundo no meu CRX.

— Por mim, tudo bem — disse Lula, pegando a bolsa na gaveta do arquivo. — Meu carro tem ar-condicionado. E a outra vantagem é que está estacionado nos fundos, então, não vamos precisar mostrar cara de solidariedade para Joyce, por ela estar com um pneu furado, e nós, não. De qualquer jeito, aonde vamos?

— Rua Muffet. Norte de Trenton.

– Ainda não gosto disso – disse Kuntz. – Maxine é maluca. Quem sabe o que ela vai fazer? Vou me sentir como um pato ali.

Lula estava em pé, atrás de mim, na varanda de Kuntz.

– Provavelmente é outro bilhete babaca, pregado no banco. Acho que você tem que parar de choramingar – ela disse a Kuntz –, porque vai ficar parecendo um choramingão. E com um nome como Kuntz, você tem que ter cuidado com a aparência.

Eddie olhou para Lula.

– Quem é essa?

– Sou parceira dela – disse Lula. – Como Starsky e Hutch, Cagney e Lacey, o Cavaleiro Solitário e o fulaninho.

A verdade é que nós não passávamos de O Gordo e o Magro, mas eu não queria dizer isso a Kuntz.

– Chegaremos antes da hora – eu disse. – Não se preocupe se não nos vir. Estaremos lá. Tudo o que você tem a fazer é aparecer, sentar-se no banco e esperar.

– E se tiver problema?

– Acene com os braços, se precisar de ajuda. Não estaremos tão longe.

– Você sabe qual é o banco, certo?

– É o banco ao lado do mastro da bandeira.

– É. Aquele.

Betty enfiou a cabeça pra fora, na porta ao lado.

– Olá, querida, não está um lindo dia? Vocês jovens estão planejando alguma atividade? Se eu tivesse a idade de vocês, faria um piquenique hoje.

– Hoje estamos trabalhando – disse Lula. – Temos uma grande pista para seguir.

– Betty – Leo gritou lá de dentro da casa –, onde está o meu bolo de café? Achei que você fosse me trazer um pedaço.

Betty pôs a cabeça pra dentro e fechou a porta, interrompendo o fluxo de ar frio.

– Velhota xereta – disse Kuntz. – Não dá pra fazer nada por aqui, sem que ela saiba.

– Por que fica aqui, se detesta tanto?
– Aluguel barato. Tenho um desconto porque sou da família. Betty é irmã da minha mãe.

– Sabe do que precisamos? – disse Lula, se sentando ao volante, colocando o cinto de segurança. – Precisamos de alguns disfarces. Aposto que agora Maxine sabe como você é. E, pelo que me lembro daquela parte do parque, não há muitos lugares onde se esconder. Temos que nos esconder no descampado. Vamos precisar de disfarces.

Eu vinha pensando parecido. Não que precisássemos de disfarce, mas que teríamos dificuldade em passar despercebidas.

– E também sei um lugar pra arranjar um bom disfarce – disse Lula. – Sei onde podemos arranjar perucas e tudo mais.

Vinte minutos depois, nós estávamos em pé, do lado de fora do apartamento de Sally.

– Isso é meio estranho – eu disse.
– Você conhece outra pessoa que tenha perucas?
– Eu não preciso de peruca. Posso enfiar o cabelo embaixo de um boné.

Lula revirou os olhos.
– Ah, sim, isso vai enganar muita gente.

A porta se abriu e Sally olhou pra gente. Seus olhos estavam vermelhos e os cabelos em pé.

– Cruzes – disse Lula.
– O que foi? Essa é a primeira vez que vocês veem um travesti de ressaca?
– Eu, não – disse Lula. – Já vi muitos.

Lula e eu o seguimos até a sala.
– Temos um favor meio estranho para pedir – eu disse. – Precisamos ficar à espreita essa tarde e estou preocupada em ser reconhecida. Achei que você poderia me ajudar com um disfarce.
– Quem você quer ser... Barbarella, Batgirl, ou a porra da piranha da porta ao lado?

Capítulo 5

— Talvez eu possa simplesmente pegar uma peruca emprestada – eu disse a Sally. Ele foi até o quarto. – O que você quer? Farrah? Órfã Annie? Elvira?
– Algo que não chame atenção.
Ele voltou com uma peruca loura e a mostrou, esperando aprovação.
– Essa é da minha coleção Marilyn. Faz muito sucesso com homens mais velhos que gostam de apanhar.
Eu estava pensando *Credo*, mas Lula parecia analisar com cuidado, caso quisesse voltar à antiga profissão.
Sally prendeu meu cabelo para trás e pôs a peruca.
– Precisa de alguma coisa.
– Precisa de lábios de Marilyn – disse Lula. – Não dá pra ter cabelo de Marilyn, sem lábios de Marilyn.
– Não sei pintar lábios – disse Sally. – Sugar sempre pinta os meus. E Sugar não está aqui. A gente meio que brigou e ele ficou meio nervosinho.
– Vocês brigam muito? – perguntou Lula.
– Não, nunca. Sugar é bem fácil de levar. Ele é meio esquisitinho, sabe. Tipo, ele acha que eu não deveria andar com vocês porque é perigoso demais. Por isso que a gente brigou.
– Nossa – eu disse. – Não quero atrapalhar vocês.
– Sem problema, cara. O Sugar é legal. Ele só é um desses caras preocupados pra cacete. – Sally abriu um estojo de maquiagem profissional. – Aqui tem um montão de merda que você pode usar.
Escolhi um batom maçã do amor rosada e fiz um beijão brilhoso.
Sally e Lula deram um passo atrás para dar uma olhada.

– Esses sapatos estão por fora – disse Lula. – Não têm nada a ver esses lábios e esse cabelo com esses sapatos.

Sally concordou.

– Não são sapatos Marilyn.

– Eu vi uns sapatos maravilhosos na Macy's – disse Lula. – Seriam perfeitos.

– Não! Eu não vou até a Macy's. Quero chegar cedo ao parque, pra gente poder dar um tempo e ficar de olho na Maxine.

– Só leva um minuto – disse Lula. – Você vai ficar doida com esses sapatos.

– Não. E ponto final.

– Só me deixa pôr um pouco de gloss e estaremos prontas pra ir – disse Sally.

Lula e eu trocamos um olhar meio assustado.

Sally parou, com o gloss na mão.

– Vocês não acharam que iam me deixar aqui, não é?

– Bem, sim – eu disse.

– Isso é bagulho de caçador de recompensas – disse Lula.

– E você não saca desses bagulhos.

– Sei de outros bagulhos. Além disso, também não acho que vocês sejam grande coisa como caçadoras de recompensas, não.

Eu estava olhando à frente e pensando que poderia sair correndo, a toda velocidade, e *emburacar* a cabeça na parede.

– Parem! Vamos todas. Todo mundo vai fingir que é caçador de recompensas.

Sally se virou para o espelho do corredor e passou gloss nos lábios.

– Sugar me deu essa porra maneira, com gosto de cereja, pra usar nos lábios. Ele diz que eu tenho que evitar que meus lábios ressequem, pra que meu batom deslize suave. Olha, eu vou te contar, esses troços de mulher são complicados.

Ele estava de sandálias de couro, um short cortado tão curto que as nádegas estavam de fora, uma camiseta sem manga e uma barba de dois dias.

– Acho que você ainda não pegou o jeito desses troços de mulher – disse Lula. – Acho que devia se preocupar mais em raspar essa bunda do que com esse negócio labial.

Era pouco depois da uma quando chegamos ao parque.

– Esses sapatos fazem toda a diferença – disse Lula, olhando os meus sapatos. – Eu não disse que eram do cacete?

– Sapato de puta – disse Sally. – Puta retrô.

Ótimo. Tudo de que eu preciso. Outro par de sapatos de puta retrô, e mais 74 dólares no meu cartão da Macy's.

Estávamos sentadas no estacionamento e, diretamente à nossa frente, havia um lago artificial. Uma pista de corrida circundava o lago em alguns pontos, passando por punhados de árvores. À direita, ficava uma edificação com uma lanchonete e banheiros. À esquerda, havia um campo aberto com balanços e estruturas de madeira para escalar. Os bancos eram posicionados na beirada da água, mas estavam vazios àquela hora do dia. O parque era mais frequentado à noitinha, quando a temperatura caía. Idosos vinham ver o pôr do sol e famílias vinham alimentar os patos e brincar com as crianças.

– Kuntz estará sentado no banco perto do mastro da bandeira – eu disse. – As instruções eram para que estivéssemos aqui às três.

– Aposto que ela vai dar um teco nele – disse Sally. – Por que outro motivo armaria tudo isso?

Eu não achava que houvesse muita chance de Maxine fazer isso. O banco ficava exposto demais. E não tinha boas rotas de fuga. Eu não achava que Maxine fosse uma cientista espacial, mas também não era totalmente imbecil. Pra mim, parecia que Maxine estava tirando uma onda com Eddie Kuntz. E, aparentemente, só ela estava achando engraçado. Passei a foto de Maxine.

– Essa é ela – eu disse. – Se vocês a virem, podem agarrá-la e trazer pra mim. Vou cobrir a área entre a lanchonete e o carro. Lula, você fica com o playground. Sally, eu quero que você se sente no banco, perto da rampa dos barcos. Fique de olho para ver se avista algum atirador. – Depois dessa, eu até revirei os olhos, mentalmente. – E ninguém pressione Kuntz depois que ele se sentar.

Sally e Lula não apenas me convenceram a comprar a plataforma com tiras de amarrar na perna, que iam até a metade das minhas panturrilhas, como também conseguiram me fazer trocar o short por uma minissaia de lycra preta. Era um excelente disfarce, exceto pelo fato de que eu não podia correr, nem me sentar, nem me abaixar. Às duas horas, algumas mulheres chegaram e foram correr. Nada de Maxine. Caminhei até a lanchonete e comprei um saco de pipoca pra dar aos patos. Dois homens mais velhos estavam fazendo o mesmo. Mais alguns corredores apareceram. Dessa vez, homens. Eu alimentei os patos e esperei. Nenhum sinal de Maxine ainda. Lula estava sentada no balanço, lixando as unhas. Sally tinha se esticado no chão, atrás de seu banco, e parecia estar dormindo. Mas que time, esse meu, hein?

Durante o tempo em que estive ali, ninguém se aproximou do banco perto do mastro. Eu já o inspecionara, de cima a baixo, logo que cheguei, e não achei nada de estranho. Um dos corredores tinha voltado da corrida e se sentou dois bancos depois, desamarrando o tênis e bebendo uma garrafa d'água.

Kuntz chegou às 14:55 e foi direto para o banco.

Lula ergueu os olhos da lixa, mas Sally não moveu um músculo. Kuntz ficou junto ao banco por um instante e se afastou. Nervoso. Não queria se sentar. Ele olhou em volta, me viu na lanchonete e silenciosamente fez uma mímica com a boca, tipo "Puta merda".

Eu tive um pequeno ataque de pânico, temendo que ele viesse até mim, mas, depois, ele se virou e se esparramou no banco.

Uma Cherokee preta entrou no estacionamento e parou ao lado da Blazer de Kuntz. Eu não precisava de uma bola de cristal para decifrar essa. Joyce tinha seguido Kuntz. Agora, não havia muito que eu pudesse fazer. Fiquei olhando o carro por um tempo, mas não aconteceu nada. Joyce estava sentada, na expectativa.

Dez minutos se passaram. Quinze minutos. Vinte. Nada acontecia. A população do parque tinha aumentado, mas ninguém se aproximava de Kuntz e eu não via Maxine. Dois caras carregando uma geladeira térmica caminhavam em direção à água. Eles pararam e falaram com o corredor, que ainda estava sentado no banco perto de Kuntz. Eu vi o corredor sacudindo a cabeça, dizendo que não. Os dois trocaram olhares. Houve uma rápida discussão entre eles. Então, um dos caras abriu o isopor, tirou uma torta e tacou na cara do corredor.

O corredor deu um salto e ficou de pé.

– Jesus Cristo! – ele berrou. – Você é doido?

Lula saiu do balanço e se aproximou. Joyce veio correndo do estacionamento. Kuntz saiu de seu banco. Até Sally estava de pé.

Todos cercaram o corredor, que segurava um dos caras da torta pela camisa. As pessoas gritavam "Separa" e "Pare" e tentavam soltar os dois.

– Eu só estava fazendo meu trabalho! – dizia o cara da torta. – Uma moça me disse para pegar o cara que estivesse nesse banco, perto da fonte.

Eu fulminei Eddie Kuntz.

– Seu asno! Você estava no banco errado!

– A fonte, o mastro... como é que vou guardar essas coisas?

O prato de alumínio da torta e pedaços de chocolate estavam caídos no chão, ignorados. Passei o dedo nos restos e achei um pedaço de papel, num saco plástico. Enfiei o saco dentro da bolsa, com pedaços de chocolate e tudo.

– O que é isso? – disse Joyce. – O que você acabou de enfiar na bolsa?

– Massa de torta. Vou levar pra casa, para o meu hamster.

Ela agarrou a alça da minha bolsa.

– Eu quero ver.

– Larga minha alça!

– Só depois de ver o que você pôs na bolsa!

– O que está havendo aqui? – perguntou Lula.

— Fique fora disso, baleia — disse Joyce.
— Baleia — disse Lula, de olhos estreitos. — Quem é que você chamou de baleia?
— Estou chamando *você* de baleia, bolo de banha.
Lula esticou o braço na direção de Joyce, Joyce deu um gritinho, com os olhos vagos, e desabou no chão.
Todos viraram para Joyce.
— Deve ter desmaiado — Lula disse à aglomeração. — Acho que deve ser uma daquelas que não aguenta ver homens brigando.
— Eu vi isso! — eu disse a Lula, mantendo a voz baixa. — Você a pegou com sua arma imobilizadora!
— Quem, eu?
— Não pode fazer isso! Não pode fazer alguém desmaiar só porque te chamam de baleia!
— Ah, me desculpe — disse Lula. — Acho que não entendi isso.
Joyce estava voltando a si, fazendo pequenos movimentos com os braços e as pernas.
— O que aconteceu? — murmurava ela. — Eu fui atingida por um raio?
Kuntz chegou ao meu lado.
— Gostei do seu disfarce. Quer sair mais tarde pra tomar um drinque?
— Não!
— Que tal eu — Sally disse para Kuntz. — A peruca é minha. E eu também não ficaria mal nessa saia.
— Jesus — Kuntz me disse. — Ele está com você?
— Certíssimo. Estou com ela — disse Sally. — Eu sou a porra do decodificador. Faço parte da equipe.
— Equipe e tanto — disse Kuntz. — Um boiola e uma baleia.
Lula inclinou-se à frente.
— Primeiro de tudo, deixe-me te dizer uma coisa, eu não sou baleia. Por acaso, sou uma mulher grande. — Ela enfiou a mão na bolsa e tirou a arma imobilizadora. — Segundo, que tal ficar com a cabeça embaralhada, seu gorila superdesenvolvido imbecil?

– Não! – eu disse. – Chega de embaralhar os outros.
– Ele xingou a gente – disse Lula. – Chamou Sally de boiola.
– Bom, então está bem – eu disse. – Só dessa vez, mas, depois, nada de embaralhar.
Lula olhou para a arma imobilizadora.
– Droga. Usei a carga toda. Estou com a bateria fraca.
Kuntz fez um movimento erguendo as mãos, como quem diz eu me rendo, contratei uma fracassada, e saiu andando. Vários curiosos ajudaram Joyce a se levantar. Lula, Sally e eu voltamos para o carro.
– Então, por que você e a Joyce estavam brigando? – Lula queria saber.
– Eu consegui outra pista. Assim que vi a torta, eu soube que devia ser para Eddie Kuntz e imaginei que tivesse outra pista dentro dela. Joyce me viu pegar a pista no chão. – Eu tirei o saco plástico da bolsa. – Tchã-nã! – cantarolei.
– Valeu! – disse Lula. – Você arrebenta!
– Somos como o A-Team – disse Sally.
– Sim, só que o A-Team não tinha drag queen.
– O Mr. T gostava de joias – disse Sally. – Eu poderia ser o Mr. T.
– Nada disso. Eu quero ser o Mr. T, porque ele era grande e negro, que nem eu.
Sally tinha tirado o bilhete do plástico e o estava lendo.
– Isso é interessante. Ela fica trocando o código. Esse é muito mais sofisticado do que os outros.
– Você consegue ler?
– Ei, eu sou a porra do mestre dos códigos. Apenas me dê algum tempo.

Parei no estacionamento do meu prédio e peguei a escada até o segundo andar. A sra. Delgado, o sr. Weinstein, a sra. Karwatt e Leanne Kokoska estavam em pé, junto à minha porta.
– O que houve, agora? – perguntei.
– Alguém lhe deixou um recado – disse a sra. Karwatt. – Eu estava saindo com o lixo, quando notei.

— E é uma afronta — disse a sra. Delgado. — Deve ser de um desses criminosos que você está procurando.

Eu me aproximei e olhei a porta. O recado estava rabiscado em hidrocor preta: "Eu te odeio! E vou dar o troco!"

— Quem você imagina ter feito isso? — perguntou Leanne. — Você está em algum caso muito perigoso? Está atrás de algum assassino, ou algo assim?

A verdade é que eu não tinha ideia de quem eu estava atrás.

— Essa caneta não sai — disse a sra. Weinstein. — Será um inferno para tirar. Provavelmente terá que pintar por cima.

— Vou ligar para o Dillon — eu disse a eles, enfiando a chave na fechadura. — Dillon vai arrumar pra mim.

Dillon Ruddick era o zelador, e Dillon consertaria qualquer coisa por um sorriso e uma cerveja.

Entrei no apartamento e meus vizinhos foram em busca de uma nova aventura. Passei a corrente e segui até a cozinha. A luz da secretária estava piscando. Um recado.

Apertei o botão.

— Aqui é Helen Badijan, gerente do 7-Eleven. — Você deixou seu cartão aqui e disse que eu deveria ligar, caso tivesse informação sobre a srta. Nowicki.

Eu liguei para o 7-Eleven e Helen atendeu.

— Agora estou muito ocupada — disse ela. — Se você puder passar por aqui mais tarde, por volta das dez, acho que talvez tenha algo pra você.

Esse dia até que estava ficando decente. Sally estava trabalhando na pista e a mulher do 7-Eleven tinha uma pista potencial.

— Precisamos comemorar — eu disse a Rex, tentando fazer vista grossa para o fato de estar totalmente apavorada com o recado em minha porta. — Pop-Tart pra todo mundo.

Olhei no armário e não havia Por-Tarts. Nada de biscoitos. Nem cereal, nem latas de espaguete, nem sopa, nem manteiga de amendoim. Um pedaço de papel estava preso na porta do armário. Era uma lista de compras. Dizia: "Compre tudo."

Peguei o papel e o enfiei na bolsa, para não me esquecer do que precisava, e pendurei a bolsa no ombro. Estava com a mão na maçaneta quando o telefone tocou.

Era o Kuntz.

– Então, e quanto àquele drinque?

– Não. Nada de drinque.

– Você que perde – disse ele. – Vi você mexendo na torta, no chão. Achou outro bilhete?

– Sim.

– E?

– E estou trabalhando nisso.

– Pra mim, parece que você não está progredindo muito com essa palhaçada de bilhetes. Tudo que recebemos são bilhetes.

– Pode ter mais coisa. A gerente do 7-Eleven ligou e disse que tem algo pra mim. Vou passar por lá mais tarde.

– Por que mais tarde? Por que não vai agora? Pombas, você não pode andar mais rápido com isso? Preciso daquelas cartas.

– Talvez você deva me dizer o que realmente está por trás disso. Estou tendo dificuldades em acreditar que você está passando por tudo isso por causa de algumas cartas de amor.

– Eu lhe disse que são constrangedoras.

– Tá certo.

Olhei em meu carrinho de mercado, pensando se eu tinha tudo. Biscoitos Ritz e manteiga de amendoim para quando eu me sentisse elegante e quisesse fazer aperitivos. Torta de café Entenmann's para manhãs pré-menstruais. Pop-Tarts para o Rex, molho salsa, pra que eu pudesse dizer à minha mãe que estava comendo legumes, cereal congelado, caso eu ficasse de vigia, salgadinhos de milho para o molho salsa.

Eu estava no meio da minha checagem quando um carrinho bateu de frente no meu. Ergui os olhos e vi a vovó Mazur dirigindo e minha mãe um passo atrás.

Minha mãe fechou os olhos.

– Por que eu? – disse ela.
– Arrasou – disse a vovó Mazur.
Eu ainda estava de peruca e minissaia.
– Eu posso explicar.
– Onde foi que eu errei? – minha mãe queria saber.
– Estou usando um disfarce.
A sra. Crandle empurrava seu carrinho pelo corredor.
– Olá, Stephanie, querida, como vai você?
– Estou bem, sra. Crandle.
– Disfarce e tanto – disse minha mãe. – Todo mundo te conhece. E por que você tem que se disfarçar de vagabunda? Por que nunca pode se disfarçar como uma pessoa normal? – Ela olhou o meu carrinho. – Vidros de molho de espaguete. O caixa vai pensar que você não cozinha.
Meu olho esquerdo começou a tremer.
– Preciso ir, agora.
– Aposto que essa é uma roupa ótima pra arranjar homem – disse a vovó. – Você está igualzinha à Marilyn Monroe. Isso é peruca? Talvez eu possa pegar emprestada, uma hora dessas. Eu não me importaria em conhecer alguns homens.
– Se você emprestar essa peruca e alguma coisa acontecer, eu vou responsabilizá-la – disse a minha mãe.

Guardei minhas compras, substituí a peruca por um boné dos Rangers, troquei a saia por um short e botei os sapatos de puta retrô no fundo do armário. Dividi um Pop-Tart com o Rex e abri uma cerveja. Liguei para o Dillon, para contar sobre a minha porta, depois saí pela janela do quarto, para ficar na escada de incêndio, pensando. O ar estava parado e sufocante, o horizonte, obscuro. O estacionamento estava repleto de carros. A essa hora do dia, os idosos estavam todos em casa. Se eles saíssem para comer, era para o horário de jantar especial, e, mesmo que fossem se sentar ao parque, por meia hora, estariam em casa antes das seis. Se fossem jantar em casa, seria às cinco horas, para não atrapalhar a *Wheel of Fortune* e *Jeopardy*.

A maioria dos casos que recebo de Vinnie é rotineira. Geralmente vou até as pessoas que pedem a fiança e explico que perderão a casa, se o fujão não for encontrado. Noventa por cento das vezes, eles sabem onde a pessoa está e me ajudam a pegá-la. Noventa por cento das vezes, eu tenho ideia da pessoa com quem estou lidando. Esse caso não entrava nos noventa por cento. E, pior ainda, esse caso era estranho. Uma amiga tinha perdido um dedo e a mãe tinha sido escalpelada. A caça ao tesouro de Maxine parecia uma brincadeira, quando comparada a isso. E tinha o recado em minha porta. "Eu te odeio." Quem faria isso? A lista era longa.

Uma picape afastou-se do meio-fio a uma quadra de distância, deixando à mostra uma Cherokee preta que estava estacionada atrás. Joyce.

Eu me permiti a luxúria de um suspiro e tomei a cerveja toda. A tenacidade de Joyce merecia respeito. Ergui minha garrafa de cerveja para saudá-la, mas não tive resposta.

O problema em ser uma caçadora de recompensas era o fato de receber todo o treinamento já no emprego. Ranger era prestativo, mas nem sempre está por perto. Então, na maioria das vezes, quando surge algo novo, eu acabo fazendo errado, antes de descobrir como fazer certo. Joyce, por exemplo. Claramente não sei como me livrar de Joyce.

Entrei de volta pela janela, peguei outra cerveja e outro Pop-Tart, enfiei o telefone sem fio embaixo do braço e voltei para a escada de incêndio. Comi o Pop-Tart e bebi a cerveja, para descer, o tempo todo olhando a Cherokee preta. Quando terminei a segunda garrafa de cerveja, liguei para Ranger.

– Fala – disse Ranger.
– Estou com um problema.
– Qual é a questão?

Expliquei a situação a Ranger, incluindo o pneu e o episódio do parque. Houve um silêncio, quando eu senti que ele estava rindo, e finalmente ele disse:

– Fica fria e vou ver o que posso fazer.
Meia hora depois, a BMW de 98 mil dólares de Ranger entrou no meu estacionamento. Ranger desceu e ficou me olhando na escada de incêndio. Ele estava vestindo uma camiseta verde oliva, que parecia ter sido pintada nele, calça camuflada do G.I. Joe e óculos escuros. Apenas um cara normal de Jersey.
Fiz um sinal positivo com o polegar.
Ranger sorriu, deu a volta e seguiu atravessando o estacionamento e a rua, até a Cherokee preta. Ele foi até a porta do passageiro, abriu a porta e entrou no carro. Assim. Se fosse eu, no carro, a porta estaria trancada e ninguém com a pinta de Ranger teria entrado. Mas isso sou eu, e aquela era Joyce.
Cinco minutos depois, Ranger saiu do carro e voltou ao meu estacionamento. Mergulhei pra dentro da janela, saí correndo pelo corredor e escada abaixo e freei derrapando, na frente de Ranger.
– E aí?
– Com que intensidade você quer se livrar dela? Quer que eu atire nela? Quebre um osso?
– Não!
Ranger sacudiu os ombros.
– Então, ela vai ficar.
Houve um som de motor ligando e faróis acendendo, do outro lado da rua. Nós dois nos viramos e vimos Joyce saindo e sumindo, ao virar a esquina.
– Ela vai voltar – disse Ranger. – Mas essa noite, não.
– Como fez para ela ir embora?
– Eu disse a ela que ia passar as próximas doze horas te dando um trato, então, ela podia ir pra casa.
Dava pra sentir o calor subindo pelo meu rosto.
Ranger me deu o sorriso de lobo.
– Eu menti sobre ser essa noite – disse ele.

Ao menos Joyce se foi por um tempo, e eu não tinha que me preocupar quanto a ela me seguir ao 7-Eleven. Subi até meu apartamento, fiz um sanduíche de manteiga de amendoim e marshmallow, num pão branco vagabundo, e fiquei mudando de canal até chegar a hora de ver Helen Badijan.

Na maioria do tempo, eu gostava de ficar sozinha, me deleitando com o luxo egoísta do espaço e ritual não compartilhado. Só a *minha* mão segurava o controle remoto da televisão, não tinha compromisso com a marca do papel higiênico, ou o controle da temperatura. E mais, havia a sensação hesitante e esperançosa de que eu podia ser uma adulta. E que o pior da infância estava para trás. Sabe, eu dizia ao mundo eu tenho o meu próprio apartamento. Isso é bom, certo?

Essa noite, a minha satisfação com a vida solitária foi temperada pela mensagem bizarra rabiscada em minha porta. Essa noite, a solidão parecia solitária, e talvez até um pouquinho assustadora. Essa noite, eu me assegurei de que todas as janelas estivessem fechadas e trancadas, quando deixei meu apartamento.

A caminho da Olden, fiz uma conversão de duas quadras, verificando se havia faróis no meu retrovisor. Não havia sinal de Joyce, mas é melhor prevenir que remediar. Eu tinha a sensação de que essa era uma boa pista e não queria passá-la ao inimigo.

Cheguei ao 7-Eleven alguns minutos antes das dez. Fiquei sentada em meu carro, para ver se Joyce milagrosamente apareceria. Às dez e cinco, nada de Joyce, mas, pelo que eu via, através da vidraça, também nada de Helen Badijan. Um jovem estava atrás do caixa, conversando com um cara mais velho. O homem mais velho acenava os braços, parecendo muito injuriado. O jovem sacudia a cabeça afirmativamente, sim, sim, sim.

Eu entrei na loja e peguei o fim da conversa.

– Irresponsável – dizia o homem mais velho. – Não tem desculpa pra isso.

Fui até os fundos e fiquei perambulando. Claro, Helen não estava lá.

– Com licença – eu disse ao atendente. – Achei que Helen Badijan estivesse trabalhando essa noite.

O balconista nervosamente desviou o olhar de mim, para o homem.

– Ela teve que sair mais cedo.

– É importante que eu fale com ela. Sabe onde posso encontrá-la?

– Garota, essa é a pergunta de cem dólares – disse o homem mais velho.

Eu estendi a mão.

– Stephanie Plum.

– Arnold Kyle. Sou dono desse lugar. Recebi uma ligação, uma hora atrás, dizendo que minha loja estava abandonada. Sua amiga Helen simplesmente foi embora. Sem avisar, nem nada. Ela não teve nem ao menos a decência de trancar. Um cara entrou para comprar cigarros e ligou para a polícia quando viu que não tinha ninguém aqui.

Eu estava com uma sensação muito ruim no estômago.

– Helen estava descontente com seu emprego?

– Nunca me disse nada – disse Arnold.

– Talvez tenha passado mal e não tenha tido tempo para deixar um bilhete.

– Liguei para a casa dela, ninguém a viu. Liguei para o hospital, ela não está lá.

– Olhou em todos os lugares da loja? Na despensa? Sótão? Banheiro?

– Olhei tudo.

– Ela dirige para o trabalho? O carro dela ainda está aqui?

Arnold olhou para o jovem.

– Ainda está aqui – disse o jovem. – Eu estacionei ao lado dele, quando cheguei. É um Nova azul.

– Deve ter saído com uma das amigas – disse Arnold. – Hoje em dia, não se pode confiar em ninguém. Não há senso de responsabilidade. Uma boa diversão aparece e eles te dão tchau.

Voltei minha atenção ao balconista.
– Sumiu algum dinheiro?
Ele sacudiu a cabeça que não.
– Algum sinal de luta? Alguma coisa virada?
– Eu cheguei aqui primeiro – disse Arnold. – E não havia nada. Parecia que ela simplesmente foi dar um passeio.
Entreguei-lhe o meu cartão e expliquei meu relacionamento com Helen. Fizemos uma rápida busca atrás do balcão, à procura de um possível bilhete, mas não tinha nada. Agradeci a Arnold e ao balconista e pedi que ligassem, caso tivessem notícias de Helen. Eu estava com as mãos no balcão, olhei para baixo e vi uma caixa de fósforos do Parrot Bar, de Point Pleasant.
– São seus? – perguntei ao balconista.
– Não – disse ele. – Eu não fumo.
Olhei para Arnold. – Não é meu – disse ele.
– Importa-se se eu levar?
– Pode ficar – disse Arnold.
Correndo o risco de parecer paranoica, eu chequei meu retrovisor umas sessenta vezes a caminho de casa. Nem tanto por Joyce, mas pelos caras que deviam ter assustado ou levado Helen Badijan. Uma semana antes, eu teria chegado à mesma conclusão que Arnold... que Helen se arrancou. Agora que eu sabia dos dedos decepados e escalpelações, eu tinha uma visão mais extrema dos acontecimentos.
Parei no meu estacionamento e dei uma olhada rápida ao redor, respirei fundo e saí do carro feito uma bala. Atravessei o estacionamento, entrei pelos fundos, subi a escada para o meu apartamento. O recado do ódio ainda estava na minha porta. Eu estava ofegante e minha mão tremia tanto que precisei de concentração para enfiar a chave na fechadura.
Isso é estupidez, eu disse a mim mesma. Componha-se! Mas eu não me compus, então me tranquei, olhei embaixo da cama, dentro dos armários e atrás da cortina do chuveiro. Quando estava convencida de estar segura, comi a torta de café Entenmann's e me acalmei.

Quando terminei a torta, liguei para o Morelli, contei sobre Helen e pedi a ele que a checasse.

– O que você tem em mente exatamente?

– Eu não sei. Talvez você possa ver se ela está no necrotério. Ou em algum hospital, com alguma parte perdida do corpo sendo costurada de volta. Talvez possa pedir a algum dos seus amigos que fiquem de olho, para saber algo dela.

– Talvez o Arnold esteja certo – disse Morelli. – Ela provavelmente está num bar, com alguns amigos.

– Você realmente acha isso?

– Não – disse Morelli. – Eu só disse isso pra você desligar o telefone. Estou assistindo a um jogo de futebol.

– Tem algo realmente me incomodando, e eu não te falei.

– Ai, meu Deus.

– Eddie Kuntz era a única pessoa que sabia que eu ia ver Helen Badijan.

– E você acha que ele chegou a ela antes.

– Isso passou pela minha cabeça.

– Sabe, houve uma época em que eu dizia a mim mesmo... Como é que ela consegue? Como se mete com esses tipos esquisitos? Mas agora eu nem questiono. Na verdade, passei a esperar esse tipo de coisa de você.

– Então, você vai me ajudar ou não?

Capítulo 6

Eu não gostava da ideia de talvez ser responsável pelo desaparecimento de Helen. Morelli concordara em dar alguns telefonemas, mas eu ainda estava insatisfeita. Tirei do bolso os fósforos do Parrot Bar e examinei. Nada de anotações rabiscadas na aba interna. Dessa forma, nada para identificá-los como de Maxine. Mesmo assim, no primeiro horário, eu estaria a caminho de Point Pleasant.

Fui até a lista telefônica e procurei Badijan. Havia três. Nenhuma Helen. Duas eram em Hamilton Township. Uma era em Trenton. Eu liguei para o número de Trenton. Uma mulher atendeu e disse que Helen ainda não tinha chegado do trabalho. Fácil. Mas não era a resposta certa. Eu queria que Helen estivesse em casa.

Certo, pensei. Talvez eu precisasse ir ver pessoalmente. Olhar pelas janelas de Kuntz e ver se ele não estava com Helen amarrada a uma cadeira. Coloquei meu cinto preto de mil utilidades e enchi os bolsos. Spray de pimenta, arma imobilizadora, algemas, lanterna, 38. Pensei em carregar o 38, mas achei melhor não. Armas me dão arrepios.

Coloquei um blusão azul-marinho e prendi os cabelos embaixo do boné.

A sra. Zuppa estava chegando do bingo quando eu estava saindo do edifício.

– Parece que você está indo trabalhar – disse ela, apoiando-se pesadamente na bengala. – O que está levando?

– Um 38.

– Eu gosto mais da 9mm.

– É, a nove é boa.

– É mais fácil usar uma semiautomática depois que você teve um implante de quadril e anda de bengala – disse ela.

Uma informação para guardar e ressuscitar com 83 anos. O trânsito era bom a essa hora da noite. Poucos carros na Olden. Nenhum carro na Muffet. Estacionei na esquina da rua Cherry, a uma quadra do Kuntz, e andei até a casa dele. Na parte de baixo, as luzes estavam acesas dos dois lados. As cortinas estavam abertas. Fiquei na calçada xeretando. Leo e Betty estavam lado a lado, de pés para o alto, assistindo a Bruce Willis sangrando na TV. Na porta ao lado, Eddie falava ao telefone. Era um telefone sem fio, e eu podia vê-lo andando de um lado para o outro, na cozinha, nos fundos da casa.

As casas vizinhas estavam escuras. As luzes estavam acesas do outro lado da rua, mas não tinha movimento. Passei por entre as casas, evitando os quadrados de luz lançados no gramado pelas janelas acesas, e andei sorrateiramente pela sombra, até os fundos da casa de Kuntz. Fragmentos de conversa chegavam até mim. Sim, ele a amava, dizia Kuntz. Sim, ele a achava sexy. Fiquei no escuro olhando pela janela. Ele estava de costas pra mim. Estava sozinho e não tinha nenhuma parte de corpo em cima da mesa da cozinha. Nada de Helen acorrentada ao fogão. Nada de gritos sinistros vindos do porão. Tudo isso foi bem decepcionante.

É claro que Jeffrey Dahmer guardava seus troféus na geladeira. Talvez eu deva dar a volta, bater na porta da frente, dizer a Kuntz que estava passando e pensei em parar para aquele drinque. Então, eu poderia olhar sua geladeira, quando ele fosse pegar gelo.

Eu estava pensando nesse plano quando alguém colocou a mão sobre a minha boca e eu fui arrastada de costas e pressionada com força contra a lateral da casa. Chutei com os dois pés e meu coração disparava no peito. Soltei uma das mãos e fui pegar o spray de pimenta e ouvi uma voz familiar cochichar em meu ouvido.

– Se você estiver procurando algo para pegar, arranjo algo melhor que spray de pimenta.
– Morelli!
– Que diabos você acha que está fazendo?
– Estou investigando. O que parece que estou fazendo?
– Parece que você está invadindo a privacidade de Eddie Kuntz. – Ele puxou minha jaqueta para o lado e olhou o cinto da arma. – Nenhuma granada?
– Muito engraçado.
– Você precisa sair daqui.
– Não terminei.
– Terminou, sim – disse Morelli. – Você terminou. Encontrei Helen.
– Conta.
– Aqui, não. – Ele pegou minha mão e me puxou à frente, na direção da rua.

A luz dos degraus de Eddie foi acesa e a porta de tela dos fundos rangeu ao ser aberta.
– Tem alguém aí?

Morelli e eu congelamos junto à lateral da casa.

Uma segunda porta se abriu.
– O que foi? – perguntou Leo. – O que está havendo?
– Tem alguém circulando em volta da casa. Eu ouvi vozes.
– Betty – gritou Leo. – Traga a lanterna. Acenda a luz da varanda.

Morelli me deu um empurrão.
– Corra até seu carro.

Mantendo-me na sombra, eu corri circundando o sobrado vizinho, cortei por trás, pela entrada da garagem, e atravessei os quintais correndo, seguindo até o Cherry. Pulei por cima de uma cerca de arame de 1,20m, prendi o pé e caí de cara na grama.

Morelli me puxou pelo cinto e me pôs em movimento.

Sua picape estava estacionada bem atrás do meu CRX. Nós dois pulamos em nossos carros e saímos a toda. Só parei quando estava na segurança do meu estacionamento.

Saí de trás do volante, tranquei o carro e achei que o que precisava era de uma pose casual, recostada no CRX, ignorando o fato de que meus joelhos estavam ralados e eu estava com manchas de grama pelo corpo todo.

Morelli veio desfilando e ficou balançando nos calcanhares, de mão no bolso.

— Gente como você dá pesadelo à polícia — disse ele.

— E quanto à Helen?

— Morta.

O ar ficou preso no meu peito.

— Isso é terrível!

— Ela foi encontrada num beco, a quatro quadras do 7-Eleven. Não sei de muita coisa, exceto que parece ter havido luta.

— Como ela foi morta?

— Só saberei depois que fizerem a autópsia, mas havia hematomas em seu pescoço.

— Alguém a estrangulou?

— É o que parece — Morelli parou. — Tem outra coisa. E isso não é informação pública. Vou lhe dizer pra que você tome cuidado. Alguém decepou o dedo dela.

A náusea revirou o meu estômago e eu tentei puxar um pouco de ar. Havia um monstro à solta... Alguém com uma mente muito doente. E eu o soltara em cima de Helen Badijan, ao envolvê-la em meu caso.

— Detesto esse emprego — eu disse a Morelli. — Detesto essa gente ruim e os crimes horrendos e o sofrimento humano que causam. E detesto o medo. No começo, eu era imbecil demais para ter medo. Agora, parece que estou sempre com medo. E, se tudo isso já não fosse ruim o bastante, eu matei Helen Badijan.

— Você não matou Helen Badijan — disse Morelli. — Não pode se responsabilizar por isso.

— Como é que você passa por isso? Como vai trabalhar todo dia, lidando com essas sanguessugas?

– A maioria das pessoas é boa. Mantenho isso em foco, para não perder a perspectiva. É como ter um cesto de pêssegos. Em algum lugar, no meio do cesto, há um pêssego podre. Você o encontra e tira. E pensa: bem, os pêssegos são assim... que bom que eu estava por perto para impedir que a podridão se espalhasse.
– E quanto ao medo?
– Concentre-se em fazer o trabalho, não no medo.
Fácil dizer, difícil fazer, eu pensei.
– Imagino que você tenha ido à casa de Kuntz me procurar.
– Eu liguei pra te dar a notícia – disse Morelli –, e você não estava em casa. Perguntei a mim mesmo se você seria imbecil a ponto de ir atrás de Kuntz e a resposta foi sim.
– Acha que Kuntz matou Helen?
– Difícil dizer. Ele tem a ficha limpa. O fato de ter sabido que você se encontraria com Helen talvez não tenha nada a ver com isso. Pode haver alguém por aí trabalhando de forma totalmente independente, achando as mesmas pistas que você.
– Quem quer que seja, agora, está na minha frente. Pegaram Helen.
– Talvez Helen não soubesse muito.
Isso era possível. Talvez só tivesse os fósforos.
Morelli fixou o olhar no meu.
– Você não vai atrás do Kuntz de novo, vai?
– Essa noite, não.

Sally ligou enquanto eu estava esperando coar o meu café matinal.
– O código foi divertido, mas a mensagem é tediosa – disse Sally.
– A próxima pista está numa caixa marcada com um X vermelho.
– Só isso? Sem instruções para encontrar a caixa?
– Só o que eu li. Quer o papel? Está meio bagunçado. Sugar limpou a cozinha hoje de manhã e acidentalmente jogou a pista no lixo. Tive sorte de encontrá-la.
– Ele ainda está zangado?

— Não, ele está num de seus surtos de limpar, cozinhar, decorar. Hoje de manhã, ele se levantou e fez waffles, bolinhos de linguiça, suco de laranja espremida na hora, uma omelete de cogumelos, pôs um bolo de café no forno, esfregou a cozinha até quase cair e saiu para comprar umas almofadas para o sofá.

— Arrebentou. Achei que ele talvez estivesse aborrecido porque eu peguei a peruca emprestada.

— Que nada. Hoje de manhã ele estava todo cordato. Disse que você podia pegar a peruca emprestada sempre que quisesse.

— Que cara legal.

— É, e ele faz um waffle de matar. Tenho ensaio às dez em Hamilton Township. Posso passar aí, no caminho, e te entregar a pista.

Servi uma caneca de café e liguei para Eddie Kuntz.

— Ela esteve aqui — disse ele. — A piranha estava me espionando ontem à noite. Eu estava ao telefone e ouvi alguém falando lá fora, então corri pra olhar, mas ela fugiu. Eram duas pessoas. Maxine e mais alguém. Provavelmente uma das amigas malucas.

— Tem certeza de que era Maxine?

— Quem mais seria?

Eu, seu escroto babaca.

— Já decifrei a pista da torta. A próxima está numa caixa, com um grande X vermelho. Você tem alguma caixa assim no seu gramado?

— Não. Estou olhando pela janela da frente e não vejo caixa alguma.

— E lá atrás?

— Que babaquice. Pistas e caixas e... merda, eu achei a caixa. Está nos degraus dos fundos. O que devo fazer?

— Abra a caixa.

— Sem chance. Não vou abrir essa caixa. Pode ter uma bomba ali dentro.

— Não tem bomba nenhuma.

– Como sabe?
– Não é o estilo de Maxine.
– Deixe-me dizer algo sobre Maxine. Maxine não tem estilo. Maxine é uma doida varrida. Se você está tão confiante sobre a caixa, venha abrir.
– Tudo bem. Vou até aí abrir. Só deixe onde está e eu estarei aí o mais rápido que puder.

Terminei meu café e dei um pouquinho de cereal para Rex de café da manhã.

– Plano do dia – eu disse a Rex. – Esperar Sally trazer o bilhete. Em seguida, seguir de carro até a casa de Kuntz e abrir a caixa. Depois, passo o resto do dia em Point Pleasant, procurando Maxine. Mas que plano e tanto, hein?

Rex saiu correndo da lata de sopa, enfiou o cereal nas bochechas e voltou correndo pra dentro da lata. Já era o Rex.

Eu estava pensando se uma segunda caneca de café me daria palpitações, quando alguém bateu à porta. Atendi e fiquei olhando um entregador de flores, meio escondido atrás de um imenso buquê.

– Stephanie Plum?
– Sim!
– Para você.

Nossa. Flores. Eu adoro ganhar flores. Peguei as flores e dei um passo atrás. E o entregador deu um passo à frente, entrou em meu apartamento e me apontou uma arma. Era Maxine.

– Tsk, tsk, tsk – disse ela. – Caiu no golpe das flores. De que disco voador você caiu?

– Eu sabia que era você. Só queria falar contigo, por isso não falei nada.

– Sei, claro. – Ela deu um chute fechando a porta e olhou em volta. – Ponha as flores na pia da cozinha e depois vire de costas e fique com as mãos na porta da geladeira.

Obedeci à ordem e ela me algemou ao puxador da geladeira.

– Agora, nós vamos conversar – disse ela. – O negócio é o seguinte: pare de ser um pé no saco e eu te deixo viver.

– Você teria coragem de me matar?
– Num piscar de olhos.
– Eu não acho.
– Sabichona.
– Qual é o lance das pistas?
– As pistas são para o escroto. Eu queria fazê-lo pular, como ele fez comigo. Mas você tinha que aparecer, e agora você faz todo o trabalho sujo pra ele. Qual é a desse cara com as mulheres? Como ele consegue?
– Bem, não posso falar por mais ninguém, mas eu estou fazendo pelo dinheiro.
– Eu sou tão imbecil – disse ela. – Fiz de graça.
– Tem outra coisa rolando – eu disse. – Alguma coisa séria. Sabia que reviraram o seu apartamento? Já soube da Margie e da sua mãe?
– Não quero falar sobre isso. Agora, não há nada que eu possa fazer. Mas eu posso lhe dizer uma coisa. Eu vou pegar o que está vindo pra mim, daquele filho da puta do Eddie Kuntz. Ele vai pagar por tudo que fez.
– Você quer dizer por escalpelar a sua mãe?
– Quero dizer por quebrar o meu nariz. Quero dizer todas as vezes que ele ficou bêbado e me bateu. Todas as vezes que me traiu. Todas as vezes que pegou meu pagamento. E as mentiras quanto a casar. É por isso que ele vai pagar.
– Ele disse que você pegou algumas cartas românticas que pertencem a ele.
Maxine jogou a cabeça pra trás e riu. Foi uma bela e sincera gargalhada que seria contagiosa, caso eu não estivesse algemada à minha geladeira.
– Foi isso que ele te disse? Nossa, essa é boa. Eddie Kuntz escrevendo cartas de amor. E você provavelmente tem ações da Ponte do Brooklyn, também.
– Ouça, eu só estou tentando fazer meu trabalho.

— É, e eu estou tentando ter uma vida. Estou te dando um conselho. Esqueça esse negócio de tentar me achar, porque não vai rolar. Só estou por aqui pra me divertir um pouco com esse escroto, depois, *fui*. Assim que eu terminar de puxar a corda de Kuntz, vou sumir.

— Você tem dinheiro para sumir?

— Mais do que Deus tem maçãs. Agora, eu vou lhe dizer algo sobre a caixa. Está cheia de cocô de cachorro. Passei o dia inteiro no parque, enchendo um saco plástico. A pista está no cocô, dentro do saco plástico. Quero que o escroto remexa no cocô. E, confie em mim, ele quer me achar a ponto de fazê-lo. Então, sai fora e não ajude.

Senti meu lábio se contrair involuntariamente. Cocô de cachorro. Irc.

— Só isso que tenho pra te dizer — disse Maxine. — Vá procurar outra pessoa e pare de ajudar o escroto.

— Foi você que pichou minha porta?

Ela se virou para ir embora.

— Não, mas é um recado bem legal.

— Você vai deixar a chave das algemas, não vai?

Ela me olhou, piscou e saiu desfilando, fechando a porta atrás dela. Droga!

— Eu não sou a única atrás de você! — gritei. — Cuidado com aquela piranha da Joyce Barnhardt! — Merda. Ela estava fugindo. Eu sacudi as algemas, mas estavam seguras. Nada de facas, nem utensílios úteis ao alcance. O telefone estava longe demais. Eu poderia gritar até o dia raiar, acima do som da TV do sr. Wolensky, do outro lado do corredor, que ele não me ouviria. Pense, Stephanie. Pense!

— Socorro! — gritei. — Socorro!

Ninguém apareceu para me socorrer. Depois de cinco minutos gritando, eu comecei a ficar com dor de cabeça. Então, parei de gritar e olhei na geladeira, em busca de algo que pudesse parar a dor de cabeça. Torta cremosa de banana. Ainda tinha sobrado um pouco de sábado. Comi a torta e bebi leite. Ainda estava com fome, então comi um pouco de manteiga de amendoim e um saco de cenourinhas. Estava terminando as cenouras quando ouvi outra batida em minha porta.

Voltei a gritar "Socorro!".

A porta se abriu e Sally enfiou a cabeça do lado de dentro.

— Que porra excêntrica! — disse ele. — Quem te algemou à geladeira?

— Tive uma briguinha com Maxine.

— Parece que você perdeu.

— Imagino que você não a tenha visto de bobeira no estacionamento.

— Não.

Meu maior medo era de que ela tivesse escapado, para jamais ser achada. Meu segundo maior medo era de que Joyce a pegasse.

— Vá até o porão e traga o Dillon, zelador, peça a ele pra subir com a serra de arco.

Vinte minutos depois, eu ainda estava usando uma pulseira, mas, pelo menos, estava livre da geladeira. Sally tinha ido para o ensaio. Dillon descia com seis latas de cerveja embaixo do braço. E eu estava atrasada para um compromisso com uma caixa cheia de cocô de cachorro.

Disparei escada abaixo, para a porta. Seguia em direção ao meu carro e parei, ao ver que Joyce estava entrando no estacionamento.

— Joyce — eu disse —, há quanto tempo? — Espiei no carro dela, procurando Maxine. — Você ainda está me seguindo?

— Claro que não. Tenho coisas melhores a fazer do que ficar sentada o dia todo, esperando que alguém tome uma torta na cara. Só vim dar tchau.

— Está desistindo?

— Estou ficando esperta. Não preciso de você para encontrar Maxine.

— Ah, é? E por quê?

– Eu sei onde ela está se escondendo. Tenho um contato que sabe de todas as transações de Maxine. Pena que você nunca trabalhou em vendas, como eu. Eu fiz muitos contatos.

O vidro do lado do motorista subiu e Joyce saiu do estacionamento acelerando, rua abaixo.

Ótimo. Joyce tem contatos.

Segui até o CRX e notei que alguém tinha deixado um bilhete embaixo do meu limpador de para-brisa.

Eu disse que ia ter troco e falei pra valer. Tenho te observado e sei que ele esteve aqui. Esse é o último aviso. Deixe meu namorado em paz! Da próxima vez que eu encharcar alguma coisa com gasolina, vou riscar o fósforo.

Isso tinha a ver com o namorado de alguém. E só uma pessoa me veio à cabeça. Morelli. Que ódio! E pensar que quase fui pra cama com ele. Fechei os olhos com força. Caí naquele papo furado de nada de camisinha e nada de sexo. O que eu estava pensando? Eu devia deixar de ser tola e não acreditar em qualquer coisa que Morelli me diz. E não era difícil adivinhar o nome da namorada. Terry Gilman. Essa ameaça tinha toda pinta de máfia. E Connie tinha dito que Terry era ligada.

Cheirei meu carro. Gasolina. Passei o dedo no capô. Ainda estava molhado. A namorada perturbada de Morelli deve ter passado ali. Provavelmente fez isso enquanto eu estava presa à geladeira. Nada de mais, pensei. Vou passar com o CRX no lavajato.

Enfiei a chave na porta, mais pela força do hábito. A chave não virou como o habitual, o que significava que a porta não estava trancada. Olhei mais de perto e vi os arranhões no vidro. Alguém usou um pé de cabra para arrombar.

Tive um mau pressentimento.

Dei uma espiada rápida pela janela. Aparentemente, nada havia sido roubado. O rádio parecia intacto. Abri a porta do lado do motorista e o cheiro de gasolina quase me fez ajoelhar. Pus a mão no banco. Estava ensopado. Os tapetes estavam ensopados.

O painel estava ensopado. A gasolina estava empoçada nas frestas e vãos.

Merda! Maldito Morelli. Eu estava mais zangada com ele do que com Terry. Olhei ao redor do estacionamento. Ninguém além de mim.

Peguei o celular e comecei a ligar. Ninguém atendeu na casa de Morelli. Ninguém atendeu no número do escritório. Nem no telefone do carro. Dei um chute no pneu e fui muito criativa no xingamento.

Eu estava parada no canto traseiro do estacionamento, sem carros adjacentes. Para mim, parecia que a coisa mais segura a fazer era manter o carro no estacionamento e deixar que um pouco da gasolina evaporasse. Abri bem as janelas, voltei ao apartamento e liguei para Lula, no escritório.

– Preciso de uma carona – eu disse a Lula. – Estou com problema no carro.

– Certo, então me fale novamente sobre essa caixa – disse Lula, alinhando o Firebird junto ao meio-fio, na frente da casa de Kuntz.

– A Maxine disse que está cheia de cocô de cachorro, então não devemos tocar.

– Você acredita em Maxine? E se for uma bomba?

– Não acho que seja uma bomba.

– Sim, mas você tem certeza?

– Bem, não.

– Então, é o seguinte. Vou ficar na varanda da frente, enquanto você abre aquela caixa. Não quero ficar nem perto.

Contornei a traseira da casa e, obviamente, lá estava a caixa, nos degraus. Era quadrada e tinha aproximadamente um palmo de largura. Era de papelão grosso, lacrada com fita isolante, marcada com um X vermelho.

Kuntz estava junto à porta de tela.

– Como você demorou.

– Sorte sua que a gente tenha vindo – disse Lula. – E, se você não mudar de comportamento, nós vamos embora. Então, o que acha disso?

Agachei e examinei a caixa. Nada de tique-taque. Não cheirava a merda de cachorro. Nenhum rótulo que alertasse PERIGO, EXPLOSIVOS. A verdade é que podia ter qualquer coisa dentro dela. Qualquer coisa. Piolhos da Tempestade do Deserto.

– Pra mim, parece tudo bem – eu disse a Kuntz. – Vá em frente e abra.

– Tem certeza que é seguro?

– Ei – disse Lula –, somos profissionais treinadas. Conhecemos essas coisas. Certo, Stephanie?

– Certo.

Kuntz encarava a caixa. Ele estalou os dedos e contraiu os lábios. – Aquela maldita Maxine. – Ele pegou um canivete suíço do bolso e se abaixou sobre a caixa.

Lula e eu discretamente nos afastamos do degrau.

– Tem certeza? – perguntou ele, novamente, empunhando o canivete.

– Ah, sim. – Outro passo para trás.

Kuntz cortou a fita, abriu as abas e espiou dentro da caixa. Nada explodiu, mas Lula e eu mantivemos distância.

– Que diabos? – disse Kuntz, olhando mais de perto. – O que é isso? Parece um saco plástico lacrado cheio de pudim de chocolate.

Lula e eu trocamos olhares.

– Imagino que a pista esteja dentro do saco – disse Kuntz. Ele cutucou o saco, seu rosto se contorceu, e ele emitiu um som semelhante a um urro.

– Algo errado? – perguntou Lula.

– Isso não é pudim.

– Bem, olhe o lado bom – disse Lula. – Não explodiu, explodiu?

– Nossa, olha a hora – eu disse, dando um tapinha em meu relógio. – Vou ter que correr.

– É, eu também – disse Lula. – Tenho umas coisas pra fazer.

O rosto de Kuntz estava sem cor.
– E quanto à pista?
– Você pode me ligar mais tarde, ou deixar recado na secretária. Apenas leia as letras pra mim.
– Mas...
Lula e eu partimos. Contornamos a casa e entramos no Firebird. Descemos a rua.
– E agora? – perguntou Lula. – Vai ser difícil superar isso, na empolgação. Não é todo dia que eu vejo uma caixa cheia de bosta.
– Preciso procurar a Maxine. Não sou a única que descobriu que ela está em Point Pleasant. Infelizmente, tenho um carro vandalizado no estacionamento e terei que cuidar disso primeiro.

Tentei Morelli novamente, no celular, e consegui falar com ele no carro.
– Sua namorada me visitou – eu disse.
– Não tenho namorada.
– Conversa *fiada*!
Eu li o bilhete e contei a ele sobre a minha porta e meu carro.
– Por que você acha que é minha namorada? – Morelli quis saber.
– Não consigo pensar em mais ninguém que possa deixar uma mulher tão perturbada.
– Agradeço o elogio – disse Morelli. – Mas não estou envolvido com ninguém. Há muito tempo.
– E quanto a Terry Gilman?
– Terry Gilman não despejaria gasolina em seu carro. Terry Gilman educadamente bateria à sua porta e, quando você atendesse, arrancaria seus olhos.
– Quando foi a última vez que você viu Terry?
– Há uma semana. Cruzei com ela na Delicatessen Fiorello's. Ela estava muito bem, com uma sainha jeans, mas não é a mulher da minha vida nesse momento.

Estreitei os olhos.
– Então, *quem* é a mulher da sua vida agora?

— Você.
— Ah. Então, o que é essa história de namorado?
— Talvez seja Maxine. Você disse que aconteceu depois que ela te prendeu à geladeira.
— E ela está falando de Kuntz? Não sei. Não parece bater.

Lula estacionou ao lado do CRX e nós descemos pra ver o estrago.

— Não sei como você vai se livrar dessa quantidade de gasolina — disse Lula. — Está por todo lado. Até escorreu pra fora. Tem poças aqui.

Eu precisava ligar para a polícia e fazer um boletim de ocorrência, depois tinha que ligar para minha seguradora. O carro precisava de uma lavagem profissional. Eu provavelmente tinha uma franquia, mas não conseguia lembrar o valor. Não que isso fizesse diferença. Eu não podia dirigir o carro assim.

— Vou lá dentro fazer algumas ligações — eu disse a Lula. — Se eu me apressar, talvez consiga fazer isso a tempo de ir a Pleasant Point para procurar Maxine.

— Sabe o que eu adoro em Pleasant Point? Adoro aquelas casquinhas, metade de baunilha, metade de laranja. Talvez eu vá com você. Talvez você precise de um guarda-costas.

Uma van azul entrou no estacionamento e parou atrás de nós.

— Minha nossa senhora — disse Lula. — É a dona Nowicki, dirigindo já com um pé na cova.

A sra. Nowicki saltou do carro e veio rebolando.

— Eu ouvi isso e não estou com um pé na cova. Se estivesse, estaria mais feliz.

Ela vestia uma bermuda de lycra verde fluorescente. Estava totalmente maquiada, com um cigarro no canto da boca e franjas alaranjadas emolduravam seu rosto, presas ao turbante verde fluorescente... o qual eu sabia esconder sua cabeça recém-escalpelada.

Ela olhou meu carro e caiu na gargalhada.

— Isso é seu?

— É.
— Ninguém te contou que a gasolina tem que ser posta no tanque?
— Quer falar comigo sobre algo?
— Estou deixando a cidade — disse a sra. Nowicki. — E tenho novidades para você. Maxine ficaria muito zangada se soubesse que estou lhe dizendo isso, mas acho que você estava certa sobre ser melhor que você a encontre do que... você sabe.
— Teve notícias dela?
— Ela trouxe o carro para mim. Disse que não precisava mais dele.
— Onde está ela?
— Bem, ela estava em Pleasant Point, como eu achei. Mas disse que descobriram isso, então foi para Atlantic City. Ela não me deu endereço, mas sei que ela gosta de jogar no Bally's Park Place. Acha que tem mais chance ali.
— Tem certeza?
— Até que estou bem certa. — Ela deu uma profunda tragada no cigarro, chegando até o filtro. Fumaça azul saía por seu nariz e ela jogou a guimba fora. Bateu na calçada, rolou pra debaixo do meu carro e... tumf! O carro pegou fogo.
— AAAAAAhhh! — Lula e eu gritamos, dando um salto para trás.
O carro foi engolido por uma imensa bola amarela de fogo.
— FOGO! FOGO! — eu e Lula gritávamos.
A sra. Nowicki se virou para ver.
— O quê?
CABUM! Houve uma explosão e a sra. Nowicki caiu de bunda, e uma segunda bola de fogo estourou. O Firebird de Lula!
— Meu carro! Meu bebê! — gritou Lula. — Faça alguma coisa! Faça alguma coisa!
As pessoas transbordavam do prédio e as sirenes berravam a distância. Lula e eu nos abaixamos sobre a sra. Nowicki, que estava estirada na calçada, de barriga pra cima e olhos arregalados.
— Iiih — disse Lula. — Não vai morrer de novo, vai?

— Preciso de um cigarro — disse a sra. Nowicki. — Acende aí.

Um carro de patrulha entrou no estacionamento com as luzes piscando. Carl Costanza saiu do carro e caminhou até mim.

— Muito bom — disse ele. — Dessa vez, parece que você explodiu dois carros.

— Um era de Lula.

— Vamos precisar procurar por pedaços de corpos? Da última vez que você explodiu um carro, nós encontramos pedaços de corpos a uma quadra de distância.

— Você só achou um pé a uma quadra de distância. A maioria das partes estava aqui no estacionamento. Pessoalmente, eu acho que o cachorro da sra. Burlew levou o pé pra lá.

— Sim, e dessa vez? Temos que procurar pés?

— Os dois carros estavam vazios. A sra. Nowicki ficou abalada, mas já está bem.

— Ela está tão bem que foi embora — disse Lula. — Ela pôde fazer isso porque sua lata velha não fritou.

— Ela foi embora? — Minha voz saiu igual à voz da Minnie. Eu não pude acreditar que ela tinha ido embora, depois de causar o acidente.

— Nesse segundo — disse Lula. — Acabei de vê-la deixando o estacionamento.

Olhei na direção da St. James e uma ideia inquietante passou pela minha cabeça.

— Você não acha que ela tenha feito de propósito, acha?

— Explodir os dois carros pra que a gente não fosse procurar sua filha? Acha que ela é esperta o suficiente pra pensar em algo assim?

Os carros de bombeiro foram embora primeiro, depois a polícia e os caminhões reboque. Agora, tudo que restara era um ponto chamuscado e cheio de areia no asfalto.

— Ai, ai — disse Lula. — Vem fácil, vai fácil.

— Você não parece muito aborrecida. Achei que adorasse aquele carro.

– Bem, o rádio não estava funcionando direito e fizeram um amassadinho no lado da porta, no supermercado. Agora posso comprar um novo. Assim que resolver a papelada, vou sair pra comprar um carro. Não tem nada que eu goste mais do que sair pra comprar carro.

Nada que eu *detestasse* mais do que comprar carro. Eu prefiro fazer uma mamografia a ir comprar carro. Nunca tive dinheiro suficiente pra comprar o carro de que eu realmente gostasse. E também tem os vendedores de carro... só ficam atrás dos dentistas, na habilidade de infligir dor. Cruzes. Um arrepio involuntário desceu pela minha espinha.

– Veja, eu sou uma daquelas pessoas positivas – Lula prosseguiu. – Meu copo não está metade vazio. Negativo. Meu copo está sempre metade cheio. Por isso, estou me tornando alguém. E, de qualquer forma, tem gente muito pior que eu. Não passei a tarde procurando um bilhete numa caixa cheia de cocô de cachorro.

– Acha que a sra. Nowicki estava dizendo a verdade sobre Atlantic City? Ela poderia estar tentando nos tirar da trilha.

– Só tem um jeito de descobrir.

– Precisamos estar motorizadas.

Olhamos uma para a outra e fizemos uma careta dupla. Ambas sabíamos onde havia um carro disponível. Meu pai tinha um Buick 53, azul bebê e branco, parado na garagem. De tempos em tempos, eu ficava desesperada o suficiente pra pegar o monstro emprestado.

– Não, não, não – disse Lula. – Não vou para Atlantic City naquele batmóvel de cafetão.

– Onde está sua atitude positiva? E o negócio da xícara meio cheia?

– Foda-se a xícara meio cheia. Não consigo ficar legal naquele carro. E não ando num carro que não seja legal. Tenho uma reputação em jogo. Quem vê uma negona num carro daqueles só pen-

sa uma coisa. Vinte e cinco dólares por uma chupada. Estou lhe dizendo, se você não é o Jay Leno, não tem jogo com aquele carro.
— Certo, deixe-me entender direito. Se eu resolver ir para Atlantic City, e o único carro que eu arranjar for o Azulão... você não vai querer ir comigo.
— Bem, já que você está colocando as coisas assim...
Chamei um táxi para Lula e subi correndo até meu apartamento. Entrei e fui direto até a geladeira, pegar uma cerveja.
— Tenho que lhe dizer — eu disse ao Rex. — Estou ficando desanimada.
Chequei a secretária eletrônica e havia um recado tenso de Eddie.
— Tá comigo.
Kuntz não parecia mais feliz, quando liguei de volta. Ele leu as letras pra mim. Cinquenta e três, no total. E desligou. Não perguntou sobre minha saúde. Nem sugeriu que eu tivesse um bom dia.
Liguei para Sally e transferi o fardo pra ele.
— Falando nisso — eu disse. — Que carro você tem?
— Porsche.
Era de se imaginar.
— Dois lugares?
— Tem outro tipo?
Espaço pra mim. Sem espaço pra Lula. Ela entenderia. Afinal, isso era negócio, certo? E o fato de seu carro ter acabado de explodir também era negócio, certo?
— Não foi culpa minha — eu disse. — Não fui eu que joguei o cigarro.
— Eu devo ter viajado no espaço por um minuto — disse Sally. — Acho que acabei de receber algumas frases do além.
Expliquei sobre os carros pegando fogo e a pista da sra. Nowicki.
— Parece que nós precisamos ir até Atlantic City — disse Sally.
— Acha que poderíamos espremer Lula no Porsche, conosco?
— Nem se passarmos vaselina.

Dei um suspiro de tristeza e disse a Sally que iríamos em meu carro e o pegaria às sete. Sem chance de conseguir tirar a Lula dessa.

Capítulo 7

— Outras mães têm filhas que se casam e têm filhos – disse minha mãe. – Eu tenho uma filha que explode carros. Como isso aconteceu? Isso não vem do *meu* lado da família.

Nós estávamos na mesa, jantando, e meu pai estava debruçado sobre o prato, sacudindo os ombros.

— O que foi? – minha mãe perguntou a ele.

— Não sei. Só pareceu engraçado. Alguns homens podem passar a vida sem que o filho jamais exploda um carro, mas eu tenho uma filha que detonou três carros e botou fogo numa funerária. Talvez isso seja algum tipo de recorde.

Todos ficaram em silêncio, chocados, porque esse foi o discurso mais longo que meu pai fez em quinze anos.

— Seu tio Lou costumava explodir carros – meu pai me disse.

— Você não sabe disso, mas é verdade. Quando Louie era jovem, ele trabalhou para o Joey, o isca. Naquela época, Joey era dono de estacionamentos e estava em guerra com os irmãos Grinaldi, que também tinham estacionamentos. E Joey pagava Louie para explodir os carros dos Grinaldi. Louie era pago por carro explodido. Cinquenta dólares por carro. Era um bom dinheiro naqueles tempos.

— Você esteve na pensão, bebendo – minha mãe disse ao meu pai. – Achei que você devia estar rodando com o táxi, não?

Meu pai espetou algumas batatas.

— Ninguém quis andar de táxi. Dia de pouco movimento.

— O tio Lou alguma vez foi pego?

— Nunca. Lou era bom. Os irmãos Grinaldi nunca desconfiaram de Lou. Eles achavam que Lou mandava o Willy Fuchs.

Um dia, apagaram o Willy. E o Lou parou de explodir os carros dos Grinaldi.

– Meu Deus.

– Deu tudo certo – disse meu pai. – Lou entrou para o ramo de venda de atacadista de frutas, e até que se deu bem.

– Pulseira estilosa a que você está usando – disse a vovó.

– É nova?

– Na verdade, é metade de um par de algemas. Eu acidentalmente tranquei e não conseguia achar a chave. Então, tive que mandar serrar uma delas. Preciso ir a um chaveiro para abrirem essa metade, mas não tive tempo.

– O filho de Muriel Slickowsky é chaveiro – disse minha mãe.

– Eu poderia ligar para a Muriel.

– Talvez amanhã. Preciso ir a Atlantic City essa noite. Vou checar uma pista sobre Maxine.

– Eu devo ir junto – disse a vovó, pulando da cadeira, seguindo para a escada. – Posso ajudar. Eu me entroso bem por lá. Atlantic City é cheio de gatas idosas como eu. Deixe-me mudar de vestido. Estarei pronta num minuto!

– Espere! Acho que não...

– De qualquer jeito, não tinha nada de bom na TV essa noite – a vovó gritou do segundo andar. – E não se preocupe, eu vou preparada.

Isso me fez me levantar da cadeira.

– Nada de armas! – Olhei para minha mãe. – Ela não tem mais aquele 45, não é?

– Procurei-o por todo lado, no quarto dela, e não o encontrei.

– Quero que ela seja revistada nua antes de entrar no meu carro.

– Não tem dinheiro suficiente no universo – disse meu pai. – Nem sob ameaça de morte, eu vou olhar aquela mulher nua.

Lula, vovó Mazur e eu ficamos em pé no hall, esperando Sally atender à campainha. Eu estava com um short jeans, camiseta branca e sandálias. Vovó estava com um vestido estampado de azul e vermelho, tênis branco. Lula usava um vestido vermelho, dois dedos abaixo da bunda; meia-calça vermelha e sapatos de salto alto de cetim vermelho.

E Sally abriu a porta em traje completo de drag. Peruca preta de puta drag, tubinho forrado de lantejoulas prateadas que ia até dois dedos da bunda dele e plataformas prateadas de amarrar na perna que o deixavam com estarrecedores 2,15m, sem contar a cabeleira.

Sally me olhou de cima a baixo.

– Achei que nós deveríamos estar disfarçados.

– Eu estou disfarçada de super gata – disse Lula.

– É, e eu estou disfarçada de idosa – disse a vovó.

– Minha mãe não me deixaria ir, se eu me disfarçasse de alguém – comentei.

Sally deu uma puxadinha no vestido.

– Estou disfarçada de Sheba.

– Colega – Lula disse a ele –, você está um arraso.

– Sally é drag queen – expliquei à vovó.

– Não brinca – disse a vovó. – Eu sempre quis conhecer uma drag queen. Sempre quis saber o que vocês fazem com o pinto, quando vestem roupas de garotas.

– Você tem que usar uma calça especial que esconde tudo.

Todas nós olhamos para a protuberância na altura da virilha, na frente do vestido de Sally.

– Pois é, podem me processar – disse Sally. – Me dá assadura.

Lula ergueu o nariz no ar.

– Que cheiro é esse? Mmm, sinto o cheiro de algo assando.

Sally revirou os olhos.

– É o Sugar. Ele está numa porra de um frenesi. Deve ter usado uns cinco quilos de farinha nas duas últimas horas.

Lula passou por Sally e entrou na cozinha.

– Deus – disse ela –, olhe só pra isso... bolos até onde a vista alcança.

Sugar estava junto à pia, sovando massa de pão. Ele ergueu os olhos quando nós entramos e deu um sorriso constrangido.

– Vocês provavelmente vão me achar esquisito por estar fazendo todos esses bolos.

– Meu bem, eu te acho lindinho – disse Lula. – Se algum dia você precisar de alguém pra dividir o apartamento, me liga.

– Gosto do cheiro do ar quando algo está assando no forno – disse Sugar. – Lembra o lar.

– Nós vamos para Atlantic City – eu disse a Sugar. – Gostaria de ir conosco?

– Obrigada, mas eu estou com uma torta pronta para entrar no forno e essa massa tem que crescer, depois tenho roupa pra passar...

– Credo – disse Lula –, você parece a Cinderela.

Sugar cutucou a massa.

– Não sou muito de jogo.

Cada uma de nós pegou um biscoito de um prato no balcão, depois debandamos da cozinha, seguindo pelo corredor até o elevador.

– Que cara tristinho – disse Lula. – Ele não parece se divertir muito.

– Ele é muito mais divertido quando está de vestido – disse Sally. – Você o coloca de vestido e toda a sua personalidade muda.

– Então, por que ele não fica sempre de vestido? – Lula quis saber.

Sally sacudiu os ombros.

– Eu não sei, acho que isso também não parece certo.

Atravessamos o lobby de mármore e seguimos pelo caminho florido até o estacionamento.

– Aqui – eu disse a Sally. – O Buick azul e branco.

Os cílios cheios de rímel de Sally até estalaram.

– O Buick? Puta merda, esse carro é *seu*? Tem buracos de ventilação externa. Puta merda, ventilação! E o motor?

– V-8.

– Nossa! Um V-8! Uma porra de um V-8!
– Ainda bem que ele não está com aquela calcinha apertada – disse Lula. – Porque ia se rasgar todo.
O Buick era negócio de homem. Mulheres detestavam. Homens adoravam. Achei que tivesse algo a ver com o tamanho dos pneus. Ou talvez fosse a forma bojuda... meio que uma Porsche tomando anabolizante.
Ele pegou a chave da minha mão e se sentou atrás do volante.
– Com licença – eu disse. – Esse é *meu* carro. Eu dirijo.
– Você precisa de alguém com culhão pra dirigir esse carro – disse Sally.
Lula estava de mãos nas cadeiras.
– Rá! E você acha que a gente não tem? Pode parar, Tiny Tim.
Sally ficou segurando firme no volante.
– Certo, o que será preciso? Eu te dou cinquenta pratas, se você me deixar dirigir.
– Não quero dinheiro – eu disse. – Se você quiser dirigir o carro, tudo que tem a fazer é pedir.
– Só não vem com essa merda de onda de machão pra cima da gente – disse Lula. – Não aturamos nada disso.
– Isso vai ser ótimo – disse Sally. – Eu sempre quis dirigir um desses.
Vovó e Lula entraram atrás e eu, na frente.
Sally tirou um pedaço de papel da bolsa.
– Antes que eu me esqueça, aqui está a última pista.
Eu li em voz alta.
– Última pista. Última chance. Bar Blue Moon. Sábado, às nove.
Maxine estava se preparando para zarpar. Estava armando para Eddie pela última vez. E quanto a mim? Achei que ela também poderia estar armando pra mim uma última vez, me mandando a uma caçada infrutífera em Atlantic City.
A primeira coisa que eu sempre noto em Atlantic City é que não é Las Vegas. Vegas é aquela ostentação por dentro e por fora.

Atlantic City não tem tanto a ver com as luzes de neon, e mais a ver com bom estacionamento. Os cassinos são construídos junto ao calçadão, mas a verdade é que ninguém está nem aí para o calçadão. A.C. não tem a ver com o mar, tem a ver com deixar rolar. E, se você é um cidadão idoso, melhor ainda. Esse é o Salão da Última Chance.

As favelas da cidade ficam grudadas nos fundos dos cassinos. Já que Jersey não tem a ver com perfeição, isso não é problema. Para mim, Jersey tem a ver com encontrar a chance de ouro e agarrá-la, e, se você tiver que passar pelas favelas para chegar lá... foda-se. Feche a janela do carro, tranque a porta e passe direto pelos traficantes e cafetões, até o estacionamento com manobrista. Tudo isso é muito divertido.

E, embora não seja Vegas, também não é Monte Carlo. Não se veem muitos vestidos Versace em Atlantic City. Sempre há uns caras na mesa de dados, com o cabelo engomado pra trás e anel no mindinho. E também umas mulheres vestidas que nem cantoras, em pé, ao lado dos caras de cabelo engomado e anel no mindinho. Mas o que mais se veem em Atlantic City são mulheres de 65 anos andando de conjunto de moletom e carregando baldes de moedas, rumo às máquinas de pôquer.

Eu poderia ir para Nova York ou Vegas, com Lula e Sally, e jamais ser notada. Em Atlantic City, era como tentar se enturmar estando ao lado de Sigfried e Roy e cinco dos seus tigres.

Nós chegamos ao salão, as quatro, lado a lado, deixando que o ruído nos envolvesse, absorvendo tudo aquilo... o teto espelhado, o carpete em 3-D, as luzes piscando, a movimentação agitada da multidão. Adentramos o salão e os velhos trombavam nas paredes, os empregados do cassino ficaram em silêncio, as garçonetes pararam no meio do caminho, fichas foram derrubadas no chão e as mulheres olhavam com aquela curiosidade espantada, geralmente reservada às colisões de trens. Como se nunca tivessem visto um travesti de 2,15m e uma negra de 100kg e cachos louros, vestida como a Cher.

Sei ou não sei liderar uma operação sigilosa?
— Ainda bem que eu recebi minha aposentadoria ontem — disse a vovó, de olho nos caça-níqueis. — Sinto que estou com sorte.
— Escolha seu veneno — Lula disse a Sally.
— Blackjack!
E lá foram elas.
— Fiquem de olho na Maxine — eu disse, às costas das duas.

Andei pelo salão durante uma hora, perdi 40 dólares nos dados, mas ganhei uma cerveja grátis, por uma gorjeta de cinco dólares. Eu não tinha visto Maxine, mas isso não era surpresa. Achei um local com boa visibilidade e fiquei observando as pessoas.

Às onze e meia, a vovó apareceu e despencou numa cadeira ao meu lado.

— Ganhei vinte pratas na primeira máquina, então, tudo se voltou contra mim — disse ela. — Depois daquilo, só tive azar a noite inteira.

— Ainda tem algum dinheiro?

— Nada. Ainda assim, não foi tudo em vão. Conheci um bonitão. Ele me achou nas máquinas de pôquer de dois dólares, então dá pra ver que não é muquirana.

Eu ergui as sobrancelhas.

— Você deveria ter ficado comigo que eu te arranjava também. Ai, meu Deus.

Um homenzinho de cabelos grisalhos se aproximou de nós.

— Aqui está o seu Manhattan — ele disse à vovó, entregando-lhe o drinque. — E quem é essa? — perguntou ele, virando-se para mim. — Essa deve ser sua neta.

— Esse é Harry Meaker — a vovó me disse. — Harry é de Mercerville e também teve pouca sorte essa noite.

— Sempre tenho pouca sorte — disse Harry.— Tive pouca sorte a vida inteira. Fui casado duas vezes e as duas esposas morreram. Fiz duas pontes de safena, ano passado, e agora está entupindo outra vez. Dá pra sentir. E veja isso. Está vendo essa manchinha vermelha no meu nariz? Câncer de pele. Vou extrair semana que vem.

— Harry veio de ônibus — disse a vovó.
— Problema de próstata — disse Harry. — Preciso de um ônibus que tenha banheiro. — Ele olhou o relógio. — Preciso ir. O ônibus sai em meia hora. Não quero perdê-lo.
Vovó ficou olhando-o ir embora.
— O que você acha? Ele é vivo, não? Bem, pelo menos por enquanto.
Lula e Sally vieram se arrastando e se esparramaram no sofá ao meu lado.
— Não ouvi tiros, então, imagino que ninguém tenha visto Maxine — disse Lula.
— Maxine foi esperta — disse Sally. — Ela ficou em casa.
Eu o olhei. — Não teve uma noite boa?
— Fiquei limpo. Eu mesmo vou ter que fazer minha unha essa semana.
— Posso fazer pra você — disse Lula. — Sou boa com unhas. Está vendo essas palmeirinhas nas minhas unhas? Eu que fiz.
— Espere aí — eu disse, levantando. — Olhem aquela mulher de calça turquesa, perto da mesa de dados. Aquela, de cabelo louro...
A mulher estava de costas pra mim, mas se virou um instante antes, dando uma boa visão de seu rosto. E se parecia muito com Maxine.
Comecei a caminhar em sua direção, quando ela se virou outra vez e me olhou diretamente. O reconhecimento foi registrado automaticamente por nós duas. Ela deu meia-volta e sumiu no meio de um bolo de gente na outra ponta da mesa.
— Estou vendo ela! — disse Lula um passo atrás de mim. — Não a perca de vista!
Mas eu já a tinha perdido. O salão estava lotado e Maxine não estava toda de lantejoulas vermelhas, como Lula. Maxine se misturava bem aos outros.
— Estou de olho nela — gritou a vovó. — Ela está indo para o calçadão.

Vovó tinha subido numa mesa de blackjack e estava ali, em pé, de tênis, com as pernas firmes e separadas. O funcionário tentou pegá-la e vovó deu uma bolsada na cabeça dele.
– Não seja grosseiro – ela lhe disse. – Só estou aqui para ter uma boa visão, porque a osteoporose me encolheu e agora eu sou baixinha demais.

Saí correndo para o calçadão, passando entre hordas de jogadores, tentando não derrubar ninguém. Em dois segundos, eu estava fora do salão de jogos, no corredor que dava na porta. Tive um vislumbre do cabelão louro e o vi passando pelas portas duplas de vidro. Eu estava empurrando as pessoas para tirá-las do caminho e gritando – Com licença – e respirava ofegante. Donuts demais e pouco exercício.

Passei pela porta e vi Maxine, à minha frente, correndo a toda. Aumentei a velocidade e escutei Lula e Sally batendo os saltos e xingando meia quadra atrás.

Maxine se virou, saiu bruscamente do calçadão e entrou por uma rua lateral. Virei na mesma esquina, ao mesmo tempo que a porta de um carro batia e o motor foi ligado. Corri até o carro e o alcancei, no instante em que os pneus giraram. E o carro se foi.

E, como Maxine não estava em lugar algum à vista, imaginei que ela também partira.

Sally derrapou e freou, dobrando-se na cintura, para pegar ar.
– Isso não é pra mim, cara. De agora em diante, foda-se o salto.

Lula veio correndo e trombou nele.
– Ataque cardíaco. Ataque cardíaco.

Estávamos todos andando, recuperando o fôlego, quando a vovó veio correndo.
– O que aconteceu? O que foi que eu perdi? Onde está ela?
– Fugiu – eu disse.
– Droga!

Três caras saíram da sombra e vieram em nossa direção. Pareciam adolescentes, de calças largas e tênis desamarrados.
– E aí mama – disse um deles. – O que é que tá rolando?

– Ah, dá um tempo – disse Sally.
– Nossa – disse o garoto. – Que puta grande!
Sally endireitou a peruca. – Obrigada.
O garoto puxou uma faca do bolso da calça.
– Que tal me dar sua bolsa, puta?
Sally levantou a saia, enfiou a mão na cueca e tirou uma Glock.
– Que tal usar essa faca pra cortar teu saco?
Lula arrancou uma arma de sua bolsa vermelha de cetim e vovó puxou seu 45 de cano longo.
– Ganhei o dia, punk – disse vovó.
– Ei, eu não quero confusão – disse o garoto. – Nós só estávamos nos divertindo um pouco.
– Eu quero atirar nele – disse Sally. – Ninguém vai contar, vai?
– Isso não é justo – disse Lula. – *Eu* quero atirar nele.
– Certo – disse vovó. – Vou contar até três e todo mundo atira nele.
– Nada de tiro! – eu disse.
– Que tal se eu der uma surra nele? – perguntou Sally.
– Vocês são todas malucas – disse o garoto, recuando. – Que tipo de mulheres são vocês? – Seus amigos saíram correndo e ele correu atrás.
Sally colocou a arma de volta nas calças.
– Achou que fui reprovado no teste de estrógeno.
Todas nós encaramos sua virilha e a vovó disse o que eu e Lula estávamos pensando.
– Achei que esse volume fosse seu pinto.
– Jesus – disse Sally –, quem vocês acham que eu sou? O Cavalo Biônico? Minha arma não cabia na minha bolsa.
– Você precisa de uma arma menor – disse Lula. – Essa Glock velha na calcinha estraga sua silhueta.

Vovó, Lula e Sally estavam dormindo, quinze minutos depois que deixamos Atlantic City. Eu dirigia o carrão no escuro silencioso, pensando em Maxine. Ainda não estava convencida de que isso fosse algo além de uma perseguição em vão. Verdade, eu tinha visto Maxine, exatamente como sua mãe dissera, mas ela havia fugido com muita facilidade. E não pareceu tão surpresa em me ver. Seu carro estava estacionado numa rua lateral escura. Não é o tipo de coisa que uma mulher sozinha faria. Era mais seguro e mais conveniente parar num estacionamento. Ela partira num Accura preto. E, embora eu realmente não tivesse visto quando ela entrou no carro, desconfiei de que não estivesse dirigindo. Foi tudo rápido demais. O motor pegou no instante em que eu ouvi a porta do carro bater.

Então, eu achava que ela talvez quisesse me despistar. Talvez ainda estivesse em Point Pleasant. Talvez tivesse pago o aluguel de um mês e não quisesse se mudar. Então, quando descobriu que a mãe havia contado, ela armou esse cenário para me manter longe de Point Pleasant. Ou talvez isso fosse outro jogo. Talvez Eddie Kuntz estivesse certo sobre o fascínio de Maxine por James Bond.

Deixei Sally primeiro, depois Lula, e vovó por último.

– A mamãe acha que você já tinha se livrado dessa arma – eu disse à vovó.

– Rá – disse a vovó. – Imagine só.

Minha mãe estava na porta da frente, de braços cruzados, olhando pra nós. Se eu fosse uma boa filha, entraria e comeria uns biscoitos. Mas eu não era uma filha tão boa assim. Adoro minha mãe, mas o amor tem limite quando você tem que explicar que sua avó estava em pé, numa mesa de blackjack, num cassino abarrotado.

Esperei que vovó subisse os degraus sem problemas, depois acenei dando tchau e fui embora, dirigindo o azulão. Passei por todos os sinais abertos na Hamilton, virei na St. James e senti um frio na barriga, vendo os veículos de emergência na esquina. Carros de polícia, caminhões dos bombeiros, pessoal de emergência. O estacionamento do meu prédio estava cheio deles. As luzes estavam piscando e o ruído dos alto-falantes chegou até mim. Água suja de fuligem escorria pela sarjeta e as pessoas de robes e vestidas de qualquer maneira se estendiam pelas calçadas.

O que quer que fosse, parecia ter terminado. Os bombeiros estavam arrumando as coisas para partir. Alguns curiosos estavam se dispersando.

Senti uma pontada de medo. *Da próxima vez, eu vou riscar o fósforo.*

A rua estava bloqueada, então, estacionei onde estava e corri até um pequeno quadrado de grama na beirada do estacionamento. Abriguei os olhos da luz e estreitei o olhar através da neblina de fumaça e diesel, contando as janelas, para localizar o incêndio. Segundo andar, dois apartamentos para o lado. O incêndio foi no meu apartamento. O vidro da janela estava quebrado e os tijolos ao redor estavam enegrecidos. Nenhum outro apartamento apresentava estrago.

Meu único raciocínio coerente foi Rex. Ele estava encurralado num aquário de vidro, no meio daquela ruína. Fui cambaleando até a porta traseira do prédio, implorando por um milagre, sem ter certeza se eu estava gritando ou chorando, focada somente no Rex. Eu estava puxando o ar com força, quase sem conseguir respirar. Era como nadar em gelatina. A visão e o som se distorciam. Mãos me puxavam, à medida que eu me esforçava para atravessar o hall lotado. Escutei chamarem meu nome.

– Aqui! – gritou o sr. Kleinschmidt. – Aqui!

Ele estava com a sra. Karwatt, e a sra. Karwatt estava com os dois braços ao redor do aquário de Rex.

Fui abrindo caminho até eles, mal podendo acreditar que Rex havia sido salvo.

– Ele está bem? O Rex está bem? – perguntei, erguendo a tampa para ver, entortando a lata de sopa e olhando Rex assustado.

Provavelmente é tolice sentir tanta afeição por um hamster, mas Rex divide o apartamento comigo. Ele impede que meu apartamento dê a sensação de vazio. Além disso, gosta de mim. Tenho quase certeza disso.

– Ele está bem – disse a sra. Karwatt. – Nós logo o tiramos. Graças a Deus que você me deu uma chave do seu apartamento.

Ouvi a explosão e logo entrei. Ainda bem que o fogo começou no seu quarto.

– Alguém se feriu?

– Ninguém se feriu. Foi tudo no seu apartamento. A sra. Stinkowski, embaixo de você, teve alguns estragos pela água e estamos com cheiro de fumaça, mas é só isso.

– Esse caso em que você está trabalhando deve ser bem bizarro – disse o sr. Kleinschmidt. – Alguém explodiu o seu carro e seu apartamento, tudo num dia só.

Kenny Zale caminhou ruidosamente até mim. Fiz o ensino fundamental com Kenny e, durante algum tempo, no ensino médio, namorei seu irmão mais velho, o Mickey. Kenny agora é bombeiro. Ele estava de botas e calça preta e seu rosto estava suado e sujo de fuligem.

– Parece que você visitou meu apartamento – eu disse a Kenny.

– Talvez você deva pensar em arrumar um emprego diferente.

– Está muito ruim?

– O quarto já era. Foi onde começou. Parece que alguém jogou uma bomba pela janela. O banheiro dá pra salvar. A sala está bem ruim. A cozinha provavelmente vai ficar boa, depois de limpa. Você vai precisar de um novo piso. Provavelmente vai ter que pintar. Tem muito estrago pela água.

– Posso entrar?

– Pode. Essa é uma boa hora. O chefe dos bombeiros está lá. Ele provavelmente vai acompanhá-la para pegar o que puder, depois vai lacrar, até que termine a investigação, tendo certeza de que está tudo seguro.

– John Petrucci ainda é o chefe dos bombeiros?

– Sim. Vocês provavelmente são íntimos.

– Passamos algum tempo juntos. Eu não diria que somos íntimos.

Ele sorriu e remexeu no meu cabelo despenteando.

– Fico contente de que você não estivesse na cama quando isso aconteceu. Estaria frita.

Deixei o Rex com a sra. Karwatt, corri escada acima e abri caminho em meio ao tumulto de gente no corredor. A área ao redor do meu apartamento estava encharcada e cheia de fuligem. O ar era cáustico. Olhei pela porta e meu coração se contraiu. A destruição era anestesiante. As paredes estavam negras, as janelas, quebradas, os móveis, irreconhecíveis, tudo era escombro queimado e encharcado.

Eu acredito firmemente na negação. Meu raciocínio é: por que lidar com o desagradável hoje, se você pode ser atropelado por um ônibus amanhã? E se você adiar o bastante, talvez o problema desapareça. Infelizmente, esse problema não vai sumir. Esse problema estava além da negação. Esse problema era depressivo pra cacete.

– Merda! – gritei. – Merda, merda, merda, merda!

Todos no andar pararam o que estavam fazendo e me encararam.

– Certo – eu disse. – Agora eu me sinto melhor. – Claro que era mentira, mas dava uma boa sensação dizer.

Petrucci se aproximou.

– Você tem alguma ideia de quem fez isso?

– Não. E você? – Outra mentira. Eu tinha algumas ideias.

– Alguém com um braço muito bom.

Poderia ser Maxine. A estrela do softball. Mas ainda não parecia bater. Isso parecia mais coisa da máfia... como Terry, a amiga de Joe.

Entrei com cuidado na cozinha. O pote de biscoito em formato de urso marrom estava intocado. O telefone parecia bem. A fuligem e a água eram penetrantes e deprimentes. Mordi o lábio inferior com força. Eu não ia chorar. Rex estava salvo. Todo o restante era substituível, eu dizia a mim mesma.

Nós passamos por cada cômodo e não tinha muito a salvar. Alguns cosméticos e o secador de cabelos que estavam no banheiro. Eu os coloquei num saco de cozinha.

– Bem, isso não é tão ruim – eu disse a Petrucci. – Estava querendo redecorar. Só queria que o banheiro tivesse ido.

– O quê? Você não gosta de laranja e marrom?
– Você acha que é tarde demais para queimar o banheiro?
Petrucci pareceu aflito. Como se eu tivesse pedido que ele peidasse em público.
– Você tem seguro pra tudo isso?
– Sim. – Talvez.
A sra. Karwatt estava esperando no corredor com Rex.
– Você está bem? Tem algum lugar para ficar? Pode dormir no meu sofá esta noite.
Eu peguei a gaiola dela.
– É gentil de sua parte, mas eu provavelmente vou pra casa dos meus pais. Eles têm um quarto a mais.
A velha sra. Bestler estava no elevador.
– Descendo – disse ela, apoiando no andador. – Primeiro andar, bolsas de senhoras.
As portas se abriram para o lobby, e a primeira pessoa que eu vi foi Dillon, com seu macacão de zelador.
– Eu estava indo lá em cima, dar uma olhada – disse ele. – Acho que vou ter que tirar o pincel do armário.
– Vai precisar de muita tinta. – Meu lábio estava tremendo novamente.
– Ei, não se preocupe quanto a isso. Lembra-se de quando a sra. Baumgarten botou fogo na árvore de Natal? O apartamento inteiro foi queimado. Não sobrou nada além de cinzas. E olhe agora... novinho em folha.
– Vale um caso no Guiness, você levar uma marreta ao banheiro.
– O quê? Você não gosta de laranja e marrom?

Ainda bem que eu parei o Buick na rua, com o prédio chamuscado pelo fogo fora de vista. O que os olhos não veem o coração não sente. O Buick estava quieto, com seu jeitão acolhedor. Agradável e isolante do mundo externo. As portas estavam trancadas e o movimento todo estava à minha frente, a uma quadra de distância.

Rex e eu ficamos sentados no carro, tentando recompor nossos pensamentos. Meus pensamentos voavam em direções assustadoras. Alguém me queria amedrontada e talvez morta. Havia uma remota possibilidade de ser a mesma pessoa que andava decepando dedos e arrancando escalpos, e eu não gostava da ideia de que esse fosse o meu futuro.

Apoiei minha cabeça no volante. Eu estava exausta e à beira das lágrimas. Temia começar a chorar e não parar mais.

Olhei o relógio. Eram duas da manhã. Eu precisava dormir um pouco. Onde? A solução mais óbvia era ir para a casa dos meus pais, mas eu não queria colocá-los em perigo. Eu não queria que o próximo alvo de uma bomba fosse a casa deles, na rua High. Então, para onde ir? Um hotel? Não há hotéis em Trenton. Há alguns em Princeton, mas ficavam a quarenta minutos de distância e eu estava relutante em gastar esse dinheiro. Eu poderia ligar para o Ranger, mas ninguém sabia onde ele morava. Se o Ranger me acolhesse pela noite, provavelmente teria que me matar de manhã, para se assegurar de que seu segredo estivesse seguro. Lula. Essa era uma ideia meio assustadora. Era melhor enfrentar o escalpelador do que dormir com Lula. Tinha a Mary Lou, minha melhor amiga, e Valerie, minha irmã, mas eu também não queria colocá-las em perigo. Precisava de alguém que pudesse ser sacrificado. Alguém com quem eu não precisasse me preocupar. Alguém que tivesse um quarto extra.

– Ai meu Deus – eu disse a Rex. – Você está pensando no que estou pensando?

Fiquei ali sentada por mais cinco minutos, mas não conseguia encontrar uma solução melhor para os meus problemas, então eu virei a chave na ignição e lentamente passei pelo caminhão solitário dos bombeiros no fim da rua. Tentei não olhar para o meu apartamento, mas vi, de canto de olho, a escada de incêndio. Meu peito apertou dolorosamente. Meu pobre apartamento.

Eu respirei fundo. Eu não queria morrer. E não queria que alguém me odiasse. E absolutamente *não* queria chorar.

– Não se preocupe com nada – eu disse ao Rex. – Vai dar tudo certo. Já passamos por dificuldades antes, certo? Peguei a Hamilton até a Chambers e segui pela Chambers até a Slater. Duas quadras adiante, na Slater, eu encontrei a casa que estava procurando. Era uma casa modesta, toda revestida de madeira marrom. Todas as luzes estavam apagadas. Fechei os olhos. Estava morta de cansada e não queria fazer isso.

– Talvez a gente deva dormir no carro essa noite – eu disse ao Rex. – Aí, amanhã, a gente arranja alguma coisa mais permanente.

Rex estava fazendo quatro quilômetros por hora na roda. Ele piscou para mim uma vez e foi só. A mensagem mental foi *É contigo mesmo, garota.*

A verdade é que eu não queria ficar no carro. O maluco podia vir me pegar enquanto eu estivesse dormindo. Ele podia abrir a janela com um pé de cabra e cortar todos os meus dedos. Olhei novamente a casa. Esse era o lugar onde eu me sentiria segura e não ficaria completamente histérica se a casa fosse destruída. Era a casa de Joe Morelli.

Tirei o celular da bolsa e liguei.

O telefone tocou seis vezes, antes de Joe atender, com um alô resmungado.

– Joe? É a Stephanie.
– Isso envolve morte?
– Ainda não.
– Envolve sexo?
– Ainda não.
– Não consigo imaginar nenhum outro motivo pra você estar me ligando.
– Explodiram o meu apartamento essa noite e eu preciso de um lugar pra ficar.
– Onde você está?
– Na frente da sua casa.

Uma cortina lá em cima foi puxada.

– Já vou descer – disse Joe. – Não saia do carro até eu abrir a porta.

Capítulo 8

Tirei a gaiola de Rex do banco da frente.
— Agora, lembre-se — eu disse —, nada de ficar choramingando porque nossa vida é uma porcaria. Nem vai ficar todo molenga porque o Morelli é tão gostoso. E nada de chorar. Não queremos que o Morelli ache que somos fracassados.

Morelli estava em sua varandinha de cimento. A porta estava aberta atrás dele e eu pude ver a luz do corredor lá de cima. Ele estava descalço, com uma bermuda de um jeans cortado. Seus cabelos estavam despenteados de dormir, e ele estava com o revólver na mão, pendendo ao longo do corpo.

— Você está falando com alguém?
— Rex. Ele está meio nervoso com tudo isso.

Morelli pegou a gaiola de mim, chutou a porta para fechá-la e carregou Rex para a cozinha. Ele colocou a gaiola em cima da pia e acendeu a luz do teto. Era uma cozinha de antigamente, com eletrodomésticos antigos e balcões de fórmica. Os armários haviam sido pintados recentemente, de tinta esmaltada creme, e havia um piso novo de linóleo. Tinha uma panela de molho na pia. Aparentemente, Morelli tinha comido espaguete no jantar.

Morelli colocou uma caixa de leite e um saco de biscoitos Oreos na mesinha de madeira junto à parede da cozinha. Pegou dois copos do escorredor de pratos, os colocou na mesa e encheu de leite.

— Então — disse ele —, quer falar a respeito?
— Estive em Atlantic City, procurando por Maxine essa noite, e, enquanto eu estava fora, alguém jogou uma bomba pela janela

do meu quarto. O apartamento inteiro pegou fogo. Felizmente, a sra. Karwatt tinha uma chave e conseguiu salvar o Rex.

Morelli me encarou por um instante, com sua cara indecifrável de policial.

– Lembra aqueles sapatos roxos que você comprou ano passado?
– Viraram cinza.
– Droga, eu tinha planos para aqueles sapatos. Passei algumas noites em branco pensando em você com aqueles sapatos e mais nada.

Eu peguei um biscoito.

– Você precisa ter uma vida.
– Nem me fale. Passei o fim de semana passado colocando esse piso de linóleo. – Ele pegou um segundo biscoito. – Notei que você está dirigindo o Buick. O que aconteceu com o CRX?
– Lembra que eu te contei que alguém o encharcou de gasolina? Bem, ele meio que explodiu.
– Explodiu?
– Na verdade, pegou fogo primeiro. Depois explodiu.
– Hmm – disse Morelli, comendo a metade de cima do Oreo.

Uma lágrima escorreu pelo meu rosto.

Morelli parou de comer.

– Espere um minuto. Isso é pra valer? Você não está inventando?
– Claro que é pra valer. Por que outro motivo você acha que estou aqui?
– Bem, eu achei...

Eu dei um salto e minha cadeira bateu no chão.

– Você achou que eu inventei isso tudo pra vir aqui, no meio da noite, e ir pra sua cama!

Morelli apertou os lábios.

– Deixe-me entender isso direito. Ontem, alguém, de fato, explodiu seu carro e seu apartamento. E agora você quer vir morar comigo? Qual é? Você me odeia? Você é um desastre ambulante! Você é a Jane Calamidade numa porra de uma roupa de lycra!

– Não sou um desastre ambulante! – Mas ele estava certo. Eu era um desastre ambulante. Eu era um acidente esperando para acontecer. E eu ia chorar. Meu peito doía e minha garganta dava a sensação de que eu tinha engolido uma bola de baseball, e as lágrimas minavam dos meus olhos. – Merda – eu disse, limpando as lágrimas.

Morelli fez uma careta e esticou o braço até mim.

– Escute, desculpe, não tive a intenção...

– Não toque em mim! – eu dei um gritinho. – Você está certo. Eu sou um desastre. Olhe pra mim. Estou sem teto. Estou sem carro. E estou histérica. Que tipo de caçadora de recompensas fica histérica? Uma caçadora fracassada, isso sim. Uma fra-fracassada.

– Talvez leite não tenha sido a opção certa aqui – disse Morelli. – Talvez seja melhor você tomar um pouco de conhaque.

– E tem mais – eu estava aos prantos. – Eu perdi 40 pratas nos dados e era a única que não tinha um revólver essa noite!

Morelli me puxou em seus braços e me segurou junto a ele.

– Tudo bem, Steph. Quarenta pratas não é tanto. E muita gente não tem revólver.

– Não em Nova Jersey. Nem caçadores de recompensas.

– Há algumas pessoas em Jersey que não têm armas.

– Ah, é? Diga uma.

Ele me afastou me segurando e sorriu.

– Acho que devemos colocá-la na cama. Você se sentirá melhor de manhã.

– Quanto à cama...

Ele me empurrou em direção à escada.

– Eu tenho um quarto extra, pronto.

– Obrigada.

– E vou deixar minha porta aberta, caso você fique solitária.

E eu vou trancar a minha, caso eu fraqueje.

Acordei desorientada, olhando um teto que não era o meu. As paredes eram forradas de papel de estampa verde desbotada, com flores que quase não dava para ver. Confortante, de um jeito antigo. Morelli tinha herdado essa casa de sua tia Rose e não mudara muito. Meu palpite era que as cortinas brancas e simples que pendiam nas janelas haviam sido escolhidas por Rose. Era um quarto pequeno, com uma cama Queen e uma única cômoda com gaveta. O piso era de madeira e Morelli tinha substituído um tapete de retalhos que havia ao lado da cama. Era um quarto ensolarado e bem mais silencioso que o meu, que ficava de frente para o estacionamento. Eu estava dormindo com uma das camisetas de Morelli, e agora estava diante da dura realidade. Eu não tinha roupa. Não tinha calcinha limpa, nem short, nem sapato, nada. A primeira coisa seria uma ida à Macy's, para um guarda-roupa de emergência.

Havia um radiorrelógio na cômoda. Eram nove horas. O dia tinha começado sem mim. Abri minha porta e espiei o corredor. Estava silencioso, sem qualquer sinal de Morelli. Um papel havia sido grudado em minha porta. Dizia que Morelli tinha ido trabalhar e eu deveria me sentir em casa. Dizia que havia uma chave extra para mim, na mesa da cozinha, e toalhas, no banheiro.

Tomei banho, me vesti e desci, à procura de café da manhã. Servi um copo de suco de laranja e olhei para o Rex.

– Sem dúvida eu fiz papel de idiota ontem – eu disse.

Rex estava dormindo em sua lata de sopa e não demonstrava muita preocupação. Ele já me vira fazer papel de idiota antes.

Comi uma vasilha de cereal e dei uma olhada na casa. Estava limpa e arrumada. A comida no armário era básica, as panelas eram de segunda geração. Seis copos. Seis pratos. Seis vasilhas. Papel de prateleira deixado pela tia Rose. Ele tinha uma cafeteira, mas não tinha feito café, nem tomou café da manhã. Nada de prato sujo. Nenhum prato no escorredor. Morelli daria uma parada para tomar café, a caminho do trabalho, ou depois. Policias não são conhecidos por suas dietas excelentes.

Eu me lembrava dos móveis de sala de Morelli, de seu apartamento. Utilitários. Conforto sem estilo. Parecia não combinar com o sobrado, que precisava de revistas na mesinha de centro e quadros nas paredes.

Os cômodos eram perfilados. Sala, sala de jantar, cozinha. Pelo fato de Morelli morar no meio da quadra, não havia janelas na sala de jantar. Não que fizesse diferença. Eu não podia imaginar Morelli usando a sala de jantar. No começo, quando Morelli se mudou pra cá, eu nem o via em casa. Agora, combinava com ele. Não que Morelli tivesse se tornado doméstico. Era mais como se a casa tivesse assumido sua independência. Como se Morelli e a casa tivessem chegado a um acordo de coexistência, deixando as coisas assim.

Liguei para minha mãe e disse a ela que tinha acontecido um incêndio e eu ficaria com Morelli.

– O que você quer dizer, ficar com Morelli? Aimeudeus, vocês se casaram!

– Não é nada disso, Morelli tem um quarto extra. Vou pagar aluguel.

– Nós temos um quarto extra, você podia ficar aqui.

– Tentei isso antes e não deu certo. Gente demais usando o mesmo banheiro. – Homicidas demais querendo me matar.

– Angie Morelli vai ter um ataque.

Angie Morelli era a mãe de Joe. Uma mulher reverenciada e temida na região.

– Angie Morelli é uma boa mulher católica e não é mente aberta como eu – disse minha mãe.

As mulheres Morelli eram boas católicas. Os homens quebravam todos os mandamentos. Os homens jogavam pôquer com o anticristo nas noites de segunda-feira.

– Preciso ir – eu disse. – Só queria que você soubesse que estou bem.

– Por que você e Joe não vêm jantar esta noite? Vou fazer pão de carne.

– Não somos um casal! E eu tenho coisas a fazer.

– Que coisas?

– Coisas.
Minha ligação seguinte foi para o escritório.
– Meu apartamento foi bombardeado. – Eu disse a Connie. –
Vou ficar com o Morelli por um tempo.
– Boa – disse Connie. – Você está tomando pílula?
Eu arrumei a cozinha, enfiei a chave no bolso e parti para o shopping. Duas horas depois, eu tinha roupa para uma semana e um cartão de crédito estourado.
Era meio-dia quando cheguei ao escritório. Connie e Lula estavam junto à mesa de Lula comendo comida chinesa.
– Sirva-se – disse Lula, cutucando a caixinha de papelão. – Tem bastante. Compramos arroz frito, bolinho de camarão e Kung Fu alguma coisa.
Belisquei um bolinho de camarão.
– Já tiveram notícia do Vinnie?
– Nem uma palavra – disse Connie.
– E quanto a Joyce? Souberam dela?
– Neca. E ela também não trouxe Maxine.
– Andei pensando em Maxine – disse Lula. – Acho que ela está em Point Pleasant. E eu não me surpreenderia se sua mãezinha também estivesse por lá. Aquele negócio de Atlantic City foi uma corrida maluca, só pra nos afastar de Point Pleasant. Sua fuga foi estranha. Aquele carro estava lá, esperando que ela saísse para arrancar. Acho que a mãezinha armou pra gente.
Experimentei um pouco do negócio Kung Fu.
– Tenho pensado a mesma coisa.
Lula e eu estávamos no meio do calçadão, de frente para o Parrot Bar, e prendemos nossos bipes no short. Eu vestia um short laranja fluorescente que estava em liquidação na Footlocker, e Lula estava com uma bermuda de lycra com estampa de tigre, amarela e preta. Tinha mandado trançar seus cachinhos, portanto, sua cabeça estava coberta de tranças entremeadas com miçangas rosa-choque, verde limão e amarelo fluorescente. Fazia 35ºC na sombra, o mar estava uma piscina e o céu azul, sem

nuvens, e você podia fritar um ovo na areia. Estávamos ali para achar Maxine e eu já via Lula se distraindo com a barraca de casquinhas.

— O plano é o seguinte — eu disse a Lula. — Você vai dar um tempo aqui fora e ficar de olho no Parrot Bar, e eu vou dar uma olhada na praia e no calçadão. Você me bipa se avistar Maxine ou alguém ligado a ela.

— Não se preocupe, ninguém vai passar por mim. Eu só queria ver aquela mãe de bunda ossuda. Vou agarrá-la por aquele cabelinho que sobrou e vou...

Não! Nada de agarrar, nada de tiro, nada de gás, nada de arma imobilizadora! Se você avistar alguém, apenas fique perto até que eu chegue até você.

— E se for defesa pessoal?

— Não vai ter defesa pessoal. Não deixe que ninguém a veja. Tente se misturar.

— Preciso de um sorvete pra me misturar — disse Lula, com as miçangas voando pra todo lado, tilintando toda vez que ela virava a cabeça. — Você me dá um sorvete e eu vou ficar parecida com todo mundo daqui.

— Ora essa, Tallulah, então vá pegar seu sorvete.

Primeiro eu caminhei ao norte. Levei um par de minibinóculos que direcionei para a praia, já que Maxine parecia do tipo que gosta de se bronzear. Segui devagar, metodicamente, andando pelas arcadas e bares. Fui além da área de diversão, onde o calçadão era só calçada. Depois de passar uma hora nessa, dei a volta para encontrar Lula.

— Não vi ninguém que eu conheça — disse Lula, quando me aproximei dela. — Nada de Maxine. Nada da mamãe. Nada de Joyce. Nada de Travolta.

Olhei para o bar do outro lado e também não vi nenhuma dessas pessoas. Peguei uma escova e um elástico na bolsa e prendi meu cabelo para trás, tirando-o do pescoço e fazendo um rabo de cavalo. Eu estava com muita vontade de dar um mergulho no mar, mas resolvi me contentar com uma limonada. Meu tempo estava se esgotando com Maxine, e eu não podia desperdiçá-lo com frivolidades como diminuir a temperatura do meu corpo.

Deixei Lula no banco, comprei uma limonada e continuei andando, vasculhando o lado sul da praia. Passei por uma série de jogos e cheguei a uma arcada. Entrei na sombra fresca e passei por mais algumas máquinas de jogos. Olhei para a parede onde estavam os prêmios e freei de repente. Havia uma mulher junto à parede, inspecionando os prêmios. Cinco peças de Faberware por 40 mil pontos. Um farol de madeira por 9.450 pontos. Relógio da Looney Tunes, 8.450. Aspirador Dirt Devil, 40.100. Mega rádio, 98.450. A mulher parecia estar contando os vales que tinha na mão. Uma das mãos segurava os vales, a outra estava fortemente enfaixada. Ela tinha cabelos castanhos, era magra.

Recuei para o fundo e esperei para ver seu rosto. Ela ficou ali mais um pouco, depois se virou e caminhou até o balcão de troca. Era Margie. Passei pelo balcão, por trás das costas de Margie, saí no calçadão e bipei Lula. Ela estava a uma pequena distância. Ergueu os olhos, quando o bipe tocou. Cruzamos olhares e eu acenei dizendo "vem cá".

Margie ainda estava no balcão, quando Lula chegou correndo.
– O que está havendo? – perguntou Lula.
– Lembra que eu te contei sobre a Margie, amiga da Maxine?
– A tal que teve o dedo decepado.
– Sim. É ela, ali no balcão de troca.
– Point Pleasant certamente é um lugar popular.

Margie pegou uma caixa grande do empregado da arcada e seguiu até uma porta lateral que dava para a rua. Passou pela porta e virou à direita, afastando-se do calçadão. Lula e eu a observamos, enquanto seguia até o fim da quadra e atravessava a rua. Nós a seguimos, Lula a pouco menos de uma quadra de distância, e eu atrás de Lula. Margie atravessou outra rua, seguiu em frente e entrou numa casa no meio do quarteirão seguinte.

Mantivemos nossas posições e esperamos por um tempo, mas Margie não saiu. A casa era térrea, com uma pequena varanda na frente. As casas ao redor eram semelhantes. Os terrenos eram pequenos. Os carros estavam estacionados em ambos os lados da rua. Não estávamos numa boa posição para qualquer tipo de vigilância. Tínhamos ido para Point Pleasant num carro que chamava atenção. Meu único consolo era que, mesmo que tivéssemos um carro mais comum, não havia vagas.

– Então, imagino que você esteja achando que Margie está com Maxine. E talvez a mãe de Maxine também esteja ali – disse Lula.

– É. O problema é que eu não sei se Maxine está em casa agora.

– Eu poderia ser a moça da Avon – disse Lula. – Blim, Blom, Avon chama.

– Se a mãe de Maxine estiver aí, ela vai reconhecê-la.

– Acho que a gente talvez seja reconhecida assim, em pé, na rua – disse Lula.

Verdade.

– Certo, vamos fazer o seguinte. Vamos ver se Maxine está em casa. Se não estiver, vamos nos sentar com Margie e assistir à TV, até que Maxine apareça.

– Para mim, parece um plano. Você quer a porta dos fundos ou da frente?

– Porta da frente.

– E você provavelmente não quer que eu atire em ninguém.

– Atirar não é minha atitude predileta.

Lula caminhou pela lateral da casa, até os fundos, e eu fui pela porta da frente. Bati duas vezes e Margie atendeu.

Os olhos dela se arregalaram de surpresa. – Oh!

– Oi – eu disse. – Estou procurando Maxine.

– Maxine não está aqui.

– Você não se importaria se eu entrasse e desse uma olhada, não é?

A mãe de Maxine surgiu.

– Quem é? – Ela deu uma longa tragada no cigarro e soltou a fumaça pelo nariz, ao estilo dragão. – Cristo, é você. Sabe, você está se tornando um verdadeiro pé no saco.

Lula entrou pela cozinha.

– Espero que ninguém se importe que eu entre. A porta dos fundos não estava trancada.

– Ai, Deus – disse a sra. Nowicki. – Tweedledum. Havia uma caixa vazia no chão, com uma luminária ao lado.

– Ganhou essa luminária na arcada? – Lula perguntou à Margie.

– É para o meu quarto – disse Margie. – Vinte e sete mil pontos. Ontem Maxine ganhou uma fritadeira.

– Nossa, nós ganhamos praticamente tudo nessa casa – disse a sra. Nowicki.

– Onde está Maxine agora? – perguntei.

– Ela tinha umas coisas para fazer.

Lula se sentou no sofá e pegou o controle remoto da TV.

– Então, acho que vamos esperar. Não se importam se eu assistir à TV, não é?

– Não podem fazer isso – disse a sra. Nowicki. – Não podem simplesmente entrar desfilando aqui e se sentir em casa.

– Claro que podemos – disse Lula. – Somos caçadoras de recompensas. Podemos fazer o que quisermos. Somos protegidas por uma lei babaca de 1869, quando as pessoas não sabiam de nada.

– Isso é verdade? – A sra. Nowicki quis saber.

– Bem, na verdade, a lei não cobre o controle remoto – eu disse. – Mas nos dá direitos, quando se trata da busca e captura de um criminoso.

Houve um som de pedrinhas esmagadas por pneus na entrada da garagem, e Margie e a sra. Nowicki trocaram olhares.

– É Maxine, não é? – perguntei.

– Vocês vão arruinar tudo pra nós – disse a sra. Nowicki. – Tínhamos tudo planejado, e agora vocês estão estragando tudo.

– Eu estou estragando? Olhe para vocês duas. Você foi escalpelada e você teve um dedo decepado. Lá em Trenton, tem uma

balconista morta. E vocês continuam brincando dessa imbecilidade de caça ao tesouro.
— Não é tão simples — disse Margie. — Ainda não podemos partir. Eles têm que pagar o preço.
A porta de um carro bateu e a sra. Nowicki tomou um susto.
— Maxie! — berrou ela.
Lula bateu na sra. Nowicki com o quadril e ela perdeu o equilíbrio, despencando no sofá, e Lula se sentou em cima dela.
— Eu sei que vão gritar comigo se eu lhe der um tiro — disse Lula. — Então, vou apenas ficar aqui sentada, até que fique quieta.
— Não consigo respirar — disse a sra. Nowicki. — Já pensou em cortar um pouco a comida?

Margie tinha uma expressão de animal encurralado, como se não conseguisse decidir se gritava um alerta ou saía correndo para a porta.

— Sentada — eu disse a ela, puxando uma lata de spray de pimenta da bolsa, sacudindo-a para ter certeza de que estava funcionando. — Não vá sair correndo para tumultuar as coisas.

Eu estava escondida perto da porta quando Maxine entrou, mas Lula estava totalmente à vista, sentada em cima da sra. Nowicki.

— E aí — Lula disse a Maxine.
— Merda — disse Maxine. Ela deu meia-volta e correu para a porta.

Eu chutei a porta para fechá-la e mirei o spray nela.
— Pare! Não me faça usar isso.
Maxine deu um passo atrás e ergueu as mãos.
— Agora saia de cima de mim, seu bolo de gordura — a sra. Nowicki disse a Lula.

Eu tinha um par de algemas enfiadas na cintura do meu short. Entreguei as algemas para Lula e disse a ela que prendesse Maxine.

— Desculpe ter que fazer isso — eu disse a Maxine. — As acusações contra você são mínimas. Se você colaborar, talvez nem cumpra sentença na cadeia.

– Não é a sentença na cadeia que está me preocupando – disse Maxine. – É sentença de morte.

Lula esticou a mão para pegar as algemas e, sem mais nem menos, a porta da frente foi escancarada. Joyce Barnhardt entrou na sala, vestida de preto, com "caçadora de recompensas" adesivado na camiseta e de arma em punho. Havia outras três mulheres com ela, todas vestidas como Joyce, todas armadas como Rambo, gritando "Parada" a plenos pulmões e fazendo aquelas poses agachadas que os policiais fazem nos filmes.

A nova luminária de Margie foi derrubada e espatifou no chão, e Margie, a sra. Nowicki e Maxine começaram a gritar e correr de um lado para o outro, para proteger as coisas. Elas gritavam – Oh, não! – e – Socorro! – e – Não atire! – Lula mergulhou atrás do sofá e se encolheu o máximo que seus cem quilos permitiram. E eu gritava pra todo mundo parar de gritar.

Era muita confusão e muitas pessoas naquela salinha pequena, e subitamente me ocorreu que Maxine não era uma delas. Ouvi as pedrinhas voando com o girar dos pneus e olhei pela janela, vendo Maxine sair a toda de carro, pegando a rua.

Eu estava sem carro, então não fazia sentido sair correndo. E eu certamente não ajudaria Joyce a pegar Maxine, então não disse nada. Só recuei e me sentei numa poltrona, esperando que as coisas se acalmassem. O que eu realmente queria fazer era dar uma surra em Joyce até esmigalhá-la, mas não queria dar mau exemplo para Lula.

Joyce havia recrutado a prima Karen Ruzinski e Marlene Cwik para ajudar. Eu não conhecia a terceira mulher. Karen tinha dois filhos pequenos, e eu imaginava que ela estaria feliz em sair um pouco de casa, fazer algo diferente.

– E aí, Karen – eu disse –, onde estão as crianças? Na creche?

– Estão com a minha mãe. Ela tem uma piscina no quintal dos fundos. Uma daquelas grandes, com um deque em volta. – Karen colocou a arma na mesinha de centro e tirou a carteira de um dos bolsos da calça swat. – Olhe aqui – disse ela. – Essa é Susan Elizabeth. Ela começa no colégio esse ano.

A sra. Nowicki pegou a arma de Karen, deu um tiro e um pedaço de gesso caiu do teto, em cima da televisão. Todos congelaram e olharam a sra. Nowicki.

A sra. Nowicki apontou a arma para Joyce.

– Acabou a festa.

– Você está seriamente encrencada – disse Joyce. – Está escondendo uma fugitiva.

Um sorriso sem humor surgiu no rosto da sra. Nowicki.

– Meu bem, não estou escondendo ninguém. Você está vendo uma fugitiva?

A ficha caindo ficou aparente no rosto de Joyce.

– Onde está Maxine?

Agora eu estava sorrindo para a sra. Nowicki.

– Maxine partiu – eu disse.

– Você a deixou escapar deliberadamente!

– Eu, não – eu disse. – Eu não faria uma coisa dessas. Lula, eu faria uma coisa dessas?

– Cruzes, não – disse Lula. – Você é profissional. Embora eu tenha que dizer, você não tem uma camisa legal de caçadora de recompensas como elas têm.

– Ela não pode ter ido longe – disse Joyce. – Todo mundo para fora, pro carro.

A sra. Nowicki remexeu os bolsos, encontrou um cigarro e o enfiou na boca.

– Maxie se foi há muito tempo. Elas jamais a encontrarão.

– Só por pura curiosidade mórbida – eu disse. – Isso tudo tem a ver com o quê?

– Tem a ver com dinheiro – respondeu a sra. Nowicki. Depois, ela e Margie riram. Como se fosse uma boa piada.

Morelli estava esparramado diante da televisão quando voltei para casa. Ele estava assistindo a *Jeorpardy*, e havia três garrafas vazias de cerveja, ao lado de sua cadeira.

– Dia ruim? – perguntei.

– Pra começar... você estava falando a verdade sobre seu apartamento. Eu chequei. É um torrão chamuscado. O mesmo do seu carro. Seguindo essa mesma linha, corre o boato de que estamos morando juntos e minha mãe está nos esperando para jantar, à seis.
– Não!
– Sim.
– Mais alguma coisa?
– O caso em que eu vinha trabalhando nos últimos meses desabou.
– Lamento.
Morelli fez um gesto descontente.
– Acontece.
– Você comeu alguma coisa?
Uma sobrancelha se ergueu e ele me olhou de lado.
– O que você tem em mente?
– Comida.
– Não. Não comi nada.
Fui até a cozinha e disse olá para o Rex, que estava sentado num montinho de agrados para o jantar. Com os cumprimentos de Morelli, Rex estava se banqueteando com uma uva, um mini marshmallow, um crouton e uma castanha de aperitivo. Peguei o marshmallow e comi, para que Rex não corresse o risco de precisar lixar o dente.
– Então, o que você quer? – perguntei a Morelli.
– Filé, purê de batatas e vagem.
– Que tal um sanduíche de manteiga de amendoim?
– Essa seria minha segunda opção.
Fiz dois sanduíches de manteiga de amendoim e levei até a sala.
Morelli olhou seu sanduíche.
– O que são esses caroços?
– Azeitonas.
Ele abriu o sanduíche e olhou dentro.

— Onde está a geleia?
— Sem geleia.
— Acho que preciso de outra cerveja.
— Apenas coma! — gritei. — Tenho cara de quê? Betty Croker? Eu também não tive um dia ótimo, sabe. Não que alguém tenha perguntado sobre meu dia!

Morelli sorriu.

— Que tal o seu dia?

Eu despenquei no sofá.

— Encontrei a Maxine. Perdi a Maxine.

— Acontece — disse Morelli. — Você a encontrará novamente. Você é uma caçadora de recompensas do inferno.

— Estou com medo de que ela esteja se preparando pra dar o fora.

— Não pode culpá-la. Tem uns caras assustadores por aí.

— Perguntei à mãe dela sobre o que era isso, e ela disse que era sobre dinheiro. Depois riu.

— Você viu a mãe dela?

Contei os detalhes a Morelli e ele não pareceu feliz quando terminei.

— Algo tem que ser feito sobre a Barnhardt — disse ele.

— Alguma ideia?

— Nada que não me faria perder o distintivo.

Houve um momento de silêncio entre nós.

— Então — eu disse —, você conhece bem a Joyce?

O sorriso voltou. — O que quer dizer?

— Você sabe o que quero dizer.

— Quer um relato completo de minha vida sexual até esse momento?

— Isso provavelmente levaria dias.

Morelli se esparramou mais abaixo em sua poltrona, com as pernas esticadas à frente, os lábios curvos num sorriso, os olhos sonhadores.

— Não conheço Joyce tão bem quanto conheço você.

O telefone tocou e nós dois tomamos um susto. Morelli estava com o telefone sem fio na mesa, ao seu lado. Ele atendeu e fez uma mímica com a boca "sua mãe".

Eu estava fazendo sinal de não, não, não, mas Morelli continuou sorrindo e me entregou o telefone.

– Eu vi o Ed Crandle essa tarde – disse minha mãe. – Ele disse pra você não se preocupar, pois ele vai cuidar de tudo. Ele vai deixar os formulários aqui.

Ed Crandle morava na frente da casa da minha mãe e vendia seguro. Imaginei que isso significasse que eu tinha um. Normalmente, eu poderia olhar na gaveta da minha escrivaninha e checar. Mas agora isso não seria possível, porque tudo tinha virado pó.

– E aquele zelador agradável, Dillon Ruddick, ligou e disse que seu apartamento foi lacrado por segurança, então você não pode entrar. Mas ele disse que vai começar a trabalhar na semana que vem. E uma mulher chamada Sally gostaria que você ligasse de volta pra ela.

Agradeci a minha mãe e novamente declinei o jantar e o uso do meu quarto. Desliguei e liguei para Sally.

– Merda – disse Sally –, acabei de saber do seu apartamento. Ei, eu lamento muito, há algo que eu possa fazer? Você precisa de um lugar pra cair?

Eu disse a ele que estava ficando com Morelli.

– Eu teria caído na porrada, se não estivesse de salto – disse Sally.

Quando desliguei o telefone, Morelli tinha trocado o canal de *Jeopardy* e estava assistindo a um jogo.

Eu me sentia arenosa e suada, a parte de trás do meu pescoço estava queimada e meu nariz reluzia. Eu devia ter usado protetor solar.

– Vou tomar um banho – eu disse a Morelli. – Foi um dia longo.

– É um banho sexual?
– Não. Esse é um banho de quem suou o dia todo no litoral.
– Só checando – disse Morelli.

O banheiro, assim como o restante da casa, estava desbotado, porém limpo. Era menor do que o banheiro do meu apartamento, e as luminárias eram mais velhas. Mas a época da construção era mais graciosa. Morelli tinha toalhas empilhadas na prateleira, acima do vaso. Sua escova de dentes pasta de dentes e barbeador ficavam do lado esquerdo da bancada da pia. Eu coloquei minha escova e pasta à direita. Dele e dela. Dei um solavanco mental em mim mesma. Toma jeito, Stephanie... isso não é um romance. Isso é o resultado de um bombardeio. Havia um pequeno armário acima da pia, mas eu não tive coragem de abrir. Parecia forçar a barra e eu estava meio receosa do que poderia encontrar.

Tomei banho e escovei os dentes, e estava secando o cabelo com a toalha, quando Morelli bateu na porta.

– Eddie Kuntz está ao telefone – disse Morelli. – Quer que ele ligue de volta?

Eu me embrulhei na toalha grande, abri uma fresta na porta e pus a mão pra fora.

– Eu atendo.

Morelli me deu o telefone e seus olhos pararam na minha toalha.

– Merda – sussurrou ele.

Tentei fechar a porta, mas ele ainda estava segurando o fone. Eu segurava a toalha com uma das mãos e o fone com a outra, e forçava para fechar a porta, com meu joelho. Vi seus olhos amolecerem como chocolate quente. Eu conhecia aquela expressão. Já a vira antes e nunca teve um bom desfecho pra mim.

– Isso não é bom – disse Morelli, desviando o olhar da toalha para minhas pernas e de volta para a toalha, através da pequena abertura da porta.

– Alô? – disse Kuntz, do outro lado da linha. – Stephanie?

Eu tentei tirar o telefone da mão de Morelli, mas ele segurava firme. Meu coração estava disparado no peito e eu comecei a suar em lugares incomuns.

– Diga que você vai ligar de volta – disse Morelli.

Capítulo 9

Eu cerrei os dentes.
– Solte o telefone!
Morelli desistiu do telefone, mas manteve um pé no vão da porta.
– O que foi? – perguntei a Kuntz.
– Eu quero um relatório de progresso.
– O relatório é que não há progresso.
– Você me diria, não é?
– Claro. E, a propósito, alguém encharcou meu carro de gasolina e explodiu meu apartamento com uma bomba. Você não saberia quem foi, saberia?
– Nossa. Não. Acha que foi Maxine?
– Por que Maxine explodiria meu apartamento?
– Eu não sei. Porque você está trabalhando pra mim?
Morelli esticou a mão e pegou o fone.
– Mais tarde – ele disse a Kuntz. Depois desligou e jogou o telefone na pia.
– Isso não é uma boa ideia – eu disse. Mas eu estava pensando Por que não? Minhas pernas estavam raspadas. Eu estava quase sem roupa, então essa fase constrangedora já estava eliminada. E depois de tudo que eu tinha passado, eu merecia um orgasmo. Quero dizer, era o mínimo que eu podia fazer por mim.
Morelli entrou e cheirou meu ombro nu.
– Eu sei – disse ele. – Isso é uma ideia terrível. – Ele passou a boca pouco abaixo do lóbulo de minha orelha. Por um momento, nós fixamos os olhares e Morelli me beijou. Sua boca era suave e o beijo se estendeu. Quando eu estava no colégio,

minha melhor amiga, a Mary Lou, me disse que tinha ouvido falar que Morelli tinha mãos rápidas. Na verdade, era exatamente o contrário. Morelli sabia como ir devagar. Morelli sabia enlouquecer uma mulher.

Ele me beijou novamente, nossas línguas se tocaram, e o beijo se aprofundou. Suas mãos estavam na minha cintura e depois em minhas costas, me apertando junto a ele. Ou ele estava com uma ereção dos diabos, ou seu cassetete estava encostado em minha barriga. Eu estava bem certa de ser uma ereção e achei que, se eu apenas conseguisse ter aquele negócio mágico, agradável, grande e duro dentro de mim, todas as minhas preocupações desapareceriam.

– Comprei alguns – disse Morelli.
– Alguns o quê?
– Alguns preservativos. Tenho uma caixa. Investimento sério. Top de linha.

Do jeito como e eu estava me sentindo, imaginei que uma caixa não daria até domingo.

Então, ele estava com a boca novamente em mim, beijando meu pescoço, minha clavícula, a curva do meu seio, acima da toalha. E, de repente, a tolha se foi e Morelli pôs os lábios em meu mamilo, e uma onda de fogo percorreu meu corpo. As mãos dele estavam por toda parte, explorando, acariciando... provocando. Ele foi abaixando a boca, trilhando um filete de beijos até meu umbigo, minha barriga, minha... AIMEUDEUS!

Mary Lou também me dissera que ouvira falar que Morelli tinha uma língua de lagarto, e agora eu via a precisão desse boato em primeira mão. Deus abençoe o reino animal, pensei, com uma nova apreciação pelos répteis. Meus dedos estavam emaranhados nos cabelos dele, e minha bunda pelada, encostada na pia, e eu pensava Nossa, que bom! Eu estava quase lá, eu podia sentir chegando... a pressão deliciosa, o calor e o anseio pela libertação.

Então, ele moveu a boca um milímetro para a esquerda.
– Volta! – resfoleguei. – Volta. VOLTA!

Morelli beijou o lado interno da minha coxa.
– Ainda não.
Eu estava frenética. Estava muito perto.
– O que quer dizer, ainda não!
– É cedo demais – disse Morelli.
– Está brincando comigo? Não é cedo demais! Faz anos!
Morelli ficou de pé, me pegou no colo, me carregou até seu quarto e me soltou na cama. Ele tirou a camiseta e o short, o tempo todo me olhando com os olhos dilatados, pupilas enormes, por baixo de seus cílios. Suas mãos eram firmes, mas sua respiração estava ofegante. Então, ele tirou a cueca e ficou nu. E eu já não tinha certeza de que isso daria certo. Fazia muito tempo e ele parecia imenso. Bem maior do que eu me lembrava. Maior do que eu sentira, através de sua roupa. Ele tirou uma camisinha da caixa e eu recostei na cabeceira.
– Pensando bem... – eu disse.
Morelli me pegou pelos tornozelos, me puxou para baixo e separou minhas pernas.
– Nada de pensando bem – disse ele, me beijando. Então, ele colocou o dedo em mim, bem *ali*. Mexeu um pouquinho o dedo e agora eu achei que parecia certo, não grande demais. Agora eu estava pensando que tinha de arranjar um jeito de pôr o maldito troço dentro de mim. Não era ruim de olhar, mas não me adiantava muito vê-lo balançar sozinho.
Eu agarrei e tentei direcioná-lo, mas Morelli saiu do meu alcance.
– Ainda não – disse ele.
Que onda era essa de ainda não, o tempo todo!
– Acho que estou pronta.
– Nem de longe – disse Morelli, abaixando mais, fazendo mais daquela tortura terrível com a língua.
Bom, tudo bem, se era isso que ele realmente queria fazer, por mim, tudo bem, porque eu estava gostando muito. Na verdade, eu já estava quase lá. Em trinta segundos, eu ia decolar rumo ao grande além, gritando como um banshee.

Então, ele se moveu meio centímetro à esquerda... novamente.
— Filho da puta — eu disse... de um jeito amoroso. Estiquei a mão e o acariciei, ouvindo sua respiração falhar, diante do meu toque. Passei a ponta do dedo no furinho da ponta, e Morelli ficou imóvel. Agora eu tinha sua atenção. Abaixei a cabeça e dei-lhe uma lambida.
— Cristo — resfolegou Morelli —, não faça isso, eu não sou o Super-homem!
Não brinca. Prossegui numa expedição mais extensa para saboreá-lo e, subitamente, Morelli estava em ação. Num instante, eu estava deitada de barriga pra cima e Morelli, em cima de mim.
— Ainda não — disse ele. — Ainda não é hora.
Ele colocou a camisinha.
— O diabo que não é.
He, he, he, eu pensei.

Na manhã seguinte, eu acordei num bolo de lençóis úmidos e Morelli, quentinho. Nós tínhamos feito um rombo razoável no estoque de camisinhas, e eu estava me sentindo bem relaxada. Morelli se mexeu ao meu lado e eu me aninhei a ele.
— Mmm — disse ele.
Duas horas depois, tinha menos camisinha na caixa e Morelli e eu estávamos deitados de bruços, inertes na cama. Eu estava pensando que o sexo é algo excelente, mas eu provavelmente não precisaria mais fazer pelos próximos dez ou quinze anos. Olhei a distância entre a cama e o banheiro e fiquei pensando se eu conseguiria caminhar até tão longe. O telefone tocou e Morelli o passou para mim.
— Eu estava pensando no que devo vestir essa noite — disse Sally. — Você acha que eu devo ser um homem ou uma mulher?
— Pra mim, não faz diferença — eu disse. — Lula e eu seremos mulheres. Você quer nos encontrar lá, ou quer que eu vá buscá-lo?
— Encontro vocês lá.

— Beleza. Eu me virei para Morelli. — Você vai trabalhar hoje?

— Metade do dia talvez. Preciso falar com algumas pessoas.

— Eu também. — Eu me arrastei pra fora da cama. — Quanto ao jantar dessa noite...

— Nem pense em me dar bolo — disse Morelli. — Vou encontrá-la e transformar sua vida num inferno.

Eu fiz uma careta mental e consegui entrar no banheiro quase sem gemer. A deusa do sexo estava toda doída essa manhã, sentindo-se triturada.

Tomei um banho, me vesti e desci para a cozinha. Nunca tinha visto Morelli de manhã, e não tenho certeza do que eu esperava, mas não era algo metade homem metade bicho, lendo o jornal e bebendo café. Morelli estava vestindo uma camiseta deformada e um short bege todo amassado. Estava com a barba por fazer e não tinha penteado o cabelo, que precisava de um corte havia semanas.

Na noite anterior, isso pareceu bem sexy. Agora de manhã estava assustador. Servi um café e uma tigela de cereal e me sentei de frente pra ele, à mesinha. A porta dos fundos estava aberta, e o ar matinal que entrava era fresco. Em mais uma hora, ficaria quente e úmido. As cigarras já estavam cantando. Pensei em minha cozinha e no apartamento tristemente carbonizado, e minha garganta se fechou. Lembre-se do que Morelli lhe disse, pensei. Concentre-se no positivo. O apartamento ficará bem. Terá um tapete e pintura novos. Melhor que antes. E o que ele dissera sobre o medo? Concentre-se na execução do trabalho, não no medo. Certo, pensei, posso fazer isso. Principalmente por estar sentada de frente para o homem dos meus sonhos.

Morelli esvaziou sua xícara de café e continuou lendo o jornal.

Eu me peguei querendo encher novamente a xícara. E não queria parar aí. Queria preparar um café da manhã para Morelli. Bolinhos e bacon, suco de laranja fresco. Depois eu queria lavar sua roupa suja e colocar lençóis limpos na cama. Olhei em volta.

A cozinha não era ruim, mas podia ser mais aconchegante. Flores frescas, talvez. Um pote de biscoito.
— Iiih — disse Morelli.
— Iiih o quê?
— Você está com aquela cara... como se estivesse redesenhando minha cozinha.
— Você não tem pote de biscoito.
Morelli me olhou como se eu fosse de Marte.
— Era nisso que estava pensando?
— Bem, sim. Morelli pensou a respeito, por um segundo.
— Na verdade, eu nunca vi sentido para um pote de biscoito — ele finalmente disse. — Abro a caixa. Como os biscoitos. Jogo a caixa fora.
— Sim, mas um pote de biscoito torna a cozinha aconchegante.
Recebi outro olhar daqueles, de Marte.
— Eu guardo a minha arma num pote de biscoito — eu disse, querendo explicar melhor.
— Meu bem, um homem não pode guardar sua arma num pote de biscoito. Isso simplesmente não é feito.
— Rockford fazia.
Ele se levantou e me deu um beijo no alto da cabeça.
— Vou tomar um banho. Se você sair antes que eu termine, prometa estar de volta antes das cinco.
O homem dos meus sonhos já era. Eu lhe dei um dos meus gestos italianos prediletos, mas ele não viu, porque já tinha saído da sala.
— Foda-se o pote de biscoito — eu disse a Rex. — E ele também pode lavar a porcaria da roupa. — Terminei meu cereal, enxaguei a tigela e a coloquei na lavadora de louça. Pendurei a bolsa no ombro e parti para o escritório.

— Aimeudeus — disse Connie, quando entrei no escritório —, você transou!

— Perdão?
— Como foi? Eu quero detalhes.
Lula ergueu os olhos da pilha de pastas que estava arrumando.
— Ãrrã — disse ela —, você fez mesmo.
Eu senti meus olhos se arregalarem.
— Como sabem? — Eu me cheirei. — Estou cheirando?
— Você simplesmente está com aquela cara de quem foi bem comida — disse Lula. — Tipo relaxada.
— É — disse Connie —, satisfeita.
— Foi o chuveiro — eu disse. — Tomei um banho de chuveiro bem demorado e relaxante hoje de manhã.
— Bem que eu queria ter um chuveiro desses — disse Lula.
— O Vinnie está aí?
— Sim, ele voltou tarde ontem à noite. Ei, Vinnie — gritou Connie. — A Stephanie está aqui!
Nós o ouvimos resmungar
— Ah, Cristo — lá de dentro do escritório, depois a porta abriu.
— O quê?
— Joyce Barnhardt, é isso.
— Eu lhe dei o trabalho, e daí. — Vinnie estreitou os olhos para mim. — Jesus, você andou transando?
— Não acredito nisso — eu disse, erguendo as mãos no ar. — Tomei um banho, arrumei o cabelo, pus maquiagem, roupa nova. Tomei café da manhã. Escovei a porcaria do dente. Como é que todo mundo sabe que eu transei?
— Você está diferente — disse Vinnie.
— Satisfeita — disse Connie.
— Relaxada — acrescentou Lula.
— Não quero falar nisso — gritei. — Quero falar sobre a Joyce Barnhardt. Você lhe deu a Maxine Nowicki. Como pôde fazer isso? Nowicki é meu caso.
— Você não estava tendo sorte com isso, então pensei: o que é que tem, vou deixar a Joyce tentar também.

— Eu sei como a Joyce conseguiu o caso — eu disse —, e vou contar pra sua esposa.

— Se você disser pra minha esposa, ela vai dizer ao pai dela e estarei morto. — Então, sabe onde você estará? — Desempregada.

— Aí, faz sentido — disse Lula. — Estaremos todas desempregadas.

— Eu a quero fora do caso. Lula e eu estávamos com a Maxine sob custódia e Joyce irrompeu com uma tropa de vadias e ferrou tudo.

— Está bem, está bem — disse Vinnie. — Eu vou falar com ela.

— Você vai tirar Nowicki dela.

— É.

— Sally ligou e disse que ia para o bar esta noite — eu disse a Lula. — Quer vir também?

— Claro, não quero perder nada da diversão.

— Precisa de uma carona?

— Eu, não — disse Lula. — Comprei um carro novo. — Os olhos dela se desviaram de mim até a porta da frente. — Agora, o que eu preciso é de um homem pra colocar lá dentro. E ele também tem nome.

Connie e eu nos viramos para olhar. Era Ranger, vestido de preto, com os cabelos presos num rabo de cavalo, uma argolinha de ouro brilhando como o sol.

— E aí — disse Ranger. Ele me encarou por um momento e sorriu. E ergueu as sobrancelhas.

— Morelli?

— Merda — eu disse. — Isso é constrangedor.

— Passei por aqui para pegar os papéis do Thompson — Ranger disse a Connie.

Connie entregou-lhe uma pasta. — Boa sorte.

— Quem é Thompson?

— Norvil Thompson — disse Ranger. — Assaltou uma loja de bebidas. Pegou 400 dólares e uns quebrados e uma garrafa de Wild Turkey. Começou a comemorar no estacionamento onde tinha parado o carro, desmaiou e foi encontrado pelo funcionário do

estacionamento, que chamou a polícia. Não apareceu em sua audiência no tribunal.
– Como sempre – disse Connie.
– Ele já fez isso?
– Duas vezes.

Ranger assinou sua parte do contrato, o passou de volta para Connie e olhou pra mim.
– Quer me ajudar a cercar esse caubói?
– Ele não vai atirar em mim, vai?
– Ah – disse Ranger –, se fosse simples assim.

Ranger estava dirigindo um novo Range Rover preto. Os carros de Ranger sempre eram pretos. Sempre novos. Sempre caros. E sempre foram de origem duvidosa. Eu nunca perguntei a Ranger onde arranjava seus carros. E ele nunca me perguntou meu peso. Nós atravessamos o centro da cidade e entramos na rua Stark. Ranger passou pela loja de peças automotivas e pela academia, entrando num bairro de casas decaídas enfileiradas. Era meio-dia e as mães e filhos que vivem às custas da assistência social estavam nos degraus das portas, buscando um alívio do calor sufocante de seus cômodos sem ar.

Folheei a pasta para me familiarizar com Thompson. Homem negro, 1,77m, 80kg, 64 anos de idade. Problemas respiratórios. Isso significava que não poderíamos usar spray de pimenta.

Ranger estacionou diante da casa de três andares, de tijolinhos. Slogans de gangues estavam pintados nos degraus e sob as janelas dos dois primeiros andares. Restos de lanches tinham se acumulado junto ao meio-fio e havia papel de embrulho amassado espalhado pela calçada. O bairro inteiro cheirava a um imenso burrito.

– Esse cara não é perigoso como parece no papel – disse Ranger. – Ele é mais um pé no saco. Está sempre bêbado, então não adianta nada ameaçá-lo com uma arma. Ele tem asma, portanto, não podemos borrifá-lo. Além disso, é velho, então você vai parecer um tolo se lhe der uma surra. O que queremos fazer é algemá-lo e carregá-lo para fora. Por isso, você veio junto. São necessárias duas pessoas para carregá-lo.

Maravilha.

Duas mulheres estavam sentadas duas portas depois.

– Estão atrás do velho Norvil? – uma delas perguntou. – Deu bolo na fiança outra vez?

Ranger ergueu o braço ao reconhecê-la.

– E aí, Regina, como vai indo?

– Melhorando, agora que você chegou. – Ela virou a cabeça para a janela aberta do térreo. – Ei, Deborah – gritou ela. – O Ranger está aqui. Vai nos dar um pouco de diversão.

Ranger entrou no prédio e começou a subir a escada.

– Terceiro andar – disse ele.

Eu estava tendo uma sensação desconfortável quanto a essa apreensão.

– O que ela quis dizer com... diversão?

Ranger estava no segundo piso.

– Há dois inquilinos no terceiro andar. Thompson é o da esquerda. Quitinete. Só uma saída. Ele deve estar em casa a essa hora do dia. Regina teria me falado se o tivesse visto sair.

– Estou com a sensação de que há outra coisa que eu deveria saber sobre esse cara.

Ranger estava na metade do terceiro lance de escada.

– Só que ele é um maluco de pedra. E ele balança o pau mijando, fique para trás. Uma vez, ele acertou o Hanson, e Hanson jura que estava a quatro metros de distância.

Hanson era outro caçador de recompensas. Trabalhava mais para a Gold Star na rua Um. Hanson nunca me pareceu alguém que inventasse histórias de guerra, então, eu dei a volta e comecei a descer a escada, de dois em dois degraus.

– Pra mim, chega. Vou ligar pra Lula vir me buscar.

Fui detida por uma mão me agarrando pela parte traseira da minha camisa.

– Pode esquecer – disse Ranger. – Estamos nisso juntos.
– Não quero que mijem em mim.
– Apenas fique de olho aberto. Se ele pegar o pau, nós dois pulamos em cima dele.
– Você sabe que eu poderia ter uma porção de trabalhos bons – eu disse. – Não preciso fazer isso.
Ranger estava com o braço ao meu redor, me incentivando a subir a escada.
– Isso não é apenas um trabalho. É um serviço profissional. Nós garantimos a lei, gata.
– Por isso que você faz? Por acreditar na lei?
– Não. Faço pelo dinheiro. E porque caçar gente é o que eu faço melhor.
Chegamos à porta de Thompson e Ranger gesticulou para que eu chegasse para o lado enquanto ele batia.
– Esses malditos filhos da puta – alguém gritou lá de dentro.
Ranger sorriu.
– Novril está em casa. – Ele deu outra batida. – Abra a porta. Preciso falar com você...
– Eu te vi na calçada – disse Novril, ainda com a porta fechada – e só vou abrir essa porta quando o inferno congelar.
– Vou contar até três, depois vou arrombar – disse Ranger.
– Um, dois... – ele tentou a maçaneta, mas a porta ainda estava trancada. – Três. – Nenhuma resposta lá de dentro. – Maldito velho bebum teimoso – disse Ranger. Ele recuou e deu um chute sólido na porta, pouco à esquerda da maçaneta. Houve um ruído de madeira quebrando e a porta se partiu, abrindo.
– Cretinos filhos da puta – berrou Novril.
Ranger cautelosamente entrou de arma em punho.
– Tudo bem – ele me disse. – Ele não está armado.
Eu entrei e fiquei ao lado de Ranger. Novril estava do outro lado da sala, de costas para a parede. À sua direita, havia uma mesa lascada de fórmica e uma única cadeira de madeira. Metade da mesa estava tomada por uma caixa de papelão cheia de co-

mida. Biscoitos Ritz, Cereal do Conde Drácula, um saco de marshmallow, um frasco de ketchup. Havia um frigobar no chão, ao lado da mesa. Novril estava vestindo uma camiseta desbotada que dizia "Get Gas From Bud" e calças largas e manchadas. E segurava um encarte de ovos.

– Seus filhos da puta – disse ele. E antes que eu percebesse o que estava acontecendo... PLAFT. Tomei uma ovada na testa. Dei um salto pra trás e o frasco de ketchup passou voando pela minha orelha, bateu no portal e espirrou pra todo lado. Isso foi seguido por um vidro de picles e mais ovos. Ranger levou um ovo no braço e eu tomei outro, direto no peito. Eu me virei pra desviar de um vidro de maionese e levei outra ovada atrás da cabeça. Novril estava frenético, jogando o que tivesse nas mãos... biscoitos, croutons, salgadinhos de milhos, facas, colheres, tigelas de cereal e pratos rasos. Um saco de farinha estourou em suas mãos e voou pra todo lado. – Seus escrotos, podres, bastardos – ele gritava, procurando mais munição na caixa.

– Agora! – disse Ranger.

Nós dois pulamos no Thompson, agarrando seus braços. Ranger travou uma algema num dos pulsos. Relutamos para pegar o outro. Novril me lançou um golpe que pegou no ombro. Perdi o equilíbrio nos farelos de biscoito e farinha e fui para o chão com tudo. Ouvi o clique da segunda algema e olhei acima, para Ranger.

Ranger estava sorrindo.

– Você está bem?

– Sim. Estou formidável.

– Você está com comida suficiente para alimentar uma família de quatro pessoas, por uma semana.

Ranger não tinha nada. Uma manchinha num dos braços onde fora atingido pelo ovo.

– Então, por que você está tão limpo e eu estou toda suja?

– Uma coisa é certa: não fiquei em pé no meio da sala, feito um alvo. Outra coisa é que não caí no chão, nem rolei na farinha. – Ele esticou a mão pra mim e me ajudou a me levantar.

— Primeira regra de combate. Se alguém lhe atira algo, saia do caminho.

— Piranha do demônio — Novril gritou pra mim.

— Ouça — eu gritei de volta —, eu fui escalada. E isso não é da sua conta.

— Ele chama todo mundo de piranha do demônio — disse Ranger.

— Ah.

Novril plantou os pés separados.

— Não vou a lugar algum.

Eu olhei para a arma imobilizadora no cinto de utilidades de Ranger.

— Que tal darmos uma carga nele?

— Vocês não podem me dar carga — disse Novril. — Sou um velho. Tenho marca-passo. Se ferrarem meu marca-passo, vão ficar seriamente encrencados. Isso pode até me matar.

— Rapaz — eu disse —, mas isso é tentador.

Ranger pegou um rolo de fita crepe no cinto e prendeu as pernas de Novril, na altura dos tornozelos.

— Eu vou cair — disse Novril. — Não posso ficar em pé assim. Tenho um problema com bebida, sabe. Às vezes, eu caio.

Ranger pegou Novril pelas axilas e o emborcou para trás.

— Agarre os pés dele — disse ele. — Vamos levá-lo para o carro.

— Socorro! — gritava Novril. — Estou sendo sequestrado! Chamem a polícia. Chamem os muçulmanos!

Nós o levamos até o segundo andar e ele ainda estava gritando e se contorcendo. Eu estava me esforçando para segurá-lo. Ovos e farinha empaçocaram meu cabelo e eu cheirava a picles, e suava feito um porco. Começamos a descer o outro lance de escada. Pisei em falso e escorreguei o resto dos degraus de costas.

— Tudo bem — eu disse, me levantando, imaginando quantas vértebras eu teria quebrado. — Você não consegue derrubar a Mulher Maravilha.

— A Mulher Maravilha parece meio derrubada — disse Ranger.

Regina e Deborah estavam sentadas nos degraus quando arrastamos Novril pra fora.

— Meu Pai do Céu, garota — disse Regina. — O que aconteceu com você? Está parecendo um cachorro quente de milho. Foi empanada.

Ranger abriu a porta traseira do Range Rover e nós lançamos Novril lá para dentro. Fui mancando até o lado do carona e fiquei olhando o banco imaculado de couro.

— Não se preocupe com isso — disse Ranger. — Se você sujar, simplesmente arranjo um carro novo.

Eu tinha quase certeza de que ele não estava brincando.

* * *

Eu estava na varandinha da frente, remexendo em minha bolsa, procurando a chave da casa de Morelli, quando a porta se abriu.

— Essa eu nem vou tentar adivinhar — disse Morelli.

Eu passei por ele.

— Você conhece o Novril Thompson?

— Um coroa. Rouba lojas. Fica maluco quando bebe... Algo que sempre acontece.

— Ãrrã. Esse mesmo. Eu ajudei o Ranger a levá-lo.

— Imagino que Novril não estivesse pronto para ir.

— Atirou tudo que tinha em nós. — Olhei abaixo, para mim. — Preciso de um banho.

— Pobrezinha. Eu podia ajudar.

— Não! Nem chegue perto de mim!

— Isso não é por causa do pote de biscoito, é?

Eu me arrastei escada acima e pra dentro do banheiro. Tirei a roupa e entrei embaixo da água quente. Lavei meu cabelo duas vezes e usei condicionador, mas não ficava limpo. Saí do chuveiro e dei uma olhada no cabelo. Foi o ovo. Ele tinha endurecido feito cimento e os pedacinhos de casca estavam grudados no cimento.

– Por que eu?
Morelli estava do outro lado da porta do banheiro.
– Você está bem? Está falando sozinha?
Escancarei a porta.
– Olhe pra isso! – Eu disse, apontando o cabelo.
– Parece casca de ovo.
– Não quer sair.
Morelli chegou mais perto, com a desculpa de examinar meu cabelo, mas, na verdade, ele estava olhando para baixo, para minha toalha.
– Ouça, Morelli, eu preciso de ajuda aqui.
– Não temos muito tempo.
– Ajuda com meu cabelo!
– Meu bem, não sei como lhe dizer isso, mas acho que seu cabelo está além de minha ajuda. A melhor coisa que eu poderia fazer seria distrair sua mente.
Vasculhei o armário e achei uma tesoura.
– Corte o ovo.
– Ai, meu Deus.
Cinco minutos depois, Morelli ergueu os olhos de seu trabalho e cruzou com meu olhar no espelho.
– Saiu tudo.
– Está muito ruim?
– Lembra quando a Mary Jô Krazinski teve aquela sarna?
Meu queixo caiu.
– Não está tão ruim assim – disse Morelli. – Na verdade, só está mais curto... em alguns pontos. – O dedo dele traçou uma linha pelo meu ombro nu. – Poderíamos chegar alguns minutos atrasados.
– Não! Não vou chegar atrasada à casa da sua mãe. Ela me mata de medo. – A mãe dele matava qualquer um de medo, porque a mãe de Joe Morelli conseguia ler as entrelinhas. O pai dele tinha sido um bêbado e mulherengo. Sua mãe estava além de censura. Ela era uma dona de casa de proporções heroicas. Nunca

perdia a missa. Vendia produtos da Amway, no tempo livre. E não ouvia conversa fiada de ninguém.

Morelli deslizou a mão por baixo da minha toalha e beijou atrás do meu pescoço.

– Isso só vai levar um minuto, gata.

Uma sensação de queimação percorreu minha barriga e meus dedos dos pés se encolheram.

– Preciso me vestir – eu disse. Mas eu estava pensando Ahhh, que gostoso. E estava me lembrando do que ele tinha feito na noite anterior, e aquilo tinha sido melhor ainda. As mãos dele encontraram meus seios e seu polegar esfregou meu mamilo. Ele sussurrou algumas coisas que queria fazer comigo e eu senti um fio de baba escapar do canto da minha boca.

Meia hora depois, eu estava correndo pelo quarto, procurando uma roupa pra vestir.

– Não posso acreditar que me deixei convencer! – eu disse. – Olhe como estamos atrasados!

Morelli estava totalmente vestido e sorrindo.

– Esse negócio de coabitação até que não é tão ruim – disse ele. – Não sei por que não tentei antes.

Eu vesti a calcinha.

– Você não tentou antes porque tem medo de compromisso. E, na verdade, você ainda não assumiu um compromisso.

– Comprei uma caixa inteira de camisinhas.

– Isso é um compromisso com o sexo, não com um relacionamento.

– É um começo – disse Morelli.

– Talvez. – Tirei um vestidinho de algodão do armário. Era cor de palha e abotoava na frente, como uma camisa. Coloquei o vestido pela cabeça e alisei o amassado com a mão.

– Merda – disse Morelli. – Você está ótima com esse vestido.

Olhei sua calça Levi's. Ele estava de pinto duro outra vez.

– Como foi que isso aconteceu?

— Quer aprender um jogo novo? — perguntou Morelli. — Chama-se o sr. e a sra. Rover.

— Furo de notícia — eu disse. — Não sei passar roupa. Não como peixe cru. E não faço esse negócio de cachorro. Se você encostar a mão em mim, eu juro que pego meu revólver.

A sra. Morelli abriu a porta e deu um peteleco na lateral da cabeça de Joe.

— Amizade colorida. Igual ao seu pai, que Deus guarde sua alma podre.

Morelli sorriu para a mãe.

— É uma maldição.

— Não foi culpa minha — eu disse. — Honestamente.

— Sua avó Bella e sua tia Mary Elizabeth estão aqui — disse a sra. Morelli. — Olha a boca.

A vovó Bella! Minha boca secou na hora e pontinhos pretos começaram a dançar diante dos meus olhos. A vovó Bella jogou uma praga na Diane Fripp e Diane ficou menstruada por três meses! Eu chequei novamente o botão da frente do vestido e apalpei atrás, para ter certeza de que tinha colocado a calcinha outra vez.

A vovó Bella e a tia Mary Elizabeth estavam na sala, sentadas lado a lado, no sofá. A vovó Bella é uma senhora miúda, de cabelos brancos, vestida com o preto italiano tradicional. Ela viera para esse país ainda jovem, porém, naquela época, o Burgo era mais italiano que a Sicília, então ela manteve seus hábitos do antigo país. Mary Elizabeth é a irmã caçula de Bella, e é freira aposentada. As duas seguravam copos altos de uísque numa das mãos e tinham um cigarro na boca.

— Então — disse a vovó Bella —, a caçadora de recompensas.

Sentei-me na beirada de uma poltrona e fechei os joelhos bem fechados.

— Que bom vê-la, vovó Bella.

— Ouvi dizer que você está morando com meu neto.

— Estou... alugando um quarto na casa dele.

– *Rá!* – ela gritou. – Não me venha com mentiras, ou te jogo uma praga.
 Eu estava ferrada. Porra, eu estava ferrada. Mesmo ali sentada, eu pude sentir minha menstruação chegando.

Capítulo 10

— Esse negócio de praga é algo que não existe — disse Joe. — Não tente assustar Stephanie.

— Você não acredita em nada — disse Bella. — E eu nunca te vejo na igreja. — Ela sacudiu o dedo pra ele. — Ainda bem que eu rezo por você.

— O jantar está pronto — disse a sra. Morelli. — Joseph, ajude sua avó Bella a ir para a sala de jantar.

Essa era a primeira vez que eu entrava na casa da sra. Morelli. Já tinha estado na garagem e no quintal dos fundos. E, claro, já tinha passado inúmeras vezes, sempre falando baixinho, em sussurros, e nunca embromando, por medo de que a sra. Morelli saísse e viesse me pegar pela orelha, me acusando de usar calcinha de dois dias, ou de não escovar os dentes. Seu marido era conhecido por não poupar o cinto nos filhos. A sra. Morelli não precisava de nada disso. Ela podia te botar contra a parede com uma única palavra. *Bem*, diria ela, e a vítima infeliz confessaria qualquer coisa. Todos, menos Joe. Quando criança, Joe corria, rebelde, incontrolado.

A casa era mais confortável do que eu esperava. Dava uma sensação de casa de família, acostumada com o barulho e a confusão das crianças. Primeiro, Joe e seus irmãos, e agora, os netos. Os móveis tinham forros e estavam limpos. O carpete havia sido recentemente aspirado. As mesas estavam polidas. Havia um pequeno baú de madeira com brinquedos embaixo de uma das janelas da frente e um balanço ao lado do baú.

A sala de jantar era mais formal. A mesa estava posta com uma toalha de renda. A cristaleira exibia porcelana herdada e gasta. Duas garrafas de vinho na cabeceira da mesa, sem rolhas, decantando. Havia cortinas brancas de renda nas janelas e um tapete oriental tradicional, cor de vinho, sob a mesa.

Todos tomamos nossos lugares; e Mary Elizabeth fez a oração, enquanto eu estava de olho no antepasto.

Depois da reza, a vovó Bella ergueu sua taça de vinho.
– A Stephanie e Joseph. Vida longa e muitos bambinos.

Eu dei uma olhada em Joe.
– Você gostaria de explicar isso?

Joe pegou um pouco de ravióli e salpicou queijo ralado.
– Só dois bambinos. Não posso sustentar uma família grande com o salário de policial.

Limpei a garganta e olhei fulminante para Morelli.
– Está bem, está bem – disse Morelli. – Nada de bambinos. Stephanie foi morar comigo porque ela precisa de um lugar pra ficar enquanto seu apartamento é reformado. É só isso.

– O que você acha, que sou uma tola? – disse a vovó Bella. – Eu vejo o que está acontecendo. Sei o que vocês fazem.

Morelli se serviu de frango.
– Stephanie e eu somos apenas bons amigos.

Eu fiquei dura, com o garfo na metade do caminho para a boca. Ele havia usado essas palavras para descrever seu relacionamento com Terry Gilman. Que maravilha. Agora, no que eu devia acreditar? Que eu estava no mesmo patamar que Terry? Bem, foi você quem o forçou a isso, imbecil. Você o forçou a dizer à Bella que isso não era um relacionamento sério. Bem, sim, eu pensei, mas ele podia ter feito com que eu soasse um pouquinho mais importante que Terry Gilman!

Bella jogou a cabeça para trás e espalmou as mãos na mesa.
– Silêncio!

Mary Elizabeth fez o sinal da cruz.

A sra. Morelli e Joe trocaram olhares longos e sofredores.
– O que houve, agora? – sussurrei.
– A vovó Bella está tendo uma visão – disse Joe. – Isso acontece, assim como a praga.

A cabeça de Bella deu um solavanco para cima e ela apontou dois dedos para mim e Joe.

– Vejo o casamento de vocês. Vejo vocês dançando. E vejo que, depois disso, vocês terão três filhos e a linhagem continua.

Eu me inclinei na direção de Joe.

– Aqueles negócios que você comprou... eram de boa qualidade, certo?

– O melhor que o dinheiro pode comprar.

– Agora eu preciso ir me deitar – disse Bella. – Sempre preciso descansar depois de ter uma visão.

Nós esperamos enquanto ela deixava a mesa e subia a escada. A porta do quarto se fechou e a mãe de Joe deu um suspiro sonoro de alívio.

– Às vezes ela me dá arrepios – disse Mary Elizabeth.

Então, todos mergulhamos na refeição, evitando falar sobre casamento e bebês e velhas italianas malucas.

Dei um gole no meu café e mandei pra dentro um prato de biscoitos caseiros, de olho na hora. Eddie Kuntz não ia aparecer no bar antes das nove, mas eu queria estar lá antes disso. Meu plano era plantar Lula e Sally dentro do bar, enquanto eu fazia a vigilância na rua.

– Foi muita gentileza sua me convidar para jantar – eu disse à sra. Morelli. – Infelizmente, tenho que sair cedo. Preciso trabalhar essa noite.

– É aquele trabalho de caçadora de recompensas? – Mary Elizabeth quis saber. – Você está caçando algum fugitivo?

– Mais ou menos.

– Parece empolgante.

– Parece um pecado contra a natureza – disse a vovó Bella do corredor, recém-levantada da cama de hóspedes. – Não é trabalho para quem está esperando neném.

– Vovó Bella – eu disse. – Eu realmente não estou esperando.

– Você sabe muito, mesmo – disse ela. – Estive do outro lado. Eu vejo essas coisas. Tenho visão.

– Certo – eu disse a Morelli, quando estávamos a um quarteirão de distância da casa –, qual é a precisão desse negócio de visão?
– Eu não sei, nunca prestei muita atenção nisso. – Ele virou na Roebling e encostou junto ao meio-fio. – Aonde você vai?
– Vou ao Bar Blue Moon. É o próximo local da caça ao tesouro de Maxine. Leve-me de volta pra casa que eu pego meu carro.
Morelli deu a volta no meio do trânsito.
– Vou com você. Não quero que nada aconteça com meu filho que vai nascer.
– Isso não tem graça!
– Tudo bem. A verdade é que só tem porcaria na TV esta noite, então é melhor eu ir.

O Bar Blue Moon ficava perto do complexo estadual. Havia um estacionamento público no quarteirão seguinte e tinha lugar para estacionar na rua, na frente do bar, mas, àquela hora da noite, as lojas estavam fechadas. O bar tinha sido uma boate nos anos setenta, um bar esportivo nos anos oitenta e há um ano fora transformado numa falsa cervejaria. Era basicamente um salão grande, com um tonel de cobre para fermentação no canto, um balcão que tinha toda a extensão do bar e mesas com cadeiras no meio. Além de servir birita, o Bar Blue Moon vendia petiscos. Batata frita, anéis de cebola, salgadinho e mozarela. Nas noites de sábado, ficava abarrotado.

Ainda estava cedo demais para a galera do bar, e Morelli conseguiu uma vaga na rua, dois carros depois da porta.
– E agora? – perguntou Morelli.
– Kuntz deve aparecer às nove. Então, vemos o que acontece.
– O que geralmente acontece?
– Nada.
– Nossa, mal posso esperar.

Por volta de oito e meia, Lula e Sally estavam na casa. Kuntz chegou quinze minutos depois. Deixei Morelli na caminhonete com uma foto de Maxine e entrei para ficar com Kuntz.

– Você está diferente – disse Kuntz.
– Tive uns problemas com meu cabelo.
– Não, não é isso.
– Vestido novo.
– Não, é outra coisa. Não sei bem o quê.

Graças a Deus.

Lula e Sally vieram ficar conosco, perto do bar.

– O que é que tá rolando? – disse Sally.
– Estamos desperdiçando mais tempo, é o que tá rolando – disse Kuntz. – Detesto esse negócio babaca de caça ao tesouro.
– Por um momento, os olhos dele se fixaram nos meus, depois se desviaram a um ponto além do meu ombro. Eu me virei para ver o que lhe chamara atenção.

Era Joyce Barnhardt com uma saia de couro preta, muito curta e apertada, e uma regata de tricô laranja.

– Olá, Stephanie – disse Joyce.
– Olá, Joyce.

Ela lançou um sorriso para Kuntz.

– Olá, bonitão.

Eu me virei pra Lula e nós fizemos o gesto de dedo na goela, uma para a outra.

– Se eu tivesse esses peitos, eu rapava tudo – Sally sussurrou pra mim. – Num ano, eu ganharia dinheiro suficiente pra ter a porra da aposentadoria. Nunca mais teria que calçar um par de saltos.

– O que está fazendo aqui, Joyce? Achei que Vinnie fosse falar com você.

– É um país livre – disse Joyce. – Posso ir aonde eu quiser. Fazer o que eu quiser. E, nesse momento, o que eu quero é pegar a Maxine.

– Por quê?

– Só pela diversão – disse Joyce.
– Cadela.
– Vagabunda.
– Piranha.
– Boceta.
Dei um chute na canela de Joyce. Boceta foi demais. Além disso, tenho vontade de chutá-la, desde o dia em que a flagrei de bunda de fora na mesa da minha sala de jantar com meu marido. Joyce respondeu puxando meu cabelo.
– Epa! – eu disse. – Solta!
Ela não largava, então eu dei um beliscão em seu braço.
– Dá um tempo aí – disse Lula. – Dá pra ver que você não sabe nada de briga. Essa mulher te pegou pelos cabelos e tudo que você sabe fazer é dar um beliscão?
– É, mas vai ficar roxo – eu disse.
Joyce puxou meu cabelo com mais força. Então, subitamente, ela deu um gritinho e caiu de costas no chão.
Eu olhei para Lula.
– Bem, eu só queria ver se as novas pilhas estavam funcionando – disse Lula.
– Então, quanto você acha que custam peitos assim? – perguntou Sally. – Acha que ficariam bons em mim?
– Sally, esses são peitos de verdade.
Sally inclinou-se, para ver mais de perto.
– Droga.
– Iiih – disse Lula. – Não sei como te dizer isso, mas está faltando alguém.
Olhei em volta. Kuntz tinha sumido.
– Sally, olhe o banheiro dos homens. Lula, você vasculha o salão aqui. Vou olhar lá fora.
– E quanto à Joyce? – disse Lula. – Talvez a gente deva enfiá-la num canto, onde as pessoas não tropecem nela.
Os olhos de Joyce estavam cristalizados, a boca estava aberta. Sua respiração parecia normal o suficiente, levando-se em conta que tinha acabado de receber uma descarga de alguns volts.

— Joyce? — eu disse. — Você está bem?
Um de seus braços teve um espasmo.
Uma pequena aglomeração havia se formado.
— Crise de tontura — eu disse a todos.
— Li no manual, que algumas pessoas molham a calça quando têm essas crises de tontura — disse Lula. — Isso não seria divertido?
As pernas de Joyce começaram a remexer e seus olhos entraram em foco.
Lula a ergueu, colocando-a numa cadeira.
— Você deve ir ao médico ver essas crises de tontura — disse Lula.
Joyce assentiu.
— É. Obrigada.
Pegamos uma cerveja gelada para Joyce e saímos para procurar Kuntz.
Eu fui lá fora até Morelli.
— Você viu o Eddie Kuntz sair?
— Como ele é?
— Tem 1,80m. É fisiculturista. Estava com uma calça xadrez e camiseta preta, de manga curta.
— É, eu vi. Ele saiu há cinco minutos. Saiu numa Chevy Blazer.
— Só ele?
— Ãrrã.
— Ninguém o seguiu?
— Não que eu tenha notado.
Voltei ao bar e fiquei em pé na entrada, procurando por Sally e Lula. O salão estava lotado e o nível de ruído tinha aumentado consideravelmente. Fui empurrada à frente, depois pra trás, ficando cara a cara com uma mulher zangada, que eu não reconheci.
— Eu sabia que era você! — disse ela. — Sua *cadela*.
Dei um safanão nas mãos dela, para tirá-las de mim.
— Qual é o seu problema?
— Você é o meu problema. Estava tudo bem antes de você aparecer.
— Do que está falando?

– Você sabe do que estou falando. E, se tem algum senso nessa cabeça de piranha, saia da cidade. Vá pra bem longe. Porque, se não o fizer, eu vou encontrá-la e transformá-la num monte de cinzas... igualzinho ao seu apartamento.
– Você botou fogo no meu apartamento!
– Porra, eu não. Pareço louca pra fazer algo assim?
– Sim.
Ela riu baixinho, mas seus olhos estavam miúdos e fixos com emoções que não tinham nada a ver com alegria.
– Acredite no que quiser. Apenas fique longe do meu namorado. – Ela me deu um safanão pra trás e saiu marchando rumo à porta, sumindo na multidão.
Saí atrás dela, mas o cara ao meu lado entrou na frente.
– Então, quer um namorado só seu?
– Jesus – eu disse. – Arranje uma vida.
– Ei – disse ele –, eu só estava perguntando. Não tem motivo pra ser tão sensível.
Abri caminho dando a volta ao redor dele, mas a mulher tinha sumido. Fui passando pelo salão até a porta. Olhei lá fora. Voltei pra dentro e olhei mais um pouco. Sem sorte.
Encontrei Sally e Lula no bar.
– Isso é impossível – disse Lula. – Tem gente de uma parede à outra aqui. Não dá nem pra se conseguir um drinque, muito menos encontrar alguém.
Eu disse a eles que Morelli tinha visto Kuntz sair na Blazer, mas não contei sobre a mulher zangada. Aquilo era uma questão separada. Provavelmente.
– Se não vai rolar nenhuma ação aqui, Sally e eu vamos partir pra um lugar que ele conhece, com boa música – disse Lula. – Quer vir junto?
– Não, obrigada, vou pra casa dormir.
Sally e Lula trocaram cutucões.

– Então, o que aconteceu? – perguntou Morelli, quando voltei à caminhonete.
– Nada.
– Como sempre?
– É, só que hoje foi mais nada do que o habitual. – Eu remexi na minha bolsa, encontrei o celular e liguei para o Kuntz. Ninguém atendeu. – Isso é estranho demais. Por que ele deixaria o bar desse jeito?
– Você estava com ele o tempo todo? Talvez alguém tenha lhe dado outra pista e ele partiu sozinho.
Nós ainda estávamos estacionados no meio-fio, e eu estava pensando que deveria voltar ao bar e fazer algumas perguntas.
– Espere aqui – eu disse ao Morelli.
– De novo?
– Isso só vai levar alguns minutos.
Fui até o bartender que estava perto de nós quando a Joyce caiu.
– Você se lembra daquele cara de cabelo escuro com quem eu estava? – perguntei. – O que estava vestido de preto.
– Ãrrã. Eddie Kuntz.
– Você o conhece?
– Não. Uma mulher que chegou, por volta das sete, logo depois que eu entrei. Ela me deu uma foto do Kuntz e dez dólares, para passar um bilhete pra ele.
– Você sabe o que o bilhete dizia?
– Não. Era um envelope lacrado. Mas devia ser algo bom. Ele saiu assim que leu.
Não diga.
Voltei ao Morelli, me esparramei no banco e fechei os olhos.
– Pode me espetar com um garfo. Tô frita.
Morelli virou a chave na ignição.
– Você parece desanimada.
– Desanimada comigo mesma. Fui uma imbecil. Eu me distraí. – Até mais constrangedor, eu não pensei em imediatamente interrogar o bartender. E isso não era tudo que me desanimava.

Morelli me desanimava. Ele não entendia de potes de biscoito. Ele deu a resposta errada à mãe na mesa. E eu detestava admitir, mas aquele negócio da visão estava me preocupando. Meu Deus, e se Bella estivesse certa, e se eu estiver grávida?

Olhei para Morelli. Suas feições estavam mais suaves pela sombra, mas, mesmo no escuro, dava pra ver a minúscula cicatriz que partia sua sobrancelha direita. Alguns anos atrás, Morelli tinha caminhado na direção de uma faca. E provavelmente faria de novo. Talvez uma bala. Não era uma ideia confortante. Nem sua vida amorosa era confortante. No passado, Morelli nem prestava atenção quando se tratava de romance. De tempos em tempos, ele demonstrava algum carinho por mim, mas eu não era sempre a prioridade. Eu era uma amiga, como Terry Gilman e a mulher injuriada, quem quer que fosse.

Então, eu estava pensando que Morelli não era material de primeira para marido. Sem contar o fato de que ele não *queria* se casar. Certo, agora, a grande pergunta. Eu estava apaixonada por Morelli? Que inferno, sim. Eu era apaixonada por Morelli desde os seis anos de idade.

Dei um peteleco em minha própria testa.

– Ai.

Morelli me olhou de lado.

– Só estou pensando – eu disse.

– Deve ter sido um pensamento e tanto. Você quase se nocauteou.

O negócio é que, enquanto estive apaixonada por Morelli todos esses anos, eu sempre soube que seria melhor se não desse em nada. Amar Morelli era como amar cheesecake. Horas de infelicidade na esteira, malhando pra perder a gordura horrível, por um momento abençoado de consumo.

Tudo bem, talvez não fosse tão ruim assim. Morelli tinha amadurecido. *Quanto* ele tinha amadurecido, não dava pra saber. A verdade é que eu não sabia muita coisa sobre Morelli. O que eu sabia era que eu tinha dificuldade em confiar nele. A experiência passada me levava a acreditar que a fé cega em Morelli talvez não fosse algo muito inteligente.

Na verdade, agora que eu estava pensando nisso, talvez *amor* não fosse a palavra certa. Talvez *enamorada* fosse melhor. Eu decididamente estava enamorada.

Seguimos em silêncio a maior parte do caminho pra casa. Morelli estava com o rádio ligado na estação das canções antigas e eu estava sentada em minhas mãos, para não arrancar o botão do rádio.

– Você parece preocupada – disse Morelli.

– Eu estava pensando sobre o bilhete que o bartender entregou a Eddie Kuntz. Ele disse que Kuntz leu e se arrancou.

– E?

– Os outros bilhetes estavam todos em códigos. Kuntz não conseguia decifrá-los. Foi por isso que Sally entrou no negócio. Sally sempre foi o único que conseguiu ler os bilhetes.

Morelli entrou devagar em sua rua e estacionou na frente de casa.

– Imagino que não consideraria a possibilidade de entregar tudo isso à polícia, não é?

E perder a comissão de recuperação, e deixar a possibilidade aberta para que Joyce entregue Maxine? Sem chance.

– Não. Eu não consideraria.

As luzes iam sendo apagadas no bairro de Joe. Cedo na cama pra pular cedo da cama significava um emprego que lhe permitia pagar sua hipoteca em dia, todo mês. Algumas quadras adiante, os carros passavam na Chambers, mas não tinha tráfego na rua de Joe.

– Também aconteceu outra coisa meio estranha essa noite – eu disse. – Dei um encontrão com uma mulher no bar.

Morelli destrancou a porta da frente e acendeu a luz.

– E?

Contei os detalhes da conversa.

– Então, o que você acha? – perguntei.

– Não sei o que pensar. Obviamente, não era Terry.
– Não. Não era Terry. Mas tinha algo familiar nela. Como se eu já a tivesse visto em algum lugar. Sabe, como um rosto sem nome no supermercado.
– Você acha que ela bombardeou seu apartamento?
– Eu não a excluiria da lista. Você reconheceu alguma mulher entrando ou saindo?
– Não, desculpe.
Nossos olhos se fixaram e nós dois sabíamos que havia dúvida ali.
Ele jogou a chave no balcão e tirou a jaqueta, arremessando-a numa cadeira vazia. Foi até a cozinha, onde checou sua secretária eletrônica, tirou o revólver e o bipe e os colocou sobre a pia.
– Você precisa passar essa informação sobre a mulher para a brigada de incêndio.
– Devo ligar essa noite?
Morelli se aproximou e me pegou nos braços.
– Segunda está bom.
– Hmm – eu disse, com uma voz menos encorajadora.
– Que hmmm?
– Não sei se isso é uma boa ideia.
Ele me beijou de leve na boca.
– Isso nunca foi boa ideia.
– Exatamente. Sabe, isso é exatamente o que quero dizer.
– Ai, merda – disse Morelli. – Você não vai complicar isso, vai?
Minha voz se elevou um pouco.
– Pode ter certeza de que vou complicar, sim. Afinal, o que você pensa que é isso?
– Isso é... satisfação de necessidades mútuas.
– Uma boa trepada.
– Bem, sim.
Eu o empurrei pra longe.
– Você nunca precisa de nada além de uma boa trepada?

– Agora, não! E quanto a você? Vai me dizer que não precisa?

– Eu tenho controle sobre as minhas necessidades.

– Ah, sei.

– Tenho, mesmo!

– Por isso que seus mamilos estão arrepiados.

Olhei abaixo para o meu vestido. Dava pra ver meus mamilos por baixo do tecido de algodão.

– Estão assim o dia todo. Há algo errado com eles.

Um sorriso curvou os cantos da boca de Morelli.

– Você me quer muito.

Maldito, danado, eu o queria. E me deixava ainda mais furiosa. Onde estavam meus princípios? Eu não tinha certeza de que acreditava na resposta dele sobre a mulher que me confrontou no bar. Eu sentia haver algum tipo de continuidade no relacionamento dele com Terry Gilman. E ali estava eu, de peito duro! Que ódio.

– Posso muito bem ficar sem você – eu disse. – Não me chame, eu chamo você.

– Você não vai aguentar nem passar a noite.

Babaca egoísta.

– Cinquenta pratas como vou.

– Você quer apostar nisso? – Ele parecia incrédulo.

– O primeiro que ceder paga.

As sobrancelhas de Morelli abaixaram e seus olhos se estreitaram.

– Tudo bem. Não serei eu, benzinho.

– Rá!

– Rá!

Eu dei a volta e subi a escada marchando. Escovei os dentes, vesti a camiseta de dormir e fui pra cama. Fiquei ali deitada meia hora no escuro, me sentindo ranzinza e solitária, desejando que Rex não estivesse na cozinha, pensando no que poderia ter se apossado de mim para fazer essa aposta imbecil. Medo, eu pensei. Foi isso que se apossou de mim. Medo de ser dispensada outra vez. Medo de ser sacaneada. Medo de camisinhas defeituosas. Finalmente, saí da cama e desci que nem um tufão.

Morelli estava na sala, esparramado em sua poltrona favorita, assistindo à televisão. Ele me lançou um olhar longo e pensativo.

– Voltei pra pegar o Rex – eu disse, passando por ele.

Morelli ainda estava me olhando, quando voltei carregando a gaiola. O olhar era especulativo e bem enervante.

– O que foi? – perguntei.

– Bela camiseta de dormir.

No domingo de manhã, abri os olhos e pensei em Maxine Nowicki. Eu já estava no caso havia uma semana. Dava a sensação de três. Vesti um short e uma camiseta e, sem nem me dar ao trabalho de pentear o cabelo, levei o Rex pra cozinha. Morelli ergueu os olhos do jornal, quando eu entrei. Ele olhou meu cabelo e sorriu.

– Está tentando me ajudar com a aposta?

Servi uma caneca de café e olhei o saco branco de padaria em cima da mesa.

– Donuts?

– É. Eu ia à igreja, mas, em vez disso, resolvi comprar donuts. Sentei-me de frente pra ele e escolhi um Boston Creme.

– Já estou nesse caso Nowicki há uma semana e acho que não estou fazendo progresso algum.

– Imagine como o mutilador-assassino deve estar contente. Ele está decepando os outros e não está fazendo progresso algum.

– Tem isso. – Eu estiquei o braço para trás, peguei o telefone sem fio e liguei para Kuntz. – Ninguém atende.

Morelli deu um pedaço de donut para Rex e encheu sua xícara.

– Talvez a gente deva dar um pulo até lá agora de manhã.

Isso me chamou atenção.

– Você está com uma daquelas impressões de policial, não é?

– Parece estranho.

Eu concordava. Era meio estranho. Comi dois donuts, li os quadrinhos e subi para tomar um banho. Deixei a porta destrancada, mas Morelli não entrou. Bom, eu disse a mim mesma. Assim era bem melhor. Até parece.

Morelli estava esperando por mim quando eu desci.

– Pronto – eu disse.

Morelli olhou o bolsão preto de couro, pendurado em meu ombro.

– Você tem um revólver aí, não tem?

– Cristo, Morelli, eu sou uma caçadora de recompensas.

– Você tem porte pra andar com isso escondido?

– Você sabe que não.

– Então, livre-se da arma.

– Você está com uma arma!

– Sou policial.

Eu contorci a boca.

– Grande coisa.

– Ouça – disse Morelli –, as coisas são assim. Eu sou policial e não posso sair com você, sabendo que você está portando uma arma ilegalmente. Além disso, a ideia de você com uma arma na mão me mata de medo.

E devia mesmo.

– Está bem – eu disse, tirando a arma da bolsa. – Só não venha correndo pra pedir minha ajuda. – Olhei em volta. – Então, onde coloco?

Morelli revirou os olhos e colocou a arma na gaveta da pia.

– Você só tinha uma, certo?

– O que acha que pareço? Hopalong Cassidy?

A primeira coisa que Morelli e eu notamos foi que o carro de Eddie Kuntz não estava em lugar algum à vista. A segunda era que ninguém atendia à porta. Morelli e eu olhamos pela janela. Nenhuma luz acesa. Nenhum corpo no chão. Nenhum sinal de luta. Nada de Kuntz.

Estávamos ali, com nossos narizes pressionados no vidro, quando um Lincoln encostou.

– O que está havendo? – Leo quis saber.

– Estou procurando o Eddie – eu disse. – Vocês o viram?

Betty veio se juntar a nós na varanda.

– Há algo errado?

– Eles estão procurando o Eddie – disse Leo.

– Quando foi a última vez que vocês o viram? Ontem?

– Ontem à noite – disse Betty. – Ele saiu pouco depois das oito. Eu me lembro porque estava regando as minhas flores.

– O carro dele estava aqui de manhã?

– Agora que você está mencionando, não me lembro de tê-lo visto – disse Betty.

– Sábado à noite – disse Leo. – Vocês sabem como é com um cara jovem.

Morelli e eu olhamos um para o outro.

– Pode ser – disse Morelli.

Dei meu cartão com meu telefone e bipe.

– Caso precisem – eu disse.

– Claro – disse Leo –, mas não se preocupe. Ele só está na farra.

Eles sumiram dentro da casa fresca e escura, e a porta foi fechada. Nada de convite pra comer bolo.

Morelli e eu voltamos à caminhonete.

– E aí? – eu disse.

– Faria sentido que o bilhete fosse pessoal e não de Maxine. Isso explicaria o fato de não estar codificado.

– Você realmente acredita nisso?

Morelli sacudiu os ombros.

– É possível.

Olhei a janela da frente dos Glick.

– Eles estão nos observando. Dá pra ver que estão alguns palmos atrás da janela.

Morelli ligou o motor.

– Você em planos?

– Pensei em visitar a sra. Nowicki.

— Isso não é coincidência? Acordei essa manhã pensando que seria um bom dia para ir até a costa.

A temperatura estava acima de 30°C. O céu estava cinza. E a umidade, tão alta que dava pra sentir o ar encostando no rosto. Não era um dia bom para ir a lugar algum... a menos que fosse fora de Jersey.

— Você não vai ficar tocando Buddy Holly o caminho inteiro até Point Pleasant, vai?

— O que há de errado com Buddy Holly?

Eu fiz uma careta. Ele provavelmente gostava dos Três Patetas também.

Começou a chover quando chegamos a Point Pleasant. Uma chuva estável que enxotou todo mundo da praia. Era o tipo de chuva de que os fazendeiros gostavam. Só que não tinha fazendeiro em Point Pleasant — só os veranistas murchos.

Apontei em direção à casa de Nowicki para Morelli e nós ficamos sentados do lado de fora por um tempo, observando. Não havia carros na entrada da garagem. Nem luzes acesas lá dentro. Nenhum sinal de movimento.

— Parece a casa de Eddie Kuntz — eu disse.

— É — disse Morelli. — Vamos dar uma olhada.

Corremos para nos abrigar na varanda e tocamos a campainha. Nenhum de nós esperava ser atendido. Como ninguém apareceu, nós espiamos pelas janelas.

— Perdemos a festa — disse Morelli.

A sala da frente estava um bagunça. Luminárias derrubadas, mesas de cabeça pra baixo, almofadas espalhadas. E não era a bagunça da Joyce. Era uma bagunça diferente.

Experimentei a porta, mas estava trancada. Corremos até os fundos e subimos os degraus. Sem sorte naquela porta também.

— Droga — eu disse. — Aposto que tem pistas aí dentro. Talvez até corpos.

— Tem um jeito de descobrir. — Morelli arrebentou o vidro da porta com a coronha do revólver.

Eu dei um pulo pra trás.

– Merda! Eu não acredito que você tenha feito isso. Você não assistiu ao julgamento do O.J.? Policiais não podem simplesmente ir entrando nos lugares.

Morelli estava com o braço para dentro do buraco no vidro.

– Foi um acidente. E hoje eu não sou policial. É meu dia de folga.

– Você deveria fazer dupla com a Lula. Vocês dariam um par e tanto.

Capítulo 11

Morelli abriu a porta e nós entramos cuidadosamente, caminhando ao redor do vidro quebrado. Ele olhou embaixo da pia, encontrou um par de luvas de borracha, colocou-as e limpou suas digitais da maçaneta.

— Você não precisa se preocupar com digitais — disse ele. — Você esteve aqui legitimamente dois dias atrás.

Demos uma olhada rápida, só para ter certeza de que não havia corpos, mortos ou vivos. Então, metodicamente passamos por cada cômodo. Vendo armários, gavetas, locais escondidos, sacos de lixo.

Todas as roupas tinham sumido e, até onde eu podia ver, os prêmios que elas ganharam também. Elas estavam com pressa. As camas estavam desfeitas. Havia comida na geladeira. Tinha acontecido uma briga na sala, e ninguém se deu ao trabalho de arrumar. Não encontramos nada que pudesse servir de pista para um novo endereço. Nenhum sinal de drogas. Nenhuma bala entranhada na madeira. Nenhuma mancha de sangue.

Minha única conclusão era de que elas não eram muito boas donas de casa e provavelmente acabariam tendo diverticulite. Comiam muito enlatado e pão branco e fumavam demais, bebiam cerveja pra cacete e não reciclavam o lixo.

— Partiram — disse Morelli, tirando as luvas, devolvendo-as à pia.

— Alguma ideia?

— Sim, vamos embora daqui.

Corremos para a caminhonete e Morelli seguiu dirigindo até o calçadão.

– Tem um telefone público no alto da rampa – disse ele. – Ligue para a polícia e diga que você é vizinha e percebeu que a janela traseira está quebrada na casa ao lado. Não quero deixar aquela casa aberta para vandalismo ou roubo.

Dei uma olhada pra mim e concluí que não tinha como ficar muito mais molhada, então fui pela chuva até o telefone e voltei.

– Foi tudo bem? – perguntou ele.

– Eles não gostaram de que eu não dissesse meu nome.

– Você deveria ter inventando um. Os policiais esperam isso.

– Policiais são esquisitos – eu disse a Morelli.

– É – disse ele. – Policiais me matam de medo.

Tirei meus sapatos e pus o cinto de segurança.

– Você quer arriscar um palpite do que aconteceu lá na sala?

– Alguém veio atrás de Maxine, correu atrás dela pela sala e foi atingido na cabeça por trás. Quando acordou, as três mulheres já tinham partido.

– Talvez essa pessoa tenha sido Eddie Kuntz.

– Talvez. – Mas isso não explica por que ele ainda está sumido.

Na metade do caminho de casa, a chuva passou e Trenton não mostrava qualquer sinal de alívio do calor. O nível de hidrocarboneto era alto o suficiente para derreter vidro, e as rodovias zuniam com o trânsito pesado. Os aparelhos de ar-condicionado estavam falhando, os cães tinham diarreia, a roupa ficava com fungos no cesto e as narinas pareciam entupidas de cimento. Se a pressão barométrica caísse mais, as tripas de todo mundo seriam sugadas pelos pés, para dentro das vísceras da terra.

Morelli e eu mal notamos isso, é claro, porque nascemos e fomos criados em Jersey. A vida tem a ver com a sobrevivência dos mais bem condicionados, e Jersey está produzindo uma raça mestre.

Ficamos ali, pingando, no hall de Morelli, e eu não conseguia decidir o que queria fazer primeiro. Estava faminta, encharcada e queria ligar pra ver se Eddie Kuntz tinha aparecido. Morelli priorizou minha ação, arrancando a roupa toda no hall.

— O que você está fazendo? — perguntei.

Ele tinha tirado os sapatos e as meias, a camisa e estava com os polegares enfiados na cueca.

— Não quero deixar um rastro de água pela casa inteira. — Um sorriso surgiu em sua boca. — Você tem algum problema com isso?

— Não, problema nenhum — eu disse. — Vou tomar um banho. Isso tem algum problema?

— Só se você usar toda a água quente.

Ele estava ao telefone quando eu desci. Eu estava limpa, mas não conseguia me secar. Morelli não tinha ar-condicionado e, a essa hora do dia, era possível começar a suar sem fazer nada. Dei uma olhada na geladeira e decidi por um sanduíche de queijo com presunto. Colei um no outro e comi, em pé, junto à pia. Morelli estava escrevendo num bloco. Ele olhou pra mim e eu concluí que era negócio de policial.

Quando desligou o telefone, ele beliscou o presunto que eu tinha deixado fora da geladeira.

— Aquele caso em que eu estava trabalhando acabou de ser reaberto. Apareceu algo novo. Vou tomar um banho rápido e depois vou ter que sair. Não tenho certeza de quando estarei de volta.

— Hoje? Amanhã?

— Hoje. Só não sei quando.

Terminei meu sanduíche e arrumei a cozinha. Rex tinha saído de sua lata de sopa e estava parecendo abandonado, então dei-lhe um pedacinho de queijo e uma casca de pão.

— Não estamos indo muito bem aqui — eu lhe disse. — Eu fico perdendo as pessoas. Agora não consigo encontrar o cara pra quem estou trabalhando.

Tentei ligar para Eddie Kuntz. Ninguém atendeu. Procurei por Glick na lista telefônica e liguei para Betty.

— Você já viu Eddie? — perguntei.

— Não.

Desliguei e fiquei andando de um lado para o outro. Alguém bateu na porta da frente.

Era uma senhorinha italiana.
– Sou madrinha de Joe, Tina Ragusto – disse ela. – Você deve ser Stephanie. Como vai, querida? Acabei de saber. Achei maravilhoso.

Eu não sabia do que ela estava falando e desconfiei de que fosse melhor assim. Fiz um gesto vago na direção da escada.
– Joe está no banho.
– Não posso ficar. Estou a caminho de uma festa de joias. – Ela me deu uma caixa branca. – Eu só queria deixar isso. – Ela ergueu a tampa e abriu o papel celofane que tinha dentro. Seu rosto redondo se suavizou com o sorriso. – Está vendo? – disse ela. – É a roupa de batismo de Joe.
Ai.
Ela afagou minha bochecha.
– Você é uma boa garota italiana.
– Meio italiana.
– E boa católica.
– É...

Eu a observei caminhar de volta ao carro na entrada da garagem. Ela achava que eu estava grávida. Achava que eu ia me casar com Morelli, o homem votado por todas as mães do estado como o "menos digno para namorar minha filha". E achou que eu fosse uma boa católica. Como foi que isso aconteceu? Eu estava em pé, no hall, segurando a caixa, quando Joe desceu.
– Alguém esteve aqui?
– Sua madrinha. Ela me trouxe sua roupa de batismo.
Morelli a tirou da caixa e olhou.
– Minha nossa, é um vestido.
– O que quer que eu faça com isso?
– Coloque no armário em algum lugar, e eu agradeceria se você mantivesse segredo sobre essa parte do vestido.

Esperei até que Morelli estivesse fora de vista e olhei para minha barriga.

– Sem chance – eu disse. Olhei o vestido de batismo. Até que era bonitinho. À moda antiga. Bem italiano. Droga, eu estava ficando toda sentimental com o vestidinho de Morelli. Corri lá pra cima com o vestido, coloquei-o na cama de Morelli, saí correndo do quarto e bati a porta.

Fui até a cozinha e liguei para minha melhor amiga, a Mary Lou, que tinha dois filhos e sabia sobre gravidez.

– Onde está você? – Mary Lou quis saber.

– Estou na casa do Morelli.

– Aimeudeus! É verdade! Você está morando com Morelli! E não me contou! Sou sua melhor amiga. Como pôde fazer isso comigo?

– Só estou aqui há três dias. E não tem nada de mais. Meu apartamento pegou fogo e Morelli tinha um quarto extra.

– Você transou com ele! Posso ouvir isso em sua voz! Como foi? Quero detalhes!

– Preciso de um favor.

– Qualquer coisa.

– Preciso de um daqueles testes de gravidez.

– Aimeudeus! Você está grávida! Aimeudeus! Aimeudeus!

– Calma. Não estou grávida. Só quero ter certeza. Ficar com a cabeça sossegada, sabe. Eu não quero ir comprar, eu mesma, porque, se alguém vir, acabou.

– Já chego aí. Não se mexa.

Mary Lou morava a um quilômetro de distância. Seu marido, Lennie, era legal, mas tinha que tomar muito cuidado para não arrastar as mãos no chão. Mary Lou nunca ligou para inteligência num homem. Mary Lou se ligava mais na embalagem e na resistência.

Mary Lou e eu éramos amigas desde o dia em que nascemos. Eu sempre fui a instável, e Mary Lou sempre foi a que rendeu menos que seu potencial. Talvez essa não seja exatamente a definição. Talvez Mary Lou tivesse objetivos simples. Ela queria se casar e ter uma família. Se pudesse se casar com o capitão do time de futebol, melhor ainda. E foi exatamente isso que ela fez. Casou-se com Lennie Stankovic, que era capitão do time de futebol, formou-se no ensino médio e foi trabalhar para o pai. Stankovic e Filhos, Encanamento e Calefação.

Eu queria me casar com Aladim para sair voando em seu tapete mágico. Portanto, dá pra ver que nós vínhamos de lugares diferentes.

Dez minutos depois, Mary Lou estava na porta da frente. Mary Lou é dois centímetros mais baixa e três quilos mais pesada do que eu. Nada de seu peso é gordura. Mary Lou é sólida. Mary Lou parece uma parede de tijolos. Se algum dia eu fizesse luta greco-romana, Mary Lou seria minha parceira.

– Comprei! – disse ela, irrompendo pelo hall com o kit do teste em punho. Ela parou de repente e olhou em volta. – Então, essa é a casa de Morelli!

Isso foi dito num tom de sussurro e admiração geralmente reservado aos milagres católicos de estátuas da Virgem que choram.

– Cara – disse ela. – Eu sempre quis ver o lado interno da casa de Morelli. Ele não está em casa, certo? – Ela subiu a escada correndo. – Quero ver o quarto dele!

– É o da esquerda.

– É esse! – ela deu um gritinho, abrindo a porta. – Aimeudeus! Vocês transaram nessa cama?

– É. – E na minha cama. E no sofá, e no chão do corredor, e na mesa da cozinha, e no chuveiro...

– Cacete – disse Mary Lou –, ele tem uma caixa de camisinhas. O que ele é... uma porra de um coelho?

Peguei o saquinho marrom da mão dela e olhei dentro.

– Então é isso?

– É simples. Você só tem que fazer xixi na fita plástica e esperar mudar de cor. Ainda bem que é verão e você está de camiseta, porque o mais difícil é não molhar na manga.

– Droga – eu disse. – Não estou com vontade agora.

– Você precisa de cerveja – disse Mary Lou. – Cerveja sempre funciona.

Nós fomos até a cozinha e cada uma bebeu duas cervejas.
– Sabe o que falta nessa cozinha? – disse Mary Lou. – Um pote de biscoito.
– É, bem, você sabe como são os homens.
– Eles não sabem nada – disse Mary Lou.
Eu abri a caixa e tirei o pacote plástico.
– Não consigo abrir isso. Estou nervosa demais.
Mary Lou o pegou de mim. Mary Lou tinha unhas que pareciam giletes.
– Precisamos marcar o tempo. E não vire a fita plástica. Você tem que fazer xixi nesse pequeno côncavo.
– Irc.
Nós subimos e Mary Lou esperou do lado de fora da porta enquanto eu fazia o teste. Amizade entre mulheres não inclui assistir à outra urinando.
– O que está acontecendo? – Mary Lou berrou, através da porta. – Você está vendo um sinal de mais ou de menos?
Minha mão estava tremendo tanto que eu tive sorte de não deixar o troço todo cair na privada.
– Ainda não estou vendo nada.
– Estou cronometrando – disse Mary Lou. – Leva no máximo três minutos.
– Três minutos – Mary Lou gritou novamente e abriu a porta.
– Então?
Pontinhos pretos dançavam diante dos meus olhos e meus lábios pareciam dormentes.
– Vou desmaiar. – Eu me sentei com força no chão e coloquei minha cabeça entre os joelhos.
Mary Lou pegou a fita do teste.
– Negativo. Sim!
– Deus, essa foi por pouco. Eu estava realmente preocupada. Nós usamos camisinha toda vez, mas a Bella disse...
– Bella, avó de Joe? – Mary Lou resfolegou. – Ai, merda! Bella não te jogou praga, não é? Lembra quando ela fez isso com Raymond Cone e o cabelo dele caiu todo?

— Pior que isso, ela me disse que eu estava grávida.
— Então pronto — disse Mary Lou. — O teste está errado.
— O que quer dizer com o teste está errado? O teste não está errado. A Johnson & Johnson não comete erros.
— Bella sabe dessas coisas.
Eu me levantei do chão e joguei água no rosto.
— Bella é doida. — Enquanto eu dizia isso, fazia o sinal da cruz mentalmente.
— Há quanto tempo você está atrasada?
— Na verdade, ainda não estou atrasada.
— Espere um minuto. Você não pode fazer esse teste se não estiver atrasada. Achei que soubesse disso.
— O quê?
— Leva um tempo para desenvolver o hormônio. Quando é sua menstruação?
— Eu não sei. Daqui a uma semana, eu acho. Você está me dizendo que isso não é válido?
— É isso que estou te dizendo.
— Porra!
— Preciso ir — disse Mary Lou. — Eu disse ao Lennie que levaria pizza para o jantar. Quer comer conosco?
— Não, obrigada mesmo assim.
Depois que Mary Lou foi embora, eu me esparramei na poltrona da sala e fiquei olhando a tela vazia da televisão. Fazer o teste de gravidez me deixou exausta.
Escutei um carro chegando e os passos na calçada. Era outra senhorinha italiana.
— Sou a Loretta, tia de Joseph — disse ela, me entregando uma caçarola coberta com papel alumínio. — Acabei de saber. E não se preocupe, querida, essas coisas acontecem. Nós não falamos a respeito, mas a mãe de Joseph também teve um casamento meio apressado, se entende o que quero dizer.
— Não é o que parece.

– O importante é que você coma boa comida. Não está vomitando, está?
– Ainda não.
– Não se preocupe em me devolver a travessa. Você pode me dar no chá.
Minha voz se elevou ligeiramente. – No chá?
– Preciso ir – disse ela. – Preciso ir visitar minha vizinha no hospital. – Ela se aproximou e baixou a voz. – Câncer – sussurrou ela. – Terrível, terrível. Ela está apodrecendo. Está toda podre por dentro e agora estão saindo feridas pelo corpo todo. Tive uma prima que apodreceu assim. Ela ficou preta pouco antes de morrer e seus dedos caíram.
– Cruuuuzes.
– Bem – disse ela –, aproveite a caçarola.
Eu acenei me despedindo e segui para a cozinha com a travessa morna. Coloquei-a em cima da pia e bati a cabeça na porta do armário algumas vezes. – Ai.
Ergui um canto do alumínio e olhei dentro. Lasanha. Cheirava bem. Cortei um quadrado e o coloquei no prato. Estava pensando alguns segundos e Morelli voltou pra casa.
Ele olhou a lasanha e suspirou.
– Tia Loretta.
– Ãrrã.
– Isso está fora de controle – disse ele. – Isso tem que parar.
– Acho que elas estão planejando um chá.
– Merda.
Eu me levantei e lavei meu prato, para não ficar tentada a comer outro pedaço de lasanha.
– Como estão as coisas hoje?
– Não tão boas.
– Quer falar a respeito?
– Não posso. Estou trabalhando com os federais. Não posso me expor publicamente.
– Você não confia em mim.

Ele cortou um pedaço de lasanha e se sentou comigo à mesa.
— Claro que confio em você. É na Mary Lou que eu não confio.
— Eu não conto tudo à Mary Lou!
— Olhe, não é culpa sua. Você é uma mulher, então você tagarela.
— Isso é asqueroso! Tão machista!
Ele deu uma garfada na lasanha.
— Tenho irmãs. Conheço as mulheres.
— Não conhece *todas* as mulheres.
Morelli me olhou.
— Conheço você.
Eu podia sentir meu rosto esquentando.
— Ah, sim, a gente deve falar sobre isso.
Ele recuou a cadeira.
— Fique à vontade.
— Não acho que eu seja feita para sexo irresponsável.
Ele pensou um segundo e acenou a cabeça quase imperceptivelmente.
— Então, temos um problema, porque não acho que eu seja feito pra casamento. Pelo menos, não agora.
Nossa, que surpresa.
— Eu não estava propondo casamento.
— O que está propondo?
— Eu não estava propondo nada. Acho que eu só estava estabelecendo limites.
— Sabe, você é uma dessas mulheres que deixam os homens malucos. Homens dirigem pra fora das pontes e bebem demais por causa de mulheres como você. E, na padaria, também foi culpa sua.
Eu estreitei meus olhos.
— Você quer me explicar isso?
Morelli sorriu.
— Você estava com cheiro de donut de geleia.
— Seu babaca! Foi isso que você escreveu no banheiro da lanchonete do Mario. Você disse que eu era quente, doce e boa de

comer. Depois descreveu como fez! Isso chegou aos ouvidos dos meus pais e eu fiquei de castigo por três meses. Você não tem escrúpulos!

Os olhos dele ficaram inebriados.

– Não me confunda com aquele garoto de dezoito anos.

Nós nos encaramos por alguns segundos e o silêncio foi interrompido pelo barulho de estilhaço de algo entrando pela janela da sala de Morelli.

Morelli se levantou da cadeira como um raio e correu até a frente da sala. Eu estava logo atrás e quase trombei nele quando parou de repente.

Havia uma garrafa no meio do chão da sala e um pano preto enfiado na boca da garrafa. Um coquetel Molotov que apagou sozinho, porque a garrafa não quebrou no impacto.

Morelli se aproximou da garrafa, correu ao corredor e saiu porta afora.

Cheguei à porta a tempo de ver Morelli mirar e atirar no carro em fuga. Só que a arma não disparou. Fez clic, clic, clic. Morelli olhou a arma, incrédulo.

– O que há de errado? – perguntei.

– Essa é a sua arma. Peguei-a no balcão quando corri pelo corredor. Não tem balas!

– Balas dão arrepios.

Morelli parecia pasmo.

– De que serve uma arma sem balas?

– É boa para assustar as pessoas. Ou você pode bater nos outros com ela. Ou pode usar pra quebrar janelas... ou abrir nozes.

– Você reconheceu o carro?

– Não. Conseguiu ver o motorista?

Morelli sacudiu a cabeça.

– Não. – Ele entrou de volta em casa, pegou seu revólver e o bipe do balcão da cozinha e os prendeu no cinto. Ligou para o despachante e deu a descrição do carro. Depois ligou para alguém, dando o número da placa. Tirou um pente a mais da gaveta da cozinha e o colocou no bolso enquanto esperava informações da placa.

Eu estava em pé atrás dele e me esforçava para me manter calma, mas estava tremendo por dentro e tendo flashbacks do meu apartamento arruinado. Se eu estivesse em casa, na cama, quando a garrafa explodiu, teria morrido, estaria carbonizada, irreconhecível. E eu perdi tudo que tinha. Não que fosse muito... mas era tudo que eu tinha. E agora quase aconteceu de novo.

– Isso era pra mim – eu disse, aliviada que minha voz não tremeu me delatando.

– Provavelmente – disse Morelli. Ele murmurou algo ao telefone e desligou. – O carro foi roubado algumas horas atrás.

Ele alegremente pegou a garrafa com um pano de prato e a colocou num saco de papel. Depois colocou o saco na pia da cozinha.

– Felizmente, esse cara não escolheu a garrafa com sabedoria e, quando ele atirou, ela aterrissou no tapete.

O telefone tocou e Morelli o arrancou do gancho.

– É pra você – disse ele. – É Sally.

– Preciso de ajuda – disse Sally. – Tenho um trabalho esta noite e não manjo dessa merda de maquiagem.

– Onde está o Sugar?

– Nós tivemos outra briga e ele partiu.

– Certo – eu disse, reagindo mais do que pensando, ainda meio anestesiada por mais uma tentativa de acabarem com a minha vida. – Já chego aí.

– O que foi agora? – perguntou Morelli.

– Preciso ajudar Sally com a maquiagem.

– Eu vou com você.

– Não é necessário.

– Eu acho que é.

– Não preciso de um guarda-costas. – O que eu realmente queria dizer era *Eu não quero que você também morra*.

– Então, considere isso um programa amoroso.

Nós batemos duas vezes na porta e Sally quase a arrancou das dobradiças quando abriu.

— Merda — disse ele. — São vocês.

— Quem você achou que fosse?

— Acho que eu estava torcendo para que fosse o Sugar. Olhe pra mim. Estou um caco. Não sei fazer essa merda. O Sugar sempre me veste. Cristo, eu não tenho os hormônios certos para essa porra, sabe o que quero dizer?

— Para onde o Sugar iria?

— Não sei. Tivemos outra briga. Nem sei como começou. Algo sobre eu não apreciar sua torta de café. Eu olhei em volta. A casa estava absolutamente impecável. Nem um cisco de poeira em lugar algum. Nada fora do lugar. Pela porta da cozinha, eu podia ver os balcões caprichosamente perfilados com bolos, tortas, pães, vidros cheios de biscoitos e calda de chocolate caseira.

— Eu nem tinha percebido que ele estava tão chateado — disse Sally. — Ele se vestiu e saiu, enquanto eu estava no meu banho de espuma.

Morelli arqueou uma sobrancelha.

— Banho de espuma?

— Ei, dá um tempo. RuPaul diz que você tem que tomar uma porra de um banho de espuma, então é isso que eu faço. Faz com que você entre em contato com a porra do lado feminino.

Morelli sorriu.

Sally estava de calcinha preta e meia-calça, segurando uma geringonça que parecia um espartilho com peitos.

— Vocês têm que me ajudar — disse ele. — Não consigo entrar nisso sozinho.

Morelli ergueu a mão.

— É com você.

Sally olhou pra ele.

— Qual é, você é homofóbico?

— Negativo — disse Morelli. — Sou italiano. Há uma diferença.

– Certo – eu disse. – O que preciso fazer?

Sally serpenteou no espartilho e o pôs no lugar.

– Aperta essa porra – disse ele. – Preciso ficar com cintura.

Puxei os cadarços, mas não conseguia juntá-los.

– Não consigo. Não tenho força suficiente.

Nós dois olhamos para Morelli.

Morelli deu um suspiro de desgosto.

– Merda – disse ele, se levantando do sofá. Ele pegou as cordinhas, pôs o pé na bunda de Sally e puxou-as.

– Uff – disse Sally. Ele olhou por cima do ombro para Morelli.

– Você já fez isso.

– Dolan costumava usar um desses quando trabalhou disfarçado.

– Imagino que você não tenha feito a maquiagem de Dolan?

– Lamento – disse Morelli –, maquiagem está fora da minha alçada.

Sally olhou pra mim.

– Sem grilo – eu disse. – Eu sou do Burgo. Eu já maquiava minha Barbie antes de saber andar.

Meia hora depois, eu já o deixara apropriadamente *empiranhado*. Colocamos sua peruca e demos as últimas penteadas. Sally fechou o zíper de uma saia preta de couro curtinha, ao estilo Madonna encontra os Hell's Angels. Calçou suas plataformas 44 e estava pronto para a guerra.

– Como está seu horário? – perguntei.

Ele pegou o estojo da guitarra.

– Tudo em cima. Então, como estou? Estou bonito?

– Bem, é... tá. – Se você gosta de caras de 2,15m de altura, pernas ligeiramente arqueadas, nariz bicudo e peito peludo vestidos como a noiva das Valquírias...

– Você deveria vir comigo – disse Sally. – Vou apresentá-la ao resto da banda, você pode ficar e assistir ao show.

– Então, eu sei levar uma garota para um programa amoroso ou não? – disse Morelli.

Pegamos o elevador com Sally e o seguimos para fora do estacionamento. Ele contornou o rio e pegou a Rota 1, ao norte.

— Foi legal de sua parte ajudá-lo com o espartilho — eu disse.

— É — disse Morelli. — Sou o sr. Sensibilidade.

Sally seguiu por uns 24 quilômetros e ligou o pisca, então nós sabíamos que ele ia virar. A boate ficava do lado direito da estrada, toda acesa em neon vermelho e rosa. Já tinha um monte de carros no estacionamento. A placa no telhado anunciava uma revista só de garotas. Imaginei que isso fosse Sally.

Sally saiu do Porsche e endireitou a saia.

— Já estamos tocando aqui há quatro semanas — disse ele. — Já somos regulares.

Eu só não sabia regulares em quê.

Morelli olhou ao redor do estacionamento.

— Onde está o carro de Sugar?

— A Mercedes preta.

— Sugar está se dando bem.

Sally sorriu.

— Vocês já o viram de drag?

Nós dois sacudimos a cabeça negativamente.

— Quando o virem, vão entender.

Seguimos Sally pela entrada da cozinha.

— Se eu entrar pela frente vão me juntar, porra — disse ele. — Essa gente parece bicho.

Entramos por um corredor estreito até a sala dos fundos. A sala estava cheia de fumaça, de barulho e de Lovelies. Os cinco. Todos vestidos de vários tipos de couro... com exceção de Sugar. Sugar estava com um vestido de cetim vermelho que parecia sua própria pele. Era curto e apertado e tão liso na frente, que parecia ter sido costurado nele. Sua maquiagem estava perfeita. Seus lábios eram fartos e projetados, pintados de gloss forte, para combinar com o vestido. Ele estava com a peruca da Marilyn, e nem no meu melhor dia, eu ficava tão bem. Lancei um olhar de esguelha a Morelli e ele estava obviamente tão fascinado quanto eu. Desviei minha atenção de volta ao Sugar e subitamente minha ficha caiu.

– A mulher no bar era o Sugar – sussurrei para Morelli. – Era uma peruca loura diferente, mas tenho certeza de que era o Sugar.
– Está brincando comigo? Ele estava bem na sua frente e você não o reconheceu?
– Aconteceu muito rápido e o salão estava escuro e lotado. Além disso, olhe pra ele. Está lindo!
Sugar nos viu entrando na sala e ficou de pé, chamando Sally de piranha ingrata.
– Cristo – disse Sally –, do que ele está falando? Você não tem que ser uma mulher pra ser piranha?
– Você é uma mulher, seu mané – disse uma das outras drags.
Sally pôs a mão por cima do pau e sacudiu.
– Eu gostaria de falar com você em particular – Morelli disse a Sugar.
– Aqui não é seu lugar e eu não vou falar com você – disse Sugar. – Esse é o camarim da banda. Agora dá o fora.
Morelli atravessou a sala em três passos, encostando Sugar num canto. Eles ficaram conversando por alguns minutos, depois Morelli se afastou.
– Prazer em conhecê-los – ele disse aos outros membros da banda, que estavam mudando o peso de um pé para o outro, num silêncio estranho. – Falo com você depois – ele disse a Sally.
Quando saímos, Sugar ainda estava no canto, com os olhos miúdos e brilhosos, não combinando com seu rostinho de baby doll.
– Perguntei se ele estava envolvido nos bombardeios.
– E o que ele disse?
– Não muito.
– Ele certamente fica uma bela mulher.
Morelli sacudiu levemente a cabeça, pasmo.
– Cristo, por um minuto ali, eu não sabia se queria esmurrá-lo ou convidá-lo pra sair.
– Vamos ficar para assistir à banda?
– Não – disse Morelli. – Vamos ao estacionamento para checar a Mercedes, depois vamos pedir uma verificação em Sugar.

A Mercedes estava limpa, assim como Sugar. Nenhum antecedente para Gregory Stern. Quando voltamos à casa de Morelli, havia dois carros de polícia estacionados na frente e várias pessoas circulando na calçada. Morelli estacionou a caminhonete e desceu, e nós caminhamos até o policial uniformizado mais próximo que, por acaso, era Carl Costanza.

– Eu estava esperando você – disse Carl. – Não sabia se você ia querer colocar um tapume na janela.

– Não, por essa noite está tudo bem, e amanhã eu chamo o cara do vidro.

– Você vai registrar agora, ou deixar para amanhã de manhã? – perguntou Carl.

– De manhã.

– Parabéns – Costanza me disse. – Ouvi dizer que você está grávida.

– Não estou grávida!

Costanza passou o braço ao meu redor e se aproximou.

– Gostaria de estar?

Eu revirei os olhos.

– Certo, mas lembre-se de mim, caso mude de ideia – disse Carl.

Um senhor idoso de robe veio até Morelli e o cutucou com o cotovelo.

– Como nos velhos tempos, hein? Ainda lembro quando Ziggy Kozak foi metralhado e virou um queijo suíço. Nossa, eu vou te contar, que época.

Morelli entrou em casa, pegou a bomba e a entregou a Carl.

– Mande checar as digitais nisso e deixe trancado. Alguém vasculhou o bairro à procura de testemunhas?

– Nada de testemunhas. Fomos à casa de todo mundo.

– E quanto ao carro?

– Ainda não apareceu.

Os policiais entraram nos carros e foram embora. O pessoal dispersou. Segui Morelli para dentro da sala, onde nós dois ficamos em pé, olhando os estilhaços de vidro espalhados no chão.

– Eu realmente lamento muito – eu disse. – Isso é culpa minha. Eu não deveria ter vindo pra cá.
– Não se preocupe com isso – disse Morelli. – A vida estava ficando tediosa.
– Posso ir embora.
Morelli me pegou pela frente da minha blusa e me puxou até ele.
– Você só está com medo de ceder e ter que me pagar os cinquenta dólares.
Eu senti um sorriso surgindo.
– Obrigada.
Morelli se aproximou e me beijou. Ele estava com o joelho no meio das minhas pernas e a língua em minha boca, e eu senti a barriga esquentar e apertar.
Ele recuou e sorriu pra mim.
– Boa-noite.
Eu pisquei.
– "Banoite."
O sorriso aumentou.
– Te peguei.
Eu serrei os dentes.
– Vou pra cama.
– Estarei aqui, se você se sentir sozinha. Vou dormir no sofá essa noite, só para garantir que ninguém entre pela janela e leve minha televisão.

Capítulo 12

Levantei cedo, mas Joe levantou mais cedo ainda. Ele tinha limpado o vidro e estava comendo lasanha de café da manhã, quando entrei na cozinha.
Servi-me de café e dei uma olhada desejosa na lasanha.
– Vai fundo – disse Morelli.
Se eu comesse a lasanha, teria que fazer algo físico, como correr algumas milhas. Não era a minha atividade favorita. Eu preferia fazer exercício andando num shopping. Certo, que droga, eu deveria dar uma corrida, de qualquer jeito. Manter a forma, e toda essa porcaria.
Sentei-me de frente pra ele e caí dentro.
– Você está voltando ao caso misterioso hoje?
– Vigilância.
Eu detestava vigilância. Vigilância significava ficar sentada num carro sozinha, até que sua bunda ficasse dormente. E, se você saísse para ir ao banheiro, as portas do inferno se abriam e você não via.
Morelli empurrou o prato vazio.
– Quais são seus planos?
– Encontrar Maxine.
– E?
– E só. Não faço ideia. Estou sem pistas. Todo mundo sumiu. Eddie Kuntz provavelmente está morto. Pelo que eu sei, a sra. Nowicki, Margie e Maxine estão mortas. Mortas e enterradas.
– Nossa, que bom ver como você está positiva essa manhã.
– Gosto de começar direito.

Morelli se levantou e lavou seu prato.
— Preciso ir trabalhar. Se você fosse uma pessoa comum, eu lhe diria para tomar cuidado. Já que você é quem você é, só vou te desejar boa sorte. Ah, sim, e deve aparecer alguém, às nove, pra consertar o vidro. Você pode dar um tempo até ele terminar?
— Sem problema.
Ele me beijou no alto da cabeça e saiu.
Olhei para Rex.
— Isso parece meio estranho — eu disse. — Não estou acostumada a ser dona de casa.
Rex se sentou nas patinhas e ficou me olhando. À primeira vista, era de se pensar que ele estivesse pensando no que eu acabei de dizer. Era mais provável que quisesse uma uva.
Na falta de algo melhor pra fazer, eu liguei para Eddie Kuntz. Ninguém atendeu.
— Morto — eu disse a Rex. Eu queria ir até lá e bater outro papo com Betty, mas tinha que esperar o vidro ser consertado. Tomei uma segunda caneca de café. E comi um segundo pedaço de lasanha. Às nove horas, o vidraceiro chegou e veio seguido por outra senhora italiana trazendo comida. Dessa vez, uma torta de chocolate. Comi metade, enquanto esperava pela janela.
Não precisei bater na porta para saber que Eddie Kuntz não estava em casa. Não tinha carro na frente. Nenhuma luz em lugar algum. Janelas e porta bem fechadas. A única coisa que faltava era o pano preto pelo luto.
Em vez disso, bati na porta de Betty.
— O que foi que eu lhe disse? — perguntou Betty. — Ele não está em casa. Como disse antes, a última vez em que o vi foi no sábado.
Ela não parecia preocupada nem confusa. Parecia injuriada. Como se eu a estivesse incomodando.
— Ele faz muito isso? Acha que devemos avisar à polícia?
— Ele está na farra — disse Leo, de sua poltrona, diante da TV.
— Pegou uma de suas namoradas vadias e se enfurnou em algum lugar. Só isso. Virá pra casa quando quiser.

— Você provavelmente tem razão — eu disse. — Ainda assim, não fará mal dar uma pequena investigada. Talvez seja uma boa ideia checarmos o apartamento dele. Você tem uma chave?

Dessa vez, Leo foi mais duro.

— Ele está na farra, estou lhe dizendo. E você não vai ficar xeretando a casa de um homem, só porque ele foi pra farra. De qualquer forma, por que está tão interessada em encontrar Eddie? Achei que estivesse procurando Maxine Nowicki.

— O desaparecimento de Eddie pode estar relacionado.

— Pela última vez, estou lhe dizendo que isso não é um desaparecimento.

Para mim, soava como negação, mas o que dizer? Voltei ao Buick e segui até a casa da sra. Nowicki. Parecia até pior que da primeira vez que a vi. Ninguém estava aparando a grama, e o cachorro tinha feito cocô bem no meio da calçada. Só de onda, eu contornei a casa e olhei pelas janelas. Nenhum sinal de vida.

Voltei ao carro e segui para a casa de Margie. Peguei a New York até a Olden, virei na Olden e avistei a van derrubada que Morelli usa para vigilância. Ele estava estacionado do outro lado da rua do 7-Eleven, onde Helen Badijan trabalhava antes de morrer. Morelli estava trabalhando com os federais, então presumi que fosse sobre drogas, mas, na verdade, podia ser qualquer coisa, desde comércio ilegal de armas até mercado negro de bebês. Ou talvez ele tivesse parado ali para almoçar e tirar uma soneca.

A casa de Margie parecia mais bem cuidada que a de Nowicki, mas também estava vazia. Olhei pelas janelas e fiquei imaginando o que Margie teria feito com o gato.

A vizinha ao lado pôs a cabeça pra fora da porta e me pegou espiando pela janela de Margie.

— Estou procurando Margie — eu disse. — Trabalho com ela no restaurante e não a vejo há alguns dias, então fiquei preocupada. Ela parece não estar em casa.

— Ela saiu de férias. Disse que era difícil demais trabalhar com o dedo cortado daquele jeito, então tirou uma folga. Acho que foi para o litoral. Estou surpresa de que você não saiba.

– Eu sabia que ela não estava trabalhando. Não sabia que tinha ido para o litoral. – Olhei em volta. – Onde está o gato? Ela o levou?

– Não. Eles não permitem gatos na casa que ela alugou. Estou alimentando o gato. Não dá trabalho.

Eu estava a meio quarteirão de distância quando bateu. O dedo! Ela teria que tê-lo examinado. Teria que tirar os pontos. E a mãe de Maxine provavelmente também precisaria de cuidados médicos. Ainda estava com a cabeça enfaixada quando a vi em Point Pleasant.

Corri até o escritório para que pudesse usar o guia de ruas. Connie fazia as unhas e Lula estava ouvindo Walkman. Lula estava virada de costas para mim, com suas miçangas tilintando na cabeça, a bunda balançando de um lado para outro, dançando. Ela me viu pela visão periférica e abaixou o Walkman.

– Iiih – disse ela. – Você não tá transando.

– Como sabe disso? – berrei. Eu ergui as mãos no ar. – Eu não acredito nisso!

Vinnie enfiou a cabeça pra fora.

– Por que o tumulto?

– Stephanie está aqui – disse Connie.

Vinnie tinha um charuto na boca que eu podia apostar ser o dobro do tamanho do seu pinto.

– Onde está Maxine? Vou perder meu dinheiro em cinco dias, pelo amor de Deus. Eu nunca deveria ter tirado a Barnhardt.

– Estou chegando perto.

– Certo – disse Vinnie. – Chegando perto do meu fígado. – Ele entrou no escritório e bateu a porta.

Procurei o endereço de Margie na lista e achei seu sobrenome. Há três hospitais na região de Trenton. Helene Fuld fica perto do bairro de Nowicki. O endereço de Margie tem a mesma distância de Helene Fuld e St. Francis. Fui pra casa de Joe, comi outro pedaço de torta de chocolate e liguei para minha prima Evelyn, que trabalha no Helen Fuld. Dei os dois nomes e pedi que ela desse uma xeretada. Nem Margie nem a Mamãe Nowicki estavam sendo procuradas pela polícia, então (presumindo que estivessem vivas) elas não tinham qualquer motivo para não voltar aos seus médicos. A única preocupação que tinham eram evitar que eu as seguisse até Maxine.

Eram três da tarde e eu estava meio que torcendo para que outra senhora italiana aparecesse com algo novo para o jantar. Eu ficava olhando pela janela, mas não vi nenhum carro preto grande parando para trazer comida. Isso era um problema, pois a ideia de ficar na cozinha de Morelli fazendo jantar pra ele dava a sensação de um filme de Doris Day.

Evelyn ligou e disse que era meu dia de sorte. As duas mulheres estavam sendo tratadas no Fuld. Ambas voltariam aos médicos para revisão. Ela me deu os nomes dos médicos e também os nomes listados para atendimento de seus planos de saúde. Eu disse que lhe devia essa. Ela disse que uma descrição detalhada de Morelli na cama servia.

Liguei para os médicos e menti descaradamente para as recepcionistas, dizendo que tinha esquecido meu horário. As duas tinham consultas na quarta. Nooooossa, eu sou demais.

Morelli entrou se arrastando com uma marca de suor da extensão de sua camiseta cinza. Ele foi até a geladeira e enfiou a cabeça no freezer.

– Preciso colocar um ar nessa casa.

Eu achei que o clima até que estava bom, comparado a ontem. Hoje dava pra ver um brilho amarelo, onde o sol brilhava, por trás de uma camada de ar pesado.

Ele tirou a cabeça do freezer, jogou a arma no balcão e pegou uma cerveja.

– Dia ruim?

– Médio.

– Eu te vi no norte de Trenton.

– Viu que era eu?

— Reconheci o carro. Imaginei que você estivesse vigiando o 7-Eleven.
— Vigiando, vigiando, vigiando.
— Drogas?
— Dinheiro falso.
— Achei que você não podia me contar.
— Foda-se. O Tesouro está com esse caso tão ferrado que não faz diferença. Há umas notas de vinte falsas saindo de Trenton há cinco anos, pelo que sabemos... provavelmente mais tempo. Eles estão com tudo no lugar. Vão pegar o cara. Nenhuma das placas era as que deveriam ser. Nada de papel. Nada de nada. Incluindo nenhum tráfico de dinheiro falso. Nem conseguimos fazer uma prisão. Parecemos um bando de amadores. Então, de repente, ontem, algumas notas de vinte foram passadas numa loja de conveniência em Olden. Então, começamos tudo de novo, procurando ver quem entra na loja.
— O balconista não sabia quem as passou?
— Foram descobertas no banco, quando o caixa as estava contando para depositar.
— O que acha?
— Acho que tínhamos o cara certo da primeira vez. Algo estranho aconteceu e o troço não estava lá.
— Acabei de ter uma ideia estranha. Nós atribuímos a morte de Helen Badijan à sua ligação com Maxine. Talvez não tenha tido nada a ver com Maxine. Talvez tenha a ver com o dinheiro falso.
— Também pensei nisso, mas o *modus operandi* leva a Maxine. A causa da morte de Badijan foi um tiro na cabeça, mas ela também teve um dos dedos decepados.
Eu tive uma ideia ainda mais esquisita, mas não queria dizê-la em voz alta e parecer uma tola.
O telefone tocou e Morelli atendeu.
— Sim, sra. Plum — disse ele.

Eu pulei da cadeira e saí correndo para a porta da frente. Estava na metade do caminho, quando Morelli me pegou pela parte de trás da blusa e me deu um puxão de encontro a seu peito.

– Sua mãe – disse ele, me entregando o telefone.

– Stephanie – disse minha mãe. – Que história é essa que ouvi quanto a você estar grávida?

– Não estou grávida. Isso é um acordo de moradia, não um casamento.

– Todo mundo está falando. Todos acham que você está grávida. O que devo dizer à sra. Crandle?

– Diga a ela que não estou grávida.

– Seu pai quer falar com você.

Eu ouvi o telefone sendo transferido, depois a respiração.

– Pai?

– É – disse ele. – Como vai indo o Buick? Você tem que pôr gasolina boa, você sabe, não é?

– Não se preocupe, eu sempre ponho gasolina boa. – Eu *nunca* colocava gasolina boa. Ele não merecia. Era horrível.

Ele devolveu o telefone à minha mãe e deu pra ouvir minha mãe revirando os olhos para ele.

– Estou com uma bela carne assada no fogão – disse ela. – Com ervilha e purê de batatas.

– Certo – eu disse. – Eu vou jantar.

– E o Joseph.

– Não, ele não pode.

– Posso, sim – disse Joe.

Eu suspirei alto.

– Ele também irá.

Desliguei e devolvi o telefone a ele.

– Você vai se arrepender.

– Nada como estar grávida para deixar a mulher radiante – disse a vovó.

– Posso estar radiante, mas não estou grávida.

A vovó olhou para minha barriga.

– Você parece grávida.
Era toda aquela maldita comida italiana.
– É bolo – eu disse.
– Talvez você queira se livrar desse bolo antes do casamento. Ou terá que comprar um daqueles vestidos folgados que não têm cintura.
– Eu não vou me casar – eu disse. – Não tem casamento.
A vovó se sentou mais ereta.
– Mas e o salão de recepção?
– Que salão?
– Nós imaginamos que você faria sua recepção no Salão Nacional Polonês. É o melhor lugar, e a Edna Majewski disse que teve um cancelamento, mas você precisa agir rápido.
– Vocês não alugaram um salão!
– Bem, nós não demos o depósito – disse a vovó. – Não temos certeza da data.
Olhei para Joe. – Você explica.
– O apartamento de Stephanie foi danificado pelo fogo e ela está alugando um quarto de mim, até que seu apartamento esteja consertado.
– E quanto ao sexo? – perguntou a vovó. – Vocês estão fazendo sexo?
– Não. – Desde sábado, não.
– Se fosse eu, eu faria sexo – disse a vovó.
– Cristo – disse meu pai à cabeceira da mesa.
Minha mãe passou as batatas.
– Tenho formulários para você preencher para o seguro. Ed foi ao seu apartamento e disse que não havia sobrado nada. Ele disse que a única coisa que sobrou foi o pote de biscoito. Disse que o pote estava intacto.
Silenciosamente desafiei Morelli a dizer algo sobre o pote de biscoito, mas Morelli estava ocupado, cortando a carne. O telefone tocou e a vovó foi até a cozinha atender.
– É para você, Stephanie – gritou a vovó.

– Tenho ligado pra todo lugar, tentando te achar – disse Lula.
– Tenho novidades. Joyce Barnhardt ligou para o Vinnie, pouco antes de nos prepararmos pra sair, e Connie ouviu. Joyce disse a Vinnie que o fará latir como um cachorro se ele colocar você de volta no caso e... sabe da maior?
– Posso imaginar.
– Pois é. Então, ela disse ao Vinnie como tem conseguido as pistas sobre Maxine. E agora, nós sabemos o nome do escrotinho que está ajudando a Joyce.
– Sim!
– Então, imaginei que eu e você devíamos fazer uma visita a ele.
– Agora?
– Você tem coisa melhor pra fazer?
– Não. Agora está ótimo.
– Vou te buscar, porque não vou andar naquele Buick.

Todos pararam de comer, quando eu voltei à mesa.
– Então? – disse a vovó.
– Era a Lula. Preciso comer e correr. Nós temos uma pista de um caso.
– Também posso ir – disse a vovó. – Como da última vez.
– Obrigada, mas prefiro que a senhora fique em casa e distraia o Joe.

A vovó piscou para Morelli e Morelli pareceu uma cobra que tinha acabado de engolir um boi e ficou com ele entalado na garganta.

Dez minutos depois, eu ouvi um carro encostando ao meio-fio. O som do rap entrou pela casa, a música foi cortada e instantes depois Lula estava na porta.
– Temos muita carne assada – a vovó disse a Lula. – Quer um pouco?

Minha mãe estava de pé, colocando um prato a mais.
– Carne assada – disse Lula. – Nossa, eu gosto de carne assada.
– Ela puxou uma cadeira e sacudiu o guardanapo para abri-lo.
– Eu sempre quis comer com uma negra – disse a vovó.

— É, bem, eu sempre quis comer com uma mulher branca de bunda ossuda — disse Lula. — Então, acho que isso vai dar certo.
A vovó e Lula fizeram um cumprimento de mão complicado.
— Supimpa — disse a vovó.
Era a primeira vez que eu andava no Firebird, e estava sentindo inveja.
— Como consegue bancar um carro desses, trabalhando como balconista? E por que seu seguro foi aprovado e eu ainda estou esperando?
— Primeiro, eu tenho despesas menores onde moro; segundo, eu fico fazendo financiamentos nessas porcarias. Você frita um carro e eles te dão um novo. Sem grilo.
— Talvez eu deva dar uma olhada nisso.
— Apenas não diga a eles que seus carros vivem sendo explodidos. Podem achá-la um risco, entende o que estou dizendo? — Lula tinha entrado na High até a Hamilton. — Esse cara, o Bernie, trabalha num supermercado na Rota 33. Quando não está empilhando laranja, está vendendo bagulho, que é o elo comum entre Barnhardt e a Mamãe Nowicki. Nowicki fala com Bernie, depois Bernie fala com Barnhardt.
— Joyce disse que era uma ligação em vendas.
— E não é que é verdade...
— Pelo que Connie soube ao telefone, parece que ele também é deficiente visual.
— Cego?
— Horrível.
Ela virou no estacionamento do supermercado e parou numa vaga na frente. Não havia muita gente fazendo compras àquela hora da noite.
— Joyce disse que ele era um anãozinho tarado, portanto, se você não quiser comprar bagulho, talvez possa lhe prometer alguns favores.
— Tipo favores sexuais?

– Você não precisa cumprir – disse Lula. – Tudo que tem a fazer é prometer. Eu faria isso, mas acho que ele é mais seu tipo.
– E que tipo é esse?
– Branco.
– Como eu o encontro?
– O nome é Bernie. Trabalha nos legumes. Parece um anãozinho tarado.

Abaixei o espelho do quebra-luz, afofei meu cabelo e passei mais gloss.
– Estou bem?
– Pelo que ouvi, esse cara nem vai ligar se você latir ou perseguir carros.

Não tive dificuldades em encontrá-lo. Estava colocando etiquetas nas frutas, de costas para mim. Tinha um monte de cabelo encaracolado atrás e dos lados da cabeça, mas nenhum em cima. O topo de sua cabeça parecia um ovo rosa. Tinha pouco menos de 1,50m e parecia um hidrante.

Coloquei um saco de batatas no meu carrinho e fui até ele.
– Com licença – eu disse.

Ele se virou, entortou a cabeça para trás e me olhou. Seus lábios grossos de peixe se abriram ligeiramente, mas não saiu nenhuma palavra.
– Belas maçãs – eu disse.

Ele fez um som embolado e seus olhos desceram ao meu peito.
– Então – eu disse –, você tem algum bagulho?
– O quê? Tá brincando comigo? Tenho cara de quê?
– Uma amiga minha me disse que eu poderia comprar um bagulho contigo.
– Ah, é? Quem é sua amiga?
– Joyce Barnhardt.

Isso fez com que os olhos dele se acendessem de um jeito que me fez pensar que Joyce não pagava sua marijuana em dinheiro vivo.
– Eu conheço a Joyce – disse ele. – Mas não estou dizendo que vendi nenhum bagulho a ela.

– Temos outra amiga em comum.
– Quem é?
– O nome dela é Nowicki.
– Não conheço ninguém com esse nome.
Eu dei a descrição.
– Essa deve ser a Francine – disse ele. – Ela é uma conhecida. Só não sabia seu sobrenome.
– Boa cliente?
– É, ela compra muita fruta.
– Você a tem visto ultimamente?
A voz dele ficou astuta. – Quanto vale pra você?
Eu não gostei de como isso soou.
– O que você quer?
Bernie fez um som de beijinho.
– Que nojento!
– É porque sou baixinho, não é?
– Não. Claro que não. Eu gosto de homem baixo. Eles... é... se esforçam mais.
– Então, é por causa do cabelo, certo? Você quer um cara com cabelo.
– Cabelo não importa. Eu não podia ligar menos pra cabelo. Além disso, você tem bastante cabelo, só não tá em cima da tua cabeça.
– Então o que é?
– Você não pode sair por aí fazendo esse som de beijinho para as mulheres! É... vulgar.
– Achei que você fosse amiga da Joyce.
– Ah, sim. Entendo seu ponto de vista.
– Então que tal?
– A verdade é que eu realmente não me sinto atraída por você.
– Eu sabia. Deu pra ver o tempo todo. É a minha altura.
Credo, o pobre tolo realmente tinha um negócio com a altura. Quero dizer, ele não podia fazer nada quanto a ter nascido baixo, nem com uma cabeça que parecia uma bola de boliche. Eu não

queria aumentar o seu problema, mas não sabia o que dizer. Então, pensei na Sally!
– Não é a sua altura – eu disse. – Sou eu. Eu sou lésbica.
– Tá de sacanagem comigo!
– Não, é verdade.
Ele me olhou de cima a baixo.
– Tem certeza? Meu Deus, que desperdício! Você não parece lésbica.
Imagino que ele achasse que lésbicas tivessem um grande L tatuado na testa, ou algo assim. Se bem que, como não conheço nenhuma lésbica, não sou exatamente uma autoridade no assunto.
– Você tem uma namorada? – perguntou ele.
– Sim, claro. Ela... está esperando no carro.
– Eu quero vê-la.
– Por quê?
– Porque eu não acredito em você. Acho que você só está tentando ser boazinha comigo.
– Olhe, Bernie, eu quero alguma informação sobre Nowicki.
– Só depois que eu vir sua namorada.
Isso era ridículo.
– Ela é tímida.
– Está bem, eu vou lá fora.
– Não! Eu vou buscá-la. – Jesus!
Saí correndo até o estacionamento e debrucei sobre a janela de Lula.
– Estou meio num aperto. Preciso da sua ajuda. Preciso de uma amiga lésbica.
– Quer que eu encontre uma pra você? Ou quer que seja eu?
Expliquei a situação pra ela e nós corremos de volta a Bernie, que estava arrumando suas frutas.
– Ei, miudinho – disse Lula. – O que é que tá pegando?
Bernie ergueu os olhos das frutas e quase pulou pra fora dos sapatos. – Epa!

Acho que Bernie não esperava que minha namorada fosse uma negra de 100kg vestindo um colant rosa.
– Nossa! – disse Bernie. – Nossa!
– Então, a Stephanie estava me dizendo que você conhece a velha senhora Nowicki.
Bernie acenou a cabeça vigorosamente. – É.
– Você a viu, ultimamente?
– Ontem. Ela veio comprar um bocado, entende, de frutas.
– Com que frequência ela gosta de comprar fruta?
Bernie mordeu o lábio inferior.
– Difícil dizer. Ela não é habitual.
Lula passou um braço ao redor de Bernie e quase o asfixiou com o seio direito.
– Sabe, o negócio é que nós gostaríamos de falar com a Nowicki, mas estamos tendo dificuldade em encontrá-la, pois ela não está ficando em casa. Agora, se você puder nos ajudar com isso, nós ficaremos gratas. *Realmente* gratas.
Uma gota de suor escorreu pela lateral do rosto de Bernie, de sua calota careca, descendo ao lado da orelha.
– Ai, droga – disse ele. E, pela forma como disse, deu pra ver que queria nos ajudar.
Lula deu outro apertão. – E então?
– Sei não, sei não. Ela nunca fala muito.
– Ela sempre vem sozinha?
– Ãrrã.
Dei meu cartão.
– Se você se lembrar de alguma coisa, se vir Nowicki, me dê uma ligada imediatamente.
– Claro, não se preocupe.
Chegamos ao carro e eu tive outra daquelas ideias estranhas.
– Espere aqui – eu disse a Lula. – Eu já volto.
Bernie estava de pé na frente da loja, olhando a gente pelo vidro.
– O que foi agora? – disse ele. – Esqueceu alguma coisa?

– Quando Nowicki comprou a fruta contigo, ela pagou com uma nota de vinte?
Ele pareceu surpreso com a pergunta.
– Ãrrã.
– Você ainda a tem?
Ele ficou me olhando inexpressivo por um minuto.
– Acho que sim... – Ele tirou a carteira do bolso traseiro e olhou dentro. – Aqui está. É a única nota de vinte que eu tenho. Só pode ser essa.
Remexi em minha bolsa e encontrei algum dinheiro. Contei duas notas de dez.
– Eu troco com você.
– É isso? – perguntou ele.
Eu dei um sorriso malicioso. – Por enquanto.
– Sabe, eu não me importaria de ficar olhando.
Eu dei um tapinha no topo da cabeça dele.
– Guarde essa ideia.
– Nós não descobrimos muito – Lula disse, quando eu entrei no carro.
– Sabemos que ontem ela estava em Trenton.
– Não há muitos lugares em Trenton onde três mulheres podem ficar – disse Lula. – Não como no litoral, onde tem uma porção de motéis e muitas casas para alugar. Porra, os únicos hotéis que temos cobram por hora.
Isso era verdade. Era a capital do estado e realmente não tinha um hotel. Isso talvez faça as pessoas pensarem que ninguém quer ficar em Trenton, mas eu tinha certeza de que era uma suposição errada. Trenton é legal. Trenton tem tudo... exceto um hotel.
É claro que, só porque Nowicki estava fazendo negócios com Bernie, isso não significava que ela tinha de estar em Trenton.
Demos uma última passada na casa de Eddie Kuntz, na casa de Nowicki e na de Margie. Todas escuras e desertas.
Lula me deixou na frente da casa de Morelli e sacudiu a cabeça.

– Aquele Morelli tem uma bela bunda, mas eu não sei se quero viver com um policial.

Exatamente os meus sentimentos.

As janelas estavam abertas para arejar a casa e dava pra ouvir a televisão de Morelli da rua. Ele estava assistindo a um jogo. Senti o capô da caminhonete. Morno. Ele tinha acabado de chegar em casa. A porta da frente estava aberta como as janelas, mas a porta de tela estava trancada.

– Ei! – gritei. – Alguém em casa?

Morelli veio andando descalço.

– Isso foi rápido.

– Não pareceu tão rápido pra mim.

Ele trancou novamente a porta de tela e voltou à televisão.

Eu não me importo em ir ao estádio. Você fica sentado no sol, toma cerveja e come cachorro-quente, e o negócio todo é um evento. Baseball na televisão me põe em coma. Enfiei a mão no bolso, peguei a nota de vinte e a entreguei a Morelli.

– Parei pra tomar um refrigerante no norte de Trenton e recebi isso de troco. Achei que seria divertido conferir a autenticidade.

Morelli ergueu o olhar do jogo.

– Deixe-me entender direito. Você comprou um refrigerante e recebeu uma nota de vinte de troco. O que você deu pra pagar? Uma de cinquenta?

– Está bem então, nesse momento, eu não quero te contar onde eu a recebi.

Morelli examinou a nota.

– Mas que droga – disse ele. Ele virou a nota ao contrário e a segurou contra a luz. Depois deu um tapinha na almofada, ao seu lado. – Precisamos conversar.

Eu sentei, meio desconfiada.

– É falsa, não é?

– Ãrrã.

– Tive a impressão. É fácil notar?

– Só se você souber o que procurar. Há uma pequena linha, no canto superior direito, onde a folha está arranhada. Eles me dizem

que o papel não está precisamente correto, mas não consigo ver. Só sei por causa do arranhão.
– O cara que você tentou prender era do norte de Trenton?
– Não. E eu estou bem certo de que ele trabalhava sozinho. Falsificação desse tipo é geralmente um negócio em família, bem pequeno. – Ele esticou o braço no encosto do sofá e afagou a parte de trás de minha nuca, apenas com um dedo. – Agora, quanto à nota de vinte...

Capítulo 13

Não tinha jeito. Morelli ia arrancar isso de mim.
– A nota de vinte veio de Francine Nowicki, mãe de Maxine – eu disse. – Ela passou para um traficante ontem.

Contei o resto da história e, quando terminei, ele estava com uma expressão estranha no rosto.
– Como é que você se mete nessas coisas? É... assustador.
– Talvez eu tenha uma praga.

Assim que falei, eu me arrependi. Praga era como um monstro embaixo da cama. Não era algo do qual se podia esconder.
– Eu realmente achei que fosse uma operação de um homem só – disse Morelli. – O cara que estávamos vigiando se encaixava ao perfil. Nós o vigiamos por cinco meses. E nunca identificamos ninguém que pudesse ser cúmplice.
– Isso explicaria muito sobre Maxine.
– É, mas eu ainda não entendo. Durante o período de cinco meses, esse cara nunca fez contato físico com Kuntz ou Maxine.
– Você chegou a vê-lo passar o dinheiro?
– Não. Isso era parte do problema. Tudo que tínhamos sobre ele era circunstancial, coincidência.
– Então, por que vocês agiram?
– Foi ordem dos federais. Houve acontecimentos que nos levaram a acreditar que ele estava imprimindo as notas.
– Mas ele não estava.
– O dinheiro pelo menos, não. – Morelli olhou novamente a nota de vinte. – É bem possível que haja apenas um punhado dessas notas circulando por aí e a mãe de Nowicki tenha passado uma inadvertidamente.

Houve uma batida na porta e Morelli foi atender.
Era Sally.
– Ele endoidou! – disse Sally. – Ele tentou me matar! O pobre filho da puta imbecil tentou me matar.

Sally parecia uma imensa colegial dementada e cheia de testosterona. De saia xadrez, blusinha branca, meia branca três quartos e tênis Reebok. Sem maquiagem, sem peruca, com uma barba de dois dias, o peito peludo saindo pelo decote da blusa.

– Quem está tentando te matar? – perguntei. Eu imaginava que fosse o colega de apartamento, mas, do jeito com que Sally estava vestido, podia ser qualquer um.

– Sugar. Ele ficou maluco. Saiu da boate depois do show de domingo à noite e só voltou pra casa uma hora atrás. Entrou pela porta com um galão de gasolina e um isqueiro Bic e disse que ia tacar fogo em tudo, dizendo estar apaixonado por mim. Dá para acreditar?

– Quem diria.

– Ele resmungava que tudo estava bem até você aparecer, e que depois parei de dar atenção a ele.

– Ele não sabe que você não é gay?

– Ele disse que, se você não tivesse se metido, eu teria desenvolvido uma atração por ele. – Sally passou a mão pelo cabelo rebelde. – Para minha sorte, quando alguém fica totalmente maluco por mim, é um cara.

– Talvez tenha algo a ver com seu jeito de se vestir.

Sally olhou para sua saia.

– Eu estava experimentando isso quando ele entrou como um raio. Estou pensando em mudar minha imagem para saudável.

Morelli e eu mordemos nossos lábios inferiores.

– Então, o que aconteceu? – perguntou Morelli. – Ele ateou fogo no apartamento?

– Não. Eu me atraquei com ele, arranquei a lata de gasolina dele e a joguei pela janela. Ele tentou incendiar o tapete com o isqueiro Bic, mas o tapete não queimava. Ele só conseguiu fazer uma porção de buracos pretos derretidos e deixar tudo fedorento. Fibra sintética, sabe. Finalmente, ele desistiu e saiu correndo pra pegar mais gasolina.

Eu resolvi não ficar lá esperando para ser transformado em carvão, então enfiei um pouco de roupa em dois sacos plásticos e me arranquei.

Morelli estava com uma expressão séria no rosto.

– E você veio pra cá.

– É. Pensei no jeito como você lidou com ele na boate, e por ser um policial, e tudo mais, esse seria um lugar seguro para ficar.

– Ele ergueu as mãos. – Só alguns dias! Não quero forçar a barra.

– Merda – disse Morelli. – O que isso aqui parece, lar de vítimas potenciais de maníacos homicidas?

– Talvez não seja uma ideia tão ruim – eu disse. – Se Sally fizer com que saibam que ele está morando aqui, talvez a gente atraia Sugar.

A verdade é que eu estava imensamente aliviada em saber a identidade do incendiário. E meio aliviada em descobrir que era o Sugar. Melhor que a máfia. E melhor que o cara que decepava dedos.

– Duas coisas erradas nisso – disse Morelli. – Número um, eu não consigo ficar empolgado em saber que minha casa está sendo transformada num inferno. Número dois, pegar o Sugar não adiantará muita coisa, se não conseguirmos acusá-lo de um crime.

– Até aí, sem problemas – disse Sally. – Ele me contou como bombardeou o apartamento de Stephanie e como tentou incendiar essa casa também.

– Você está disposto a testemunhar sobre isso?

– Posso fazer melhor que testemunhar. Estou com o diário dele lá no carro. Está cheio de detalhes suculentos.

Morelli recostou no balcão da cozinha, de braços cruzados.

– A única forma de me fazer concordar com isso é se nenhum de vocês dois de fato ficar aqui. Vocês espalham que estão morando comigo e duas vezes por dia saem e entram pela porta da

frente, para parecer real. Depois eu os coloco numa casa segura para passarem a noite.
— Coloque Sally numa casa — eu disse. — Eu vou ajudar na vigilância.
— Sem chance — disse Sally. — Eu não vou ficar de fora de toda a diversão.
— Nenhum de vocês faz vigilância — disse Morelli. — E não está aberto para discussão. É do meu jeito, ou não vai ter jeito.
— Que casa segura você tinha em mente?
Morelli pensou por um minuto.
— Provavelmente poderia colocá-los com um dos meus parentes.
— Ah, não! Sua avó descobriria e me rogaria uma praga.
— Que praga? — Sally quis saber.
— É uma maldição — eu disse. — É um daqueles negócios italianos.
Sally estremeceu.
— Não gosto desses troços de maldição. Uma vez, eu estava nas ilhas e acidentalmente esbarrei num frango de uma pessoa vodu e a pessoa me disse que meu pau ia cair.
— E aí? — perguntou Morelli. — Caiu?
— Ainda não, mas acho que talvez esteja diminuindo.
Morelli fez uma careta.
— Não quero ouvir isso.
— Vou pra casa dos meus pais — eu disse. — E Sally pode vir comigo.
Nós dois olhamos a saia de Sally.
— Você tem um jeans no carro? — perguntei.
— Não sei o que tenho. Eu saí muito apressado. Não queria estar lá quando Sugar voltasse com mais gasolina.
Morelli expediu um alerta para que Sugar fosse apreendido, depois arrastamos a roupa de Sally de seu carro. Deixamos o Porsche estacionado no meio-fio, atrás do Buick, e fechamos as cortinas das janelas frontais do andar de baixo. Depois Morelli ligou para seu primo Mooch, para que viesse me pegar e a Sally às nove no beco atrás de sua casa.

Meia hora depois, Morelli recebeu uma ligação do despachante. Dois policiais uniformizados tinham ido checar o apartamento de Sally e o encontraram em chamas. O prédio tinha sido evacuado sem vítimas. E o despachante disse que o fogo estava sob controle.

– Ele deve ter voltado imediatamente – disse Sally. – Não achei que queimaria tudo, se eu tivesse partido. Queimar todos aqueles bolos e tortas deve tê-lo arrasado.

– Lamento muito – eu disse. – Quer que eu vá até lá com você? Você quer ver?

– Não vou a lugar algum, nem perto dali, até que Sugar esteja amarrado a uma cama de hospício. Além disso, não era minha casa. Eu estava alugando de Sugar. Todos os móveis eram dele.

– Está vendo, assim é bem melhor – disse minha mãe, abrindo a porta pra mim. – Já aprontei seu quarto. Assim que você me ligou, eu coloquei lençóis limpos.

– Que bom – eu disse. – Se estiver tudo bem por vocês, eu vou deixar Sally dormir em meu quarto e fico com a vovó Mazur. Será só por um ou dois dias.

– Sally?

– Ele está vindo, teve que pegar suas coisas no carro.

Minha mãe olhou por cima do meu ombro e congelou quando viu Sally entrando no hall.

– E aí, galera – disse Sally.

– Que é que tá rolando – a vovó respondeu.

– Meu Jesus Cristo – disse meu pai, de sua poltrona na sala. Levei o Rex para a cozinha e deixei sua gaiola em cima da pia.

– Ninguém pode saber que Sally e eu estamos morando aqui. Minha mãe estava pálida.

– Não direi a vivalma. E vou matar quem disser.

Meu pai estava de pé.

– Que roupa é essa? – perguntou ele, apontando pra Sally. – Isso é uma saia escocesa?

– Credo, não – disse a vovó. – Ele não tem nada de escocês. Ele é travesti... só não amarra o pinto porque dá assadura.

Meu pai olhou pra Sally.

– Você quer dizer que é um daqueles garotos da Fada Sininho?

Sally ficou mais ereto.

– Algum problema?

– Que carro você dirige?

– Porsche.

Meu pai jogou as mãos para o ar.

– Está vendo? Um Porsche. Nem é um carro americano. Esse é o problema com esquisitos que nem você. Não querem fazer nada como deveriam. Não havia nada de errado com esse país quando todo mundo dirigia carros americanos. Agora, para qualquer lugar onde se olhe, há uma porcaria japonesa, e veja a encrenca em que nos metemos.

– A Porsche é alemã.

Meu pai revirou os olhos.

– Alemã! Ah, sim, esse é um país e tanto. Eles nem conseguem ganhar uma guerra. Acha que vão me ajudar a receber o que tenho a ganhar do seguro social?

Eu peguei um dos sacos de lixo.

– Deixe-me ajudá-lo a levar isso lá pra cima.

Sally veio atrás de mim.

– Tem certeza de que não tem problema?

Eu estava com o saco na metade da escada para o segundo andar.

– Sim. Meu pai gosta de você. Deu pra ver.

– Não gosto, não – disse meu pai. – Eu o acho um boiolinha. E qualquer homem que fica tão ruim assim de saia tem o dever patriótico de ficar dentro de um armário, onde ninguém possa vê-lo.

Eu empurrei a porta do quarto para abri-la, deixei o saco lá dentro e dei toalhas limpas a Sally.

Sally estava em pé na frente do espelho que eu tenho atrás da minha porta.

– Acha que fico mal com essa saia? – perguntou Sally.

Eu estudei a saia. Não queria magoá-lo, mas ele parecia um mutante do Planeta dos Macacos. Era provavelmente o travesti mais peludo a usar uma liga.

– Não está terrível, mas acho que você é o tipo de cara que fica melhor de saia reta. E couro fica bem em você.
– Dolores Dominatrix.
Mais para Wanda Lobisomem.
– Você combinaria com o visual saudável – eu disse –, mas isso exigiria que raspasse muita coisa.
– Foda-se essa porra – disse Sally. – Detesto me barbear.
– Você podia tentar depilação corporal.
– Cara, eu fiz isso uma vez. Puta merda, dói pra cacete.
Que bom que ele não tinha ovários.
– E agora? – perguntou Sally. – Não consigo deitar cedo assim. Sou uma pessoa noturna.
– Não temos carro, então estamos meio limitados, mas o Morelli está só a um quilômetro daqui. Podemos caminhar até lá e dar uma olhada, ver se está rolando alguma coisa. Veja se nas suas coisas tem algo escuro.

Cinco minutos depois, Sally desceu de jeans preto e uma camiseta preta desbotada.
– Vamos dar uma volta – eu disse. – Não precisam esperar acordados. Eu tenho a chave.
A vovó veio até meu lado.
– Quer o garotão? – sussurrou ela.
– Não, mas obrigada por oferecer.

Sally e eu aguçamos nossos olhos e ouvidos por todo o caminho até a área de Morelli. Ao contrário de Lula, que nunca admitia estar com medo, Sally e eu nos sentíamos à vontade em admitir que Sugar nos deixava a ponto de ter um troço.
Paramos na esquina da quadra de Morelli e demos uma olhada. Havia carros em ambos os lados da rua. Nenhuma van. A caminhonete de Morelli estava estacionada, então imaginei que

estivesse em casa. As cortinas estavam fechadas e as luzes, acesas. Imaginei que tivesse alguém vigiando do lado de fora da casa, mas não avistei.

Esse era um bom bairro. Semelhante ao dos meus pais. Não era tão próspero. Quase todas as casas dali eram ocupadas por idosos, moradores do local durante a vida toda, ou por jovens casais que estavam apenas começando. Os idosos viviam de renda fixa, juntavam vale-compras, compravam tênis no Kmart e só faziam a manutenção básica da casa graças às hipotecas pagas e podiam ficar nas casas pagando só os impostos. Os jovens casais pintavam e arrumavam as casas com móveis da Sears. E contavam o tempo, enquanto juntavam dinheiro, torcendo para que suas propriedades se valorizassem, para que pudessem comprar casas maiores, em Hamilton Township.

Eu me virei para Sally.

– Acha que o Sugar virá aqui procurá-lo?

– Se não vier por mim, virá por você. Ele estava totalmente doido.

Caminhamos até a metade da quadra e ficamos olhando do outro lado da rua, em frente à casa de Morelli. Um sapato surgiu nos degraus atrás da gente e uma figura apareceu da sombra. Morelli.

– Dando uma voltinha? – perguntou ele.

Eu olhei atrás dele, para uma moto estacionada no pequeno quintal.

– É uma Ducati?

– É. Não tenho chance de andar muito.

Eu cheguei mais perto. Era uma super moto 916. Vermelha. A moto era de matar. Bela escolha para seguir alguém que tinha acabado de bombardear uma casa. Mais veloz e melhor de manobrar do que um carro. Agora que eu sabia que Morelli tinha uma Duc, gostava ainda mais dele.

– Está aqui sozinho? – perguntei.

– Por enquanto. Roice está vindo às duas.

– Acho que não conseguiram pegar o Sugar.
– Estamos procurando o carro, mas até agora nada.
Faróis surgiram no fim da rua e nós todos nos encolhemos junto à casa. O carro passou por nós e virou duas quadras depois. Chegamos à frente, saindo do esconderijo.
– Sugar tem amigos fora da banda? – Morelli perguntou à Sally.
– Muitos amigos casuais. Próximos, não muitos. Logo que entrei na banda, Sugar tinha um amante.
– Sugar pediria ajuda a ele?
– Improvável. Não foi uma separação feliz.
– E quanto à banda? Vocês têm algo programado?
– Ensaio na sexta. Apresentação na boate sábado.
Isso parecia a um milênio de distância. E Sugar teria que ser um tolo para aparecer. Tinha sido imbecil da parte dele atacar Morelli. Policiais ficam sensíveis quando alguém joga uma bomba na casa de um colega.
– Entre em contato com os outros membros da banda – Morelli disse a Sally. – Deixe que saibam que você está ficando comigo e com Stephanie. Pergunte se eles têm visto Sugar.
Olhei para Morelli.
– Você me liga se algo acontecer?
– Claro.
– Você tem o número do meu bipe?
– De cabeça.
Eu já tinha feito esse interrogatório antes. Ele não me ligou. Só depois de tudo acabado.
Sally e eu atravessamos a rua, entramos na casa de Morelli, atravessamos ao outro lado e saímos pela porta dos fundos. Por um instante, eu fiquei no quintal e pensei em Morelli, novamente perdido na sombra, sua rua parecendo deserta. E me deu uma sensação arrepiante. Se Morelli podia desaparecer, Sugar também podia.

Uma vez por semana, a vovó Mazur ia ao cabeleireiro, lavava e arrumava o cabelo. De vez em quando, a Dolly usava um tonalizante na vovó e seu cabelo ficava da cor de abricó anêmico, mas, na maioria das vezes, a vovó ficava com seu grisalho natural, cor de aço inox. A vovó mantinha os cabelos curtos e com permanente, em ondas arrumadas por todo o couro cabeludo rosado. As ondas ficavam milagrosamente arrumadas até o fim da semana, quando começavam a murchar e se misturar.

Sempre me perguntei como a vovó conseguia essa façanha. E agora eu sabia. A vovó enrolava seu travesseiro embaixo do pescoço, de modo que seu crânio mal tocasse a cama. E a vovó dormia feito um defunto. De braços cruzados sobre o peito, o corpo esticado e a boca aberta. Ela nunca movia um músculo e roncava feito um lenhador bêbado.

Eu saí da cama às seis da manhã, com os olhos turvos e abalada pela experiência noturna. Talvez tivesse dormido uns trinta minutos, e isso foi tempo acumulado. Peguei umas roupas e fui me vestir no banheiro. Depois, desci a escada e fiz café.

Uma hora depois, eu ouvi movimento lá em cima e reconheci os passos da minha mãe descendo a escada.

– Você está horrível – disse ela. – Está se sentindo bem?

– Já tentou dormir com a vovó?

– Ela dorme feito defunto.

– É isso.

As portas se abriam e batiam lá em cima, e minha avó gritou para que meu pai saísse do banheiro.

– Sou uma senhora idosa – gritava ela. – Não posso esperar o dia todo. O que você está fazendo aí dentro?

Mais portas batendo e meu pai entrou na cozinha e se sentou em seu lugar, à mesa do café.

– Preciso sair com o táxi essa manhã – disse ele. – Jones está em Atlantic City, e eu disse que cobriria seu turno.

A casa dos meus pais estava quitada e meu pai tinha uma pensão decente dos Correios. Ele não precisava do dinheiro do táxi. Do que precisava era sair de casa, ir pra longe da minha mãe e da minha avó.

A escada rangeu e, um instante depois, Sally surgiu. Seu cabelo estava em pé em tufos emaranhados, os olhos estavam meio fechados e ele estava de ombros caídos e pés descalços, com os braços pendurados do meu robe rosa, pequeno demais pra ele.

– Cara – disse ele –, essa casa é frenética. Quero dizer, que horas são, maluco?

– Minha nossa senhora – disse meu pai, de cara feia –, ele está com roupa de mulher de novo.

– Era o que estava mais perto – disse Sally. – Acho que a fada da roupa deixou pra mim.

Meu pai abriu a boca pra dizer alguma coisa, minha mãe lançou-lhe um olhar cortante e ele fechou a boca.

– O que é isso que você está comendo? – Sally perguntou.

– Cereal.

– Que máximo.

– Quer um pouco?

Ele foi até a cafeteira. – Só café.

A vovó Mazur entrou.

– O que está havendo? Não perdi nada, não é?

Eu estava sentada à mesa, e dava pra sentir a respiração dela atrás da minha cabeça. – Algo errado?

– Só estou olhando esse penteado novo. Nunca vi nada parecido, esses nacos cortados atrás.

Eu fechei os olhos. O ovo.

– Está muito ruim? – perguntei à minha mãe. Como se eu já não soubesse.

– Se você tiver algum tempo livre, talvez queira dar um pulo no salão.

– Achei que fosse um estilo punk – disse Sally. – Ficaria radical se fosse roxo. Talvez espetado.

Depois do café, Sally e eu fomos dar outra caminhada até a casa de Morelli. Ficamos no beco atrás da casa, e eu liguei para o celular dele.

— Estou no seu quintal — eu disse a ele. — Eu não queria passar pela sua porta dos fundos e tomar um tiro.
— Tudo bem.

Morelli estava na pia, lavando a caneca de café.

— Eu estava me preparando pra zarpar — disse ele. — Acharam o carro de Kuntz no estacionamento do mercado rural, perto da linha de trem.
— E?
— Só isso.
— Sangue? Buracos de bala?
— Não — disse Morelli. — Perfeitas condições. À primeira vista, parece que nada foi roubado. Nenhum vandalismo. Nenhum sinal de luta.
— Estava trancado?
— Ãrrã. Meu palpite é que ele foi deixado lá hoje cedo. Se fosse antes, já estaria totalmente depenado.
— Aconteceu alguma coisa aqui ontem à noite?
— Nada. Tudo bem tranquilo. O que vai fazer hoje?

Peguei no cabelo.

— Salão de beleza.

Um sorriso surgiu nos cantos dos lábios de Morelli.

— Vai estragar meu trabalho manual?
— Você não tirou mais cabelo do que o absolutamente necessário, certo?
— Certo — disse Morelli, ainda sorrindo.

Geralmente eu fazia o cabelo com o sr. Alexander, no shopping. Infelizmente, o sr. Alexander não podia me atender hoje, pela agenda cheia, então optei pelo salão da vovó, o Clip and Curl, na Hamilton. Eu tinha um horário marcado às nove e meia. Não que isso tivesse importância. Meu ibope com a fofoca estava tão alto que eu poderia entrar no Clip and Curl a qualquer hora do dia ou da noite sem precisar esperar.

Saímos pela porta da frente e eu notei a van estacionada do outro lado da rua.

– Grosman – disse Morelli.

– Ele está com a Duc na van?

– Não, ele está com um rádio, palavras cruzadas e um vidro de geleia.

Eu estava olhando o Porsche e seus bancos de couro macio. Sabia que ficava muito bem no Porsche.

– Esqueça – disse Morelli. – Leve o Buick. Se você se meter em confusão, o Buick tem a estrutura de um tanque.

– Vou ao salão de beleza. Não vou me meter em confusão.

– Docinho, seu nome do meio é confusão.

Sally estava em pé, entre o Porsche e o Buick.

– Então, tipo, qual vai ser? – perguntou ele.

– Porsche – eu disse. – Decididamente o Porsche.

Sally entrou e colocou o cinto.

– Esse carro faz de zero a cem numa porra de um segundo. – Ele ligou o motor e nós arrancamos do meio-fio.

– Epa! – eu disse. – Esse é um bairro familiar. Vá devagar.

Sally me olhou por baixo dos óculos espelhados.

– Eu gosto de velocidade, cara. Velocidade é bom.

Eu estava com as mãos grudadas no painel.

– Olha o sinal de Pare. *Sinal de Pare!*

– Para num cisco – disse Sally, pisando no freio.

Eu dei um solavanco à frente – Uff.

Sally pousou a mão afetuosamente no volante.

– Esse carro é uma experiência da engenharia.

– Você está drogado?

– Sem chance. Não, a essa hora do dia – disse Sally –, o que acha que eu sou, um vagabundo?

Ele virou na Hamilton e atolou o pé, parando no Clip and Curl. Estacionou e olhou o salão por cima dos óculos.

— Retrô.
Dolly tinha convertido a parte de cima da casa de dois andares num salão de beleza. Eu frequentava o lugar desde pequenininha, para cortar a franja, e nada havia mudado desde então. Se fosse meio-dia, ou sábado, o lugar estaria sempre abarrotado. Como era bem cedo, só tinha duas mulheres embaixo dos secadores. Myrna Olsen e Doris Zayle.

— Aimeudeus — disse Myrna, gritando acima do barulho do secador. — Acabei de saber da novidade de você se casando com Joseph Morelli. Parabéns.

— Eu sempre soube que vocês dois iam se casar — disse Doris, afastando o secador para tirá-lo da cabeça. — Vocês foram feitos um para o outro.

— Ei, eu não sabia que vocês eram casados, cara — disse Sally.

— É isso aí.

Todos ficaram de boca aberta, olhando Sally. Homens não frequentavam o Clip and Curl. E hoje Sally estava bem parecida com um homem... com possíveis exceções, como o gloss labial e dois brincos de pingente com strass de cinco centímetros.

— Esse é Sally — eu disse a elas.

— E aí, beleza? — disse Sally, fazendo um cumprimento de rapper.

— Pensei em fazer minhas unhas, que estão um lixo.

Elas pareceram confusas.

— Sally é drag queen — eu disse.

— Mas que incrível — disse Myrna. — Imagine só.

Doris inclinou-se à frente.

— Você usa vestido?

— Mais saia. Tenho a cintura muito longa pra vestido. Acho que não ficam tão bem. É claro que tenho alguns longos. Longos são diferentes. *Todo mundo* fica bem num longo.

— Ser drag queen deve ser tão glamoroso — disse Myrna.

— Bem, até que é, até começarem a jogar garrafas de cerveja em você — disse Sally. — Tomar garrafada é uma bosta.

Dolly examinou meu cabelo.

– Que diabos aconteceu com você? Parece que alguém cortou chumaços do seu cabelo.

Myrna e Doris reviraram os olhos uma para a outra e voltaram aos secadores.

Uma hora depois, eu e Sally entramos no Porsche. Sally estava com as unhas vermelho cereja e eu parecia a vovó Mazur. Eu me olhei no espelho do quebra-sol e senti as lágrimas brotando nos meus olhos. Meus cabelos naturalmente encaracolados estavam cortados curtinhos e cachos iguais aos da Tootsie cobriam minha cabeça.

– Pesado – disse Sally. – Está parecendo um monte de cocô de cachorro.

– Você deveria ter me falado que ela estava fazendo isso!

– Eu não podia ver. Estava secando minhas unhas. Manicure excelente.

– Leve-me à casa de Joe. Vou pegar meu revólver e me matar.

– Só precisa de um pouquinho de musse – disse Sally. Ele esticou a mão. Deixe-me consertar pra você. Sou bom nisso.

Olhei no espelho, quando ele terminou.

– *Nooossa!* – Eu estava parecida com Sally.

– Está vendo – disse ele. – Eu sei fazer. Também tenho cabelo naturalmente enrolado.

Dei outra olhada. Achei melhor que o cocô de cachorro.

– Talvez a gente deva dar uma volta até o norte de Trenton – eu disse. – Dar uma checada no Eddie Kuntz. Ter certeza de que ele não está sentado na cozinha, almoçando.

Sally pisou no acelerador e minha cabeça deu um solavanco para trás.

– Tem torque – disse ele.

– Há quanto tempo você tem esse carro?

– Três semanas.

Meu radar estava piscando.

– Você tem carteira?

— Eu tinha.
Ai meu Deus.

O Lincoln sedã estava na frente da metade da casa que pertencia aos Glick. É claro que a metade de Kutz estava sem carro.
— Isso não parece bom — eu disse a Sally.
— Como se o velho Eddie Kuntz tivesse virado comida de peixe.
Imaginei que, agora que o carro de Eddie tinha sido encontrado abandonado, seus tios estariam aflitos o bastante para me deixar entrar no apartamento dele e dar uma xeretada.
Leo Glick abriu a porta da frente antes que eu tivesse a chance de bater.
— Vi você chegando — disse ele. — Que porcaria de carro é esse? Parece um ovo prateado.
— É um Porsche — disse Sally.
Leo estreitou os olhos para ele.
— Qual é o negócio dos brincos?
— Eu tava a fim de ficar bonito hoje, cara — disse Sally, sacudindo a cabeça pra mostrar o efeito a Leo. — Está vendo como eles brilham no sol? Do cacete, hein?
Leo recuou um passo, como se Sally fosse perigosa.
— O que você quer? — ele me perguntou.
— Imagino que vocês não tenham tido notícias de Eddie, não é?
— Imagino que não. Eu vou lhe contar, estou farto de gente vindo perguntar por ele. Primeiro, a polícia vem, de manhã, pra contar do carro dele. Grande coisa. Ele largou o carro por aí. Depois, vem uma piranha perguntar por ele. E agora me aparece você com a Miss América.
— Que tipo de piranha? Você se lembra do nome dela?
— Joyce.
Ótimo, era só o que me faltava. Mais Joyce.
— Quem é? — Betty gritou, de dentro da casa. Ela olhou por cima do ombro de Leo. — Ah, é você. Por que continua nos incomodando? Por que não vai cuidar da sua vida?

– Estou surpresa de que vocês não estejam preocupados com seu sobrinho. E quanto aos pais dele? Os pais dele não estão preocupados?
– Os pais dele estão em Michigan. Visitando. Nós temos parentes lá – disse Leo. – E não estamos preocupados, porque Eddie é um vagabundo. Ele faz isso o tempo todo. A única razão para o aturarmos é que ele é da família. Alugamos barato a ele, mas isso não significa que tenhamos que ficar de babá.
– Vocês se importam se eu der uma olhada?
– Sem dúvida – disse Leo. – Não quero ninguém à espreita ao redor da minha casa.
– Já estou com o telefone tocando sem parar desde que a polícia esteve aqui. Todos querem saber o que está havendo – disse Betty.
– Daqui a pouco, tem caminhão da TV aqui, e eu vou estar no noticiário noturno porque o sobrinho *dela* é um vagabundo.
– Ele também é seu sobrinho – disse Betty.
– Só pelo casamento, e isso nem conta.
– Ele não é tão ruim – disse Betty.
– Ele é um vagabundo. Um *vagabundo*!

Capítulo 14

Sally e eu ficamos junto ao meio-fio ao lado do Porsche, vendo os Glick gesticulando para nos enxotar.

– Eles são tipo... uma gente por fora – disse Sally.

– Logo que eu os conheci, tive a impressão de que gostavam de Kuntz. Pelo menos, a Betty. No começo, ela me convidava pra comer bolo. E era meiga. Meio maternal.

– Talvez eles mesmos tenham apagado o velho Eddie. Talvez ele não tenha pago o aluguel. Talvez tenha ofendido o bolo da Betty.

Eu não achava que eles tinham apagado Eddie Kuntz, mas achava que tinham agido de forma estranha. Se eu tivesse que definir as emoções, diria que eles estavam assustados e zangados. Decididamente não queriam que eu metesse o bedelho no negócio deles. O que significava que tinham algo a esconder, ou não gostavam de mim. Como eu não imaginava alguém que não gostasse de mim, presumiria que tivessem algo a esconder. E o mais óbvio que tinham a esconder era o paradeiro de Eddie Kuntz. Como se quem o pegou tivesse entrado em contato com tio Leo e a tia Betty e deixado os dois mortos de medo.

Ou, aqui está outra ideia: talvez o Kuntz estivesse metido no negócio da falsificação e tivesse sido derrubado. Talvez o bilhete entregue pelo bartender fosse para alertá-lo. E talvez Kuntz tivesse dito ao tio Leo que estava bem, mas que ele deveria ficar de boca fechada e não contar a ninguém que viesse xeretar... ou, Jesus, talvez seus armários estivessem cheios de pilhas de notas de vinte!

Betty ainda estava fazendo sons para enxotar, mas agora movia os lábios como que dizendo *sai*.

– Que tal eu dirigir? – eu disse a Sally. – Eu sempre quis dirigir um Porsche. – E também sempre quis viver.

Meu bipe disparou e eu olhei o número. Não era conhecido. Tirei o celular da bolsa e liguei.

A voz do outro lado da linha parecia empolgada.

– Nossa, mas que rápido!

Estreitei os olhos para o telefone. Como se olhar assim me fizesse pensar melhor.

– Quem é?

– Bernie! Você sabe, o cara dos legumes. E eu tenho novidades pra você. Francine Nowicki acabou de passar por aqui. Ela queria um legume especial, se é que me entende.

Sim!

– Ela está aí, agora?

– Tá. Eu fui bem esperto. Disse a ela que não podia pegar nada até meu intervalo e logo liguei pra você. Lembrei que sua amiga disse que seria grata e tudo mais.

– Estou a caminho. Assegure-se de que a sra. Nowicki fique aí até eu chegar.

– Sua amiga está com você, certo?

Eu desliguei e pulei no carro.

– Acabamos de ter um golpe de sorte! – eu disse, colocando o cinto de segurança, enfiando a chave na ignição. – Mamãe Nowicki está comprando frutas.

– Que demais – disse Sally. – Fruta é cósmico.

Eu não queria dizer a ele que tipo de fruta Bernie estava vendendo. Temia que ele fosse limpar o Bernie e não sobraria nada para a mãe de Maxine.

Arranquei do meio-fio com meu pé no chão.

– *Nossa!* Velocidade animal, mr. Sulu – disse Sally. – Excelente.

Dez minutos depois, eu estava entrando e parando no estacionamento. Escrevi um bilhete a Bernie, dizendo que ele desse a Francine Nowicki "produção" suficiente apenas para um dia, e o instruí que dissesse a ela para voltar amanhã, para pegar o restante. Só para garantir, caso eu a perdesse hoje. Assinei "Amor e beijos, sua nova amiga, Stephanie". Depois acrescentei que Lula também mandava seu amor.

— Tem um homenzinho no setor de verduras que parece o R2D2 — eu disse a Sally. — Entregue isso a ele e dê o fora. Se você avistar a mãe de Maxine, não se aproxime dela. Apenas dê o bilhete a Bernie e volte aqui, para que possamos segui-la quando ela for embora.

Sally deu um trote, atravessando o estacionamento com suas pernas longas e os brincos cintilando sob a luz do sol, o cabelo em ninho de rato sacudia enquanto ele andava. Ele passou pelas portas de vidro e virou na direção dos produtos agrícolas. Eu o perdi de vista por um instante, depois ele voltou ao meu ângulo de visão, saindo.

— Ela estava lá — disse ele, abaixando-se para entrar no carrinho. — Eu a vi perto das maçãs. Não tem como não ver, com aquela bandagem imensa na cabeça. Ela cobriu com uma echarpe, mas ainda dá pra ver que há uma bandagem por baixo.

Eu havia escolhido uma vaga na lateral ao lado de uma van para ficarmos menos visíveis. Ficamos em silêncio, olhando a porta.

— Olha lá! — Sally gritou. — Ela está vindo!

Nós nos abaixamos em nossos bancos, mas não seria preciso. A sra. Nowicki estava com o carro parado do outro lado do estacionamento. E não estava sendo cuidadosa. Era simplesmente um dia qualquer na vida de uma dona de casa. Saindo para fazer compras, pegando seu bagulho com Bernie, o Homem de Negócios.

Ela estava dirigindo um Escort velho e acabado. Se estava esbanjando dinheiro falso, certamente não estava gastando em transporte. Deixei que abrisse um espaço, depois saí do estacionamento sorrateiramente atrás dela. Depois de um quilômetro, tive a sensação deprimente de seu destino. Depois de mais um quilômetro, tive certeza. Ela estava indo para casa. Maxine não era

Albert Einstein, mas eu também não achava que ela fosse imbecil o suficiente para se esconder na casa da mãe.

A sra. Nowicki estacionou na frente da casa e entrou. Se eu achasse que Maxine estava no local, teria o direto de derrubar a porta e entrar de arma em punho. Eu não faria isso; primeiro, porque eu não tinha uma arma comigo. Segundo, eu me sentiria uma idiota.

– Acho que não faria mal falar com ela – eu disse.

Sally e eu batemos na porta e a sra. Nowicki apareceu.

– Olha só quem o gato arrastou para dentro – disse ela.

– Como vai a sua cabeça? – Esse era o meu jeito amistoso de abordar, destinado a bêbados e à maconheira desprevenida da sra. Nowicki.

Ela puxou um trago do cigarro.

– Minha cabeça está um chuchu. Como está seu carro?

Já era a abordagem amistosa.

– A seguradora ficou com pena de mim, então me deram esse Porsche.

– No teu cu – disse ela. – O Porsche é do anormal.

– Tem visto Maxine ultimamente?

– Desde que ela foi embora da praia, não.

– Vocês deixaram a casa cedo.

– Enjoei da areia – disse Francine. – E o que você tem a ver com isso?

Eu passei por ela, entrando na sala.

– Não se importa se der uma olhada por aqui, não é?

– Você tem mandado de busca?

– Não preciso de um.

Os olhos dela me seguiam, conforme eu andava pela casa.

– Isso é assédio.

Era um bangalô pequeno. Um único andar. Fácil ver que Maxine não estava ali.

– Parece que está fazendo as malas.

– É, eu estou tirando meus troços da Dior. Resolvi que daqui pra frente só vou usar Versace.

— Se vir Maxine...
— Certo. Vou te ligar.
Havia uma mesinha de canto e uma poltrona perto da porta. Um 38 estava em cima da mesa.
— Acha que precisa daquilo? – perguntei.
A sra. Nowicki apagou o cigarro no cinzeiro perto da arma.
— Não custa ser cuidadosa.
Nós voltamos ao carro e meu bipe tocou, mostrando o número da minha mãe.
A vovó atendeu minha ligação quando liguei de volta.
— Só queríamos saber se você vem pra casa jantar – disse a vovó.
— Provavelmente.
— E o Sally?
— Sally também.
— Eu vi que ele estava de brinco de strass quando saiu hoje. Acha que devo me arrumar para o jantar?
— Não precisa.
Eu saí e segui até o supermercado. Tinha um último detalhe para checar com Bernie.
Sally e eu entramos cambaleantes no ar-condicionado da loja. Bernie estava arrancando folhas de alfaces quando nos viu. Seus olhos ficaram arregalados e, até chegarmos a ele, ele mal conseguia ficar de pé direito.
— Ai, cara – disse Bernie –, vocês voltaram! Minha nossa!
— Ele estava radiante, olhando para Sally, retorcendo as mãos. – Achei que tinha te reconhecido, mas não tive certeza. Depois, quando vi você agora, eu soube! Você é Sally Sweet! Nossa! Sou seu grande fã. *Grande* fã! Sempre vou à boate. Adoro aquela revista só de garotas. Rapaz, vocês são demais. E Sugar. Ela é a melhor. Eu ficaria com ela. É a mulher mais bonita que já vi.
— Sugar é um cara – eu disse.
— Não sacaneia!
— Ei – eu disse –, eu entendo dessas coisas.

– Ah, é. Eu esqueci. Você parece tão normal.
– A Francine Nowicki te pagou com outra nota de vinte?
– Ãrrã. Está bem aqui. – Ele a tirou do bolso da camisa. – E eu fiz o que você disse. Só dei algumas frutas. Pena, porque eu poderia ter faturado. Ela estava cheia de dinheiro. Puxou um rolo de notas de vinte que engasgaria um cavalo.
Peguei a nota de vinte dele e olhei. Tinha a marca do arranhão no canto.
Bernie estava na ponta dos pés para ver a nota.
– Qual é o interesse pela nota? Está marcada, ou algo assim?
– Não. Só estou vendo se é verdadeira.
– Então, é?
– Ãrrã. – Verdadeira falsificação.
– Agora precisamos ir – eu disse. – Obrigada por me ligar.
– O prazer foi meu. – Ele estava novamente boquiaberto, olhando Sally. – Foi uma alegria te conhecer – disse ele. – Imagino que não daria pra ter seu autógrafo.
Sally pegou a caneta preta no bolso da camisa de Bernie e escreveu "Os melhores votos de Sally Sweet" na careca de Bernie.
– Pronto, aí está, cara – disse Sally.
– Cara – disse Bernie, parecendo que ia explodir de felicidade.
– Nossa, cara! Isso é demais.
– Você faz muito isso? – perguntei a Sally.
– É, mas geralmente, quando escrevo na cabeça, é bem menor.
– Hmm.
Fui até o corredor dos biscoitos e peguei umas coisas para o almoço, caso Morelli ainda estivesse vigiando o 7-Eleven. Eu podia poupá-lo de muita encrenca. Estava bem certa de que a mãe de Maxine era a pessoa espalhando as notas falsas de vinte. Era sua loja do bairro. E ela não parecia envergonhada de passar as notas falsas. O lado bom de contar ao Morelli sobre Francine Nowicki passando as notas era que ele provavelmente abandonaria a loja e ficaria de olho em Francine para mim. O lado ruim era que, se a casa caísse, eu não poderia confiar nele para me incluir. E, se ele

levasse Maxine presa e eu não estivesse junto, nem Vinnie nem eu receberíamos o dinheiro.

Sally e eu optamos por uma caixa de Fig Newtons e alguns refrigerantes. Passamos no caixa e comemos no carro.

– Então, me conta essa história de casamento – disse Sally. – Eu sempre achei que o Morelli só tava te dando uns pegas.

– Não somos casados. E ele não está me dando *uns pegas*.

– Sei.

– Está bem, ele me dava uns pegas. Bem, na verdade, só pegou por pouco tempo. E não foi pega. Foi mais... é... sexo consensual.

– Sexo consensual é excelente.

Eu assenti e joguei outro Fig Newton na boca.

– Mas acho que você tem um negócio pelo Morelli, hein?

– Não sei. Tem alguma coisa. Só não consigo descobrir o que é.

Ficamos mastigando os Fig Newtons e pensando a respeito por um tempo.

– Sabe o que não entendo? – disse Sally. – Não sei por que todo mundo estava se esforçando tanto pra despistar a gente, cinco dias atrás, e agora a velha Nowicki está de volta à sua casa. Demos de cara com ela e ela nem ligou.

Ele estava certo. Algo obviamente tinha mudado. E meu medo era de que Maxine já era. Se Maxine estivesse segura, rumo a uma nova vida, a sra. Nowicki poderia fazer mais mudanças. Assim como Margie. Eu não tinha passado na casa de Margie, mas tinha certeza de que ela estava lá, fazendo as malas com suas coisas de valor, explicando ao gato por que a mamãe ficaria longe por muito, muito tempo. Provavelmente pagando a vizinha com notas falsas de vinte, pra ficar de babá do gato.

Mas claro que ela ainda não estava pronta para partir. Tinha uma consulta médica. Assim como Francine. Ainda bem pra mim, porque eu teria sérias dificuldades em ficar de vigia. Eu não era exatamente o FBI. Não tinha nada daqueles equipamentos maneiros pra vigiar. Na verdade, eu nem tinha um carro. Um Porsche prata, um Buick 53 e um Firebird não eram bem os veículos do disfarce. Eu teria que encontrar um carro que passasse despercebido para que eu pudesse me plantar em frente à casa de Nowicki amanhã.

— Não! — disse Morelli. — Você não pode pegar minha picape emprestada. Você é a morte em carros.
— Não sou a morte em carros!
— Da última vez que você usou meu carro, ele explodiu! Lembra-se disso?
— Bem, se você vai jogar isso contra mim...
— E a sua picape? E seu CRX? Tudo explodido!
— Tecnicamente, o CRX pegou fogo.

Morelli fechou os olhos apertados e bateu com os punhos na testa.
— Ai!

Passava um pouco das quatro horas. Sally estava assistindo à televisão na sala, e Morelli e eu estávamos na cozinha. Morelli tinha acabado de entrar e parecia ter tido outro dia daqueles. Eu provavelmente deveria ter esperado por um momento melhor para pedir a caminhonete, mas em uma hora eu tinha que estar na casa da minha mãe para jantar. Talvez eu devesse tentar outra abordagem. Passei a ponta do dedo por sua camiseta suada e cheguei bem pertinho.
— Você está... quente.
— Meu bem, não dá pra ficar mais quente que isso.
— Talvez eu possa fazer algo a respeito.

Os olhos dele se estreitaram.
— Deixe-me entender isso direito. Você está oferecendo sexo pelo uso da minha caminhonete?
— Bem, não exatamente.
— Então, o que você está oferecendo?

Eu não sabia o que estava oferecendo. Eu tivera a intenção de parecer brincalhona, mas Morelli não estava brincando.

– Preciso de uma cerveja – disse Morelli. – Tive um dia bem longo e será mais longo ainda. Preciso render o Grossman em uma hora.
– Alguma coisa nova no carro do Kuntz?
– Nada.
– Aconteceu alguma coisa no 7-Eleven?
– Nada. – Ele virou a cerveja pra dentro. – Como foi seu dia?
– Devagar. Não tá rolando muita coisa.
– Quem você quer vigiar?
– A sra. Nowicki. Ela voltou pra casa. Eu fui falar com ela, e ela estava fazendo as malas.
– Isso não significa que ela irá levá-la a Maxine – disse Morelli.
Eu sacudi os ombros.
– É tudo que tenho.
– Não, não é – disse Morelli. – Você está escondendo alguma coisa.
Eu ergui uma sobrancelha, que dizia Ah, é?
Morelli jogou a garrafa vazia de cerveja no lixo reciclável.
– É bom que isso não tenha a ver com o caso de falsificação em que estou trabalhando. Eu detestaria achar que você está escondendo provas.
– Quem, eu?
Ele deu um passo à frente e me prendeu junto à pia.
– Então, com que intensidade você quer a picape?
– Muito.
O olhar dele desceu até minha boca.
– Quanto?
– Não tanto assim.
Morelli deu um suspiro desgostoso e recuou.
– Mulheres.
Sally estava assistindo à MTV, cantando junto com as bandas e fazendo seu negócio de sacudir a cabeça.
– Jesus – disse Morelli, olhando para a sala –, é um milagre que ele não faça algo soltar.

– Não posso te emprestar meu carro – disse meu pai. – Precisa entrar na revisão amanhã. Tenho um horário marcado. O que há de errado com o Buick que você está dirigindo?

– O Buick não é bom pra ficar vigiando – eu disse. – As pessoas ficam encarando.

Nós estávamos à mesa e minha mãe estava servindo repolho recheado. *Ploft*, no meu prato, quatro trouxinhas de repolho. Eu abri o botão do short e peguei o garfo.

– Preciso de um carro novo – eu disse. – Onde está meu dinheiro do seguro?

– Você precisa de um emprego estável – disse minha mãe. – Algo que tenha benefícios. O tempo não para e você está ficando mais velha. Por quanto tempo ainda vai ficar caçando criminosos por toda Trenton? Se tivesse um emprego estável, poderia financiar um carro.

– Na maior parte do tempo, meu emprego é estável. Eu só fiquei empacada com um caso azedo.

– Você só vive com o que tem na mão.

O que eu podia dizer? Ela estava certa.

– Eu poderia te arranjar um emprego para dirigir um ônibus escolar – disse meu pai, atacando o jantar. – Conheço o cara que contrata. Você pode ganhar um bom dinheiro dirigindo um ônibus escolar.

– Um desses programas diurnos fez uma matéria sobre motoristas de ônibus escolares – disse a vovó. – E dois motoristas estavam com hemorroidas sangrando por causa dos bancos que não prestam.

Meu olho começou a tremer novamente. Eu coloquei o dedo em cima pra fazer parar.

– O que há de errado com seu olho? – perguntou minha mãe.

– Voltou a tremer?

– Ah, eu quase esqueci – disse a vovó. – Uma de suas amigas passou te procurando, hoje. Eu disse que você estava fora, trabalhando, e ela deixou um bilhete pra você.

— Mary Lou?
— Não, não a Mary Lou. Alguém que não conheço. Muito bonita. Deve ser uma daquelas moças que fazem maquiagem no shopping, porque ela estava usando bastante maquiagem.
— A Joyce, não!
— Não, estou dizendo que era alguém que não conheço. O bilhete está na cozinha. Deixei em cima do balcão, perto do telefone.
Afastei a cadeira da mesa e fui pegar o bilhete. Estava num envelope pequeno, lacrado. "STEPHANIE" tinha sido escrito em belas letras de forma na frente do envelope. Parecia um convite para um chá, ou festa de aniversário. Abri o envelope e coloquei a mão no balcão, para me equilibrar. A mensagem era simples. "MORRA, CADELA." E, numa letra menor, dizia que, quando eu menos suspeitasse, ele agiria. Estava escrito num cartão de receita.
Ainda mais perturbador do que a mensagem era o fato de Sugar ter entrado desfilando pela casa dos meus pais e entregado o envelope à vovó.
Voltei à mesa e devorei três trouxinhas de repolho. Eu não sabia como lidar com isso. Precisava alertar minha família, mas não queria matá-los de susto.
— Então? — disse a vovó. — O que tem no bilhete? Parecia um convite.
— É uma pessoa com quem trabalho — eu disse. — Na verdade, ela não é uma pessoa muito legal, portanto, se vocês a virem novamente, não a deixem entrar na casa. Nem abram a porta.
— Aimeudeus — disse minha mãe. — Outra lunática. Diga-me que ela não quer te matar.
— Na verdade...
Minha mãe fez o sinal da cruz. Minha Nossa Senhora, Mãe de Deus.
— Não venha com esse negócio de Nossa Senhora — eu disse à minha mãe. — Não é tão ruim assim.

– Então, o que devo fazer, caso a veja novamente? – perguntou a vovó. – Quer que eu faça um buraco nela?
– Não! Só não quero que você a convide para entrar e tomar chá!
Meu pai se serviu de mais trouxinhas de repolho.
– Da próxima vez, ponha menos arroz – disse ele.
– Frank – disse minha mãe –, você está ouvindo isso?
Meu pai ergueu a cabeça.
– O quê?
Minha mãe deu um peteleco na própria testa.
Sally estivera debruçado sobre seu prato, devorando as trouxinhas de repolho como se não houvesse amanhã. Ele parou e me olhou, e eu pude ouvir a marcha engrenando em seu cérebro. Garota bonita. Muita maquiagem. Bilhete. Pessoa má.
– Iiih – disse Sally.
– Preciso comer e correr – eu disse à minha mãe. – Tenho que trabalhar essa noite.
– Tem biscoito de chocolate de sobremesa.
Coloquei meu guardanapo na mesa.
– Vou colocá-los num saco.
Minha mãe ficou de pé.
– Eu ponho.
Tínhamos leis trabalhistas no Burgo. As mães que faziam os saquinhos pra viagem. Era assim. Sem exceção. Por todo o país, as pessoas estavam buscando maneiras de escapar do trabalho. No Burgo, as donas de casa vigiavam suas responsabilidades de modo combativo. Até as mães que trabalhavam foram se recusavam a renunciar à elaboração do almoço, ou das sobras. E, embora outros membros da família pudessem ocasionalmente ser recrutados para limpar o chão da cozinha, lavar roupa, polir os móveis, ninguém desempenhava a tarefa à altura da dona de casa.
Peguei o saco de biscoitos e conduzi Sally porta afora. Era cedo e nós realmente não precisávamos ir, mas eu achava que não suportaríamos o interrogatório. Não havia uma boa forma de

dizer à minha mãe que eu estava sendo perseguida por uma drag queen homicida.
  Minha mãe e minha avó estavam na porta, nos vendo entrar no carro. Elas estavam com as costas eretas, mãos enlaçadas. Lábios apertados. Boas mulheres húngaras. Minha mãe imaginava onde teria errado, por que eu estava circulando com um homem de brincos de strass. Minha avó queria estar conosco.
  – Eu tenho uma chave – gritei pra elas. – Então, provavelmente é uma boa ideia trancar.
  – É – acrescentou Sally –, e não fiquem na frente de janelas abertas.
  Minha mãe fez outro sinal da cruz.
  Eu liguei o carro.
  – Precisamos acabar com isso – eu disse a Sally. – Estou farta de ficar com medo, preocupada com que Sugar pule na minha frente e bote fogo no meu cabelo.
  – Falei com todos os caras da banda e ninguém teve notícias dele.
  Segui dirigindo para a Chambers. A verdade era que desisti de lidar com Sugar.
  – Conte-me sobre Sugar – eu disse. – Fale das coisas que você contou à polícia.
  – Fomos colegas de apartamento por uns seis meses, mas eu não o conheço muito. A família dele é de Ohio. Eles não conseguiram lidar com o negócio gay, então Sugar saiu fora. Eu estou com a banda há mais ou menos um ano, mas, no começo, ficava mais com os caras do Howling Dog.
  "Há uns seis meses, Sugar teve uma briga braba com o namorado, John. John se mudou e eu me mudei pra lá. Só que eu não era como o John, entende? Eu era só colega de apartamento."
  – Sugar não achou isso.
  – Acho que não. Cara, isso é uma merda, porque a gente era perfeito pra morar junto. Sugar é fanático por perfeição. Sempre limpando, limpando, limpando. E eu não tô nessa, então

era legal. Quero dizer, cara, a gente não brigava pra ver quem ia passar a porra do aspirador. E ele é muito bom com os troços de mulher. Sabe tudo de base e blush, o melhor laquê. Você devia me ver antes de ir morar com ele. Eu era uma porra de um bárbaro. Quero dizer, eu vivi com umas garotas, mas nunca prestei atenção em como elas passavam a porra do delineador. Essas porras de mulher são complicadas demais.

"Sugar sabia tudo a respeito. Ele até me ajudava a escolher as roupas. Era algo que a gente fazia junto. Compras. Ele adorava essa porra. Às vezes, trazia roupas pra mim. Tipo, eu nem precisava ir com ele."

Agora entendo o short com a bunda de fora.

– Ele estava vestido de drag quando deu o bilhete pra vovó – eu disse. – É preciso um equipamento especial para parecer mulher, e é improvável que Sugar tenha tido tempo de levar qualquer coisa do apartamento. Então, ou ele tem um segundo apartamento, ou comprou coisas novas.

– Provavelmente comprou coisas novas – disse Sally. – Sugar ganha muito dinheiro. Cinco vezes o que eu ganho. Algumas coisas você precisa comprar em Nova York, mas isso realmente não é problema.

– Que pena que ele queimou o apartamento. Talvez a gente pudesse encontrar alguma coisa lá.

– E a polícia está com o diário.

O bom senso me dizia para passar isso pra o Joe, mas, quando eu repassei os benefícios, eles não somavam. O departamento já estava motivado a encontrar Sugar. Eles provavelmente já estavam se empenhando ao máximo. O que precisávamos ali era talento de uma direção diferente. O que precisávamos era Ranger.

Liguei para seu número particular, seu bipe, e finalmente consegui falar ao telefone do carro.

– Socorro – eu disse.

– Não brinca.

Eu contei tudo sobre os acontecimentos.

– Que droga – disse Ranger.
– É, então o que acha que devemos fazer?
– Aumentar o desconforto dele. Invadir seu espaço e fazer com que isso o deixe maluco.
– Em outras palavras, me colocar como um alvo.
– A menos que você saiba onde ele mora. Aí a gente vai lá e pega ele. Mas imagino que você não saiba.
Olhei pelo espelho retrovisor e vi a BMW preta de Ranger encostar no meio-fio a meia quadra de distância.
– Como me encontrou? – perguntei.
– Eu estava nas redondezas e vi você virando na Chambers. Esse cara está de brincos de strass?
– Ãrrã.
– Belo toque.
– Certo. Nós vamos aos locais preferidos de Sugar. Vamos ver o que a gente agita.
– Estou no vento, meu bem.
Seja lá que diabos isso queira dizer.

– Estou com tudo mapeado – disse Sally, encostando num pequeno estacionamento ao lado de um restaurante no centro da cidade. – Essa é a primeira parada.
Olhei a placa na lateral do prédio "INFERNO DE DANTE". Tipo, meu Deus.
– Não se preocupe com o nome – disse Sally. – É apenas um restaurante. Serve comida picante. Sugar gosta de comida picante.
O restaurante era basicamente um salão grande. As paredes eram decoradas com afrescos falsos, apresentando várias cenas onde semideuses gregos e minotauros brincavam no inferno e outros lugares quentes. Nada de Sugar.
Dois homens acenaram para Sally, e Sally acenou de volta.
– E aí, galera – disse Sally, passando pelo salão, até a mesa deles. – Estou procurando o Sugar. Vocês o viram essa noite?

– Desculpe, não – disseram eles. – Não vimos o Sugar a semana toda.
Depois do Dante, nós fizemos um circuito completo dos bares e restaurantes, sem sorte.
– Sei que estamos aqui fazendo esse troço de procurar o Sugar – Sally finalmente disse –, mas a verdade é que eu vou cagar nas calças se de repente ele aparecer. Quero dizer, ele é doido. Pode me queimar com aquela porra daquele Bic.
Eu estava tentando não pensar nisso. Estava dizendo a mim mesma que Ranger estava lá fora... em algum lugar. E estava tentando ter cuidado, ficando alerta, sempre olhando, pronta para reagir. Eu achava que, se Sugar quisesse acertar minha cara e me retalhar, eu teria uma chance. Se ele apenas quisesse se livrar de mim, provavelmente conseguiria fazê-lo. É difícil evitar uma bala de um homem que acha que não tem mais nada a perder.
O sol já tinha se posto e o crepúsculo chegou, não ajudando muito o meu estômago nervoso. Agora tinha sombra demais. Sally conhecia alguém em quase todos os lugares que havíamos visitado. Ninguém havia admitido ter visto Sugar, mas isso não significava que fosse verdade. A comunidade gay protegia os seus, e Sugar era querido. Minha esperança era de que alguém estivesse mentindo e um telefonema fosse dado para mandar Sugar circular.
– Ainda temos muitos lugares para tentar? – perguntei a Sally.
– Algumas boates. Vamos deixar a Ballroom por último.
– Sugar sairia de drag?
– Difícil dizer. Depende de seu humor. Ele provavelmente se sentiria mais seguro de drag. Eu sempre me sinto. Você bota aquela maquiagem é tipo *atenção, mundo*!
Eu até podia me identificar com isso. Minha maquiagem sempre aumenta com a minha insegurança. Na verdade, naquele exato instante, eu estava com uma vontade esmagadora de passar um lápis azul nas minhas pálpebras.

Paramos no Strip, na Mama Gouches, e no Curly's. Só faltava um lugar. A Liberty Ballroom. Nome apropriado. Se você não tivesse *culhão*, não ia querer entrar ali. Eu imaginei que tinha quando precisava, então sem problema. Passei dirigindo pelo conjunto habitacional, que sempre parecia estranhamente deserto à noite. Muito espaço de estacionamento vazio, pouco iluminado por uma luz fria. Prédios vazios com vidro fumê, parecendo a estrela da morte.

A Ballroom ficava na quadra seguinte ao lado do arranha-céu de aposentados, conhecido de todos como o Galpão.

A noite inteira, Sally ficou dizendo às pessoas que nós acabaríamos na Ballroom. E agora que estávamos ali, minha pele se arrepiava e todos os meus pelinhos estavam de pé. Era medo e uma premonição aterrorizante, pura e simples. Eu sabia que Sugar estava ali dentro. Sabia que ele estava esperando por nós. Estacionei e olhei em volta à procura de Ranger. Nada de Ranger à vista. Isso é porque ele está no vento, eu disse a mim mesma. Você não consegue ver o vento. Ou talvez o vento tenha ido pra casa, assistir às lutas de terça à noite.

Sally estava estalando as juntas dos dedos ao meu lado. Ele também sentia. Nós nos entreolhamos e fizemos uma careta.

– *Vambora* – eu disse.

Capítulo 15

Sally e eu ficamos do lado de dentro da porta, olhando em volta. Bar e mesas de coquetéis na frente. Pequena pista de dança ao fundo. Muito escuro. Muito cheio. Muito barulhento. Meu entendimento era que o Ballroom era um lugar gay, porém, ali, claramente nem todo mundo era gay.

– O que toda essa gente não gay faz aqui? – perguntei a Sally.
– Turistas. O cara que é dono do lugar tá botando dinheiro pelo ladrão. Era um bar gay, mas não tinha homens gays suficientes em Trenton para dar certo. Então, o Wally teve uma ótima ideia... ele contratou uns caras para virem dançar e ficar de chamego uns com os outros para que o lugar parecesse *realmente* gay. O negócio se espalhou e o lugar começou a encher. Você podia vir aqui para ver os homossexuais e ser politicamente correto. – Sally sorriu. – Agora é uma tendência.
– Como você.
– É. Eu sou uma porra de uma tendência.
Sally acenou pra alguém.
– Está vendo aquele cara de camisa vermelha? Ele é o Wally, o dono. É um gênio. A outra coisa que ele faz é dar o primeiro drinque grátis aos viajantes do dia.
– Viajantes do dia?
– Almofadinhas que querem ser gays por um dia. Tipo, faz de conta que você é um cara e acha que seria uma onda se vestir com a roupa da sua esposa e sair para um bar. Esse é o lugar! Você ganha um drinque grátis. Além disso, você ainda segue a tendência, então está tudo certo. Você pode até trazer sua esposa e ela pode experimentar ser um sapatão por um dia.

A mulher em pé ao meu lado estava vestida de calça preta de couro. Tinha um permanente caro com cachos ruivos perfeitos pela cabeça inteira e estava de batom marrom.
– Oi – ela me disse, toda contentinha. – Quer dançar?
– Não, obrigada – eu disse. – Sou apenas uma turista.
– Eu também! – deu ela um gritinho. – Esse lugar não é demais? Estou aqui com meu marido, Gene. Ele quer me ver dançar uma música lenta com uma mulher!
Gene parecia felicíssimo, de calça Dockers de preguinhas e uma camisa com um cavalinho bordado no bolso. Ele estava virando um drinque avidamente.
– Coca com rum – ele me disse, inclinando-se à frente da esposa. – Quer um?
Eu sacudi a cabeça que não.
– Eu tenho uma arma na minha bolsa. Uma arma grande.
Gene e a esposa se afastaram e sumiram na multidão.
Sally tinha a vantagem de seus 2,10m. Ele girava a cabeça, olhando por cima do povaréu.
– Está vendo ele? – perguntei.
– Não.
Eu não gostava de ficar empacada na Liberty Ballroom. Estava cheia demais, escura demais. As pessoas passavam me dando encontrões. Seria fácil para Sugar chegar até mim aqui... como o Jack Ruby, atirando em Lee Oswald. Poderia ser eu. Um tiro nas tripas, e já era eu.
Sally colocou a mão nas minhas costas para me guiar à frente e eu dei um pulo – Ai!
– O quê? O quê? – Sally gritou, olhando em volta, em pânico.
Eu pus a mão no coração.
– Posso estar um pouquinho nervosa.
– Minha barriga está apertada – disse Sally. – Preciso de um drinque.
Pareceu uma boa ideia, então eu segui atrás dele até o bar. Toda vez que ele empurrava pra passar no meio das pessoas, elas

se viravam e diziam: – Ei, é Sally Sweet! Sou seu fã. – E Sally dizia:
– Porra, cara, valeu.
 – O que você quer? – perguntou Sally.
 – Uma garrafa de cerveja. – Imaginei que, se Sugar me atacasse, eu poderia lhe dar uma garrafada na cabeça. – Eu não sabia que você era tão famoso – eu disse a Sally. – Toda essa gente te conhece.
 – É – disse Sally. – Provavelmente metade das pessoas nessa sala já colocou notas de cinco na minha liga. Sou tipo regional.
 – Sugar está aí dentro, em algum lugar – disse o bartender, entregando os drinques a Sally. – Ele pediu pra te entregar esse bilhete.
O bilhete estava num envelopinho caprichado, do tamanho de um convite, igual ao que Sugar tinha dado à vovó. Sally abriu o envelope e leu o cartão.
 – "Traidor."
 – Só isso? – perguntei.
 – Só isso que diz. "Traidor." – Ele sacudiu a cabeça. – Ele pirou, cara. Tá pra lá de pinel. E isso não tem graça.
Engoli um pouco da cerveja e disse a mim mesma para ficar calma. Certo, então Sugar estava meio que passando dos limites. Poderia ser pior. Imagine se fosse o cara decepador de dedos que estivesse atrás de mim, já pensou? Isso seria preocupante. Ele já tinha matado alguém. Nós não sabíamos, com certeza, se Sugar era um assassino. Incendiário não significava, necessariamente, que ele fosse do tipo matador. Quero dizer, incendiário é algo remoto, certo? Então, não faz sentido ficar toda histérica antes da hora.
Ranger apareceu ao meu lado
 – Opa – disse Ranger.
 – Opa você.
 – O homem está aqui?
 – Aparentemente. Ainda não o localizamos.
 – Você está armada?
 – Garrafa de cerveja.
Ele deu um sorriso largo.

– Bom saber que você está com tudo em cima.
– Sempre na atividade – eu disse.
Apresentei Ranger e Sally.
– Cacete – disse Sally, boquiaberto, olhando Ranger. – Puta merda.
– Diga-me o que estamos procurando – disse Ranger.
Nós não sabíamos exatamente.
– Peruca de Marilyn loura, vestido vermelho curto – disse o *bartender*.
Mesma roupa que estava vestindo no palco da boate.
– Certo – disse Ranger. – Nós vamos caminhar pelo salão e procurar esse cara. Finja que não estou aqui.
– Você vai virar vento de novo? – perguntei.
Ranger sorriu.
– Espertinha.
As mulheres derramavam seus drinques e trombavam nas paredes diante do sorriso de Ranger. Que bom que ele não queria virar vento. O vento teria dificuldades com esse grupo.

Cuidadosamente acotovelamos os outros, abrindo caminho ao fundo, onde as pessoas estavam dançando. Mulheres dançavam com mulheres. Homens dançavam com homens. E um homem e uma mulher de uns setenta anos, que deviam ser de outro planeta e acidentalmente aterrissaram na Terra, estavam dançando juntos.

Dois homens pararam Sally para dizer que Sugar estava procurando por ele.

– Valeu – disse Sally, pálido.

Dez minutos depois, tínhamos circulado o salão e nada.

– Preciso de outro drinque – disse Sally. – Preciso de drogas.

A menção de drogas me fez pensar na sra. Nowicki. Ninguém a estava vigiando. Eu só esperava em Deus que ela estivesse dando um tempo para a consulta médica. Prioridades, eu disse a mim mesma. O dinheiro da apreensão não adiantaria muito se eu estivesse morta.

Sally foi até o bar e eu fui até o banheiro feminino. Entrei na porta que dizia Banheiros e caminhei por um pequeno corredor. O banheiro masculino era de um lado. O feminino, do outro. Tinha outra porta no fim do corredor. A porta se fechou atrás de mim, isolando o ruído.

O banheiro feminino era fresco e até mais silencioso. Tive um momento de apreensão, quando vi que estava vazio. Olhei embaixo das portas dos três cubículos. Nada de sapato 40 vermelho. Isso era uma imbecilidade, eu pensei. Sugar não entraria no banheiro das mulheres. Afinal, ele era um homem. Entrei num cubículo e tranquei a porta. Estava ali sentada, desfrutando da solidão, quando a porta de fora se abriu e outra mulher entrou.

Depois de um instante, percebi que não estava ouvindo os barulhos habituais. Nenhum passo parando no meio do banheiro. Nenhuma bolsa aberta. Nada de água da torneira. Ninguém abriu e fechou a porta de outro cubículo. Alguém estava silenciosamente em pé no pequeno banheiro. Ótimo. Flagrada no banheiro de calça arriada. O pior pesadelo de uma mulher.

Provavelmente era minha imaginação reagindo excessivamente. Respirei fundo e tentei estabilizar meu batimento cardíaco, mas as batidas não queriam se estabilizar e meu peito parecia em chamas. Fiz um inventário da minha bolsa e me dei conta de que minha única arma era uma latinha de spray de pimenta.

Houve um barulho de salto alto arrastando no chão e sapatos surgiram à vista. Vermelhos.

Merda! Pus a mão em cima da boca para evitar gemer. Agora eu estava de pé. E vestida. E estava com o estômago enjoado.

– Hora de sair – disse Sugar.

Estiquei a mão para pegar a bolsa que estava pendurada no gancho da porta, mas, antes que eu pudesse pegá-la, a porta foi escancarada, levando a bolsa junto.

– Eu fiz tudo por ele – disse Sugar, com as lágrimas escorrendo pelo rosto. – Mantinha o apartamento limpo e fiz todas as suas comidas prediletas. E estava dando certo, até você aparecer. Ele gostava de mim. Você estragou tudo. Agora ele só pensa nesse negócio de caça de recompensas. Não consigo dormir à noite. Fico o tempo todo preocupado, achando que ele vai se ferir ou ser morto. Ele não tem nada com esse negócio de caça a recompensas.

Ele segurava uma arma numa das mãos e limpava as lágrimas com a outra. As duas mãos estavam tremendo, e ele estava me matando de medo. Eu tinha minhas dúvidas quanto a ele ser um assassino, mas o ferimento de um tiro acidental seria tão mortal quanto um intencional.

– Você está entendendo tudo errado – eu disse. – Sally apenas decodifica as mensagens pra mim. Ele não faz nada perigoso. Além disso, ele realmente gosta de você. Ele te acha excelente. Ele está lá fora. Está procurando você a noite inteira.

– Eu me decidi – disse Sugar. – Assim que vai ser. Eu vou me livrar de você. É a única forma que tenho de proteger Sally. É o único jeito de tê-lo de volta. – Ele gesticulou para a porta com a arma. – Agora precisamos ir lá pra fora.

Isso era bom, eu pensei. Ir lá pra fora era uma sorte. Quando caminhamos pela Ballroom, Ranger o mataria. Eu segui cuidadosamente até a porta e sai no hall, seguindo devagar, sem querer assustar o Sugar.

– Não, não – disse Sugar. – Você está indo na direção errada. – Ele apontou para a porta na outra ponta do corredor. – Por *ali*.

Droga.

– Nem pense em fazer algo tolo, eu te mato – disse ele. – Posso fazer isso mesmo. Posso fazer qualquer coisa por Sally.

– Você já está bem encrencado. Não vai querer aumentar a lista com um assassinato.

– Ah, mas eu vou sim – disse ele. – Já fui longe demais. Todos os policiais em Trenton estão me procurando. E sabe o que vai acontecer comigo quando me trancafiarem? Ninguém será bonzinho. Ficarei melhor na fila da pena de morte. Você ganha seu próprio quarto na fila de morte. Ouvi dizer que até te deixam ter uma televisão.

– Sim, mas eles acabam te matando!
Mais lágrimas escorriam por seu rosto, mas seu delineador não borrava. O homem entendia de maquiagem.
– Chega de papo – disse ele, segurando o revólver. – Lá fora agora. Ou te mato aqui. Eu juro que mato.
Abri a porta e olhei lá fora. Havia um pequeno estacionamento de empregados à direita e duas caçambas de lixo à esquerda. Uma única lâmpada iluminava o local. Depois das lixeiras, havia uma entrada de carro asfaltada. Mais além, um gramado e o prédio dos idosos. Era um lugar muito bom para ele me matar. Era recluso e o ruído não teria eco. E ele tinha várias saídas. Poderia até escolher voltar para dentro do prédio.
Meu coração fazia ca-bum, ca-bum, e minha cabeça parecia de esponja.
– Espere um minuto – eu disse. – Preciso voltar lá dentro. Esqueci minha bolsa.
Ele fechou a porta atrás dele.
– Você não precisa de bolsa aonde vai.
– E onde é?
– Bem, eu não sei exatamente. Aonde você vai quando morre. Entre na caçamba para que eu possa te matar.
– Ficou maluco? Eu não vou entrar na lixeira. Esse troço é nojento.
– Certo, tudo bem, então vou atirar aqui. – Ele puxou o gatilho e fez clic.
Não tinha balas no tambor. Procedimento de segurança padrão.
– Droga – disse ele. – Não consigo fazer nada direito.
– Você já atirou com uma arma?
– Não. Mas não parecia tão complicado. – Ele olhou a arma. – Ah, estou vendo o problema. O cara que me emprestou a arma deixou um buraco de bala vazio.
Ele mirou a arma em mim e, antes que tivesse chance de apertar o gatilho, eu pulei atrás das caçambas. *Pow, zing.* Uma bala

bateu na caçamba. *Pow, zing*. De novo. Nós dois estávamos tão em pânico que agíamos de forma irracional. Eu corria entre as caçambas como um pato de tiro ao alvo e Sugar ficava atirando nas sombras.

Ele disparou cinco balas e surgiu aquele clic de novo. Ele estava sem balas. Espiei do meu esconderijo.

– Merda – disse ele. – Sou tão fracassado que nem consigo atirar em alguém. Droga. – Ele enfiou a mão na bolsa vermelha e arranjou uma faca.

Estava entre mim e a porta dos fundos. Minha única opção real foi correr feito maluca, contornando o prédio, atravessando o gramado, até o edifício dos idosos. Ele parecia mais atlético que eu, mas estava de salto e saia, e eu estava de short e tênis.

– Não vou desistir – disse ele. – Farei com minhas próprias mãos, se precisar. Vou arrancar seu coração!

Não gostei de ouvir aquilo, então disparei pelo gramado com tudo, correndo até o prédio dos velhinhos. Eu já tinha estado naquele prédio. Sempre tinha um guarda na porta àquela hora da noite. A frente do prédio estava bem iluminada. Havia duas portas duplas de vidro e depois, o guarda. Depois do guarda, havia um corredor onde os velhinhos ficavam sentados.

Dava pra ouvir Sugar vindo atrás de mim, respirando ofegante e gritando para que eu parasse para que ele pudesse me matar.

Passei pelas portas que nem uma bala e berrei chamando o guarda, mas nenhum guarda veio correndo. Olhei por cima do ombro e vi a lâmina da faca fazendo um arco, rasgando a manga da minha camisa de jérsei dos Rangers.

Os sofás do lobby estavam repletos de idosos.

– Socorro! – gritei. – Liguem pra polícia! Chamem o guarda!

– Não tem guarda – explicou uma mulher. – Corte de orçamento. – Sugar atacou de novo.

Eu pulei me afastando, agarrei uma bengala de um velhinho e comecei a golpear na direção de Sugar.

Sou uma daquelas pessoas que se imagina agindo heroicamente num desastre. Salvando crianças de um ônibus perigosamente pendurado numa ponte. Aplicando primeiros socorros em acidentes automobilísticos. Resgatando pessoas de prédios em chamas. A verdade é que eu perco totalmente a calma numa emergência e, se as coisas acabam bem, é sem que eu faça qualquer esforço.

Eu estava atacando Sugar cegamente. Meu nariz estava escorrendo e eu fazia sons animais, e, por puro acidente, bati na faca, que foi lançada pelo ar.

– Sua cadela! – Sugar gritou. – Eu te odeio! Eu te odeio! – Ele se lançou contra mim e caiu no chão.

– Na minha época, nunca se viam duas mulheres brigando desse jeito – disse um dos idosos. – É toda essa violência na televisão. Dá nisso.

Eu estava rolando com Sugar e gritando – Chamem a polícia, chamem a polícia. – Sugar me agarrou pelo cabelo e o puxou, e, quando eu tomei o solavanco pra trás, dei-lhe uma joelhada no saco que fez com que ele rolasse em posição fetal e vomitasse.

Eu rolei, ficando de barriga pra cima, olhando Ranger.

Ranger estava sorrindo outra vez.

– Precisa de ajuda?

– Eu molhei as calças?

– Nem sinal.

– Graças a Deus.

Ranger, Sally e eu ficamos na calçada na frente do prédio dos aposentados, olhando a polícia levar Sugar. Eu já tinha parado de tremer, e meus joelhos ralados tinham parado de sangrar.

– Agora, o que eu vou fazer? – disse Sally. – Nunca mais vou conseguir colocar aquele espartilho sozinho. E minha maquiagem?

– Não é fácil ser drag queen – eu disse a Ranger.

Nós caminhamos de volta ao estacionamento da boate e encontramos nossos carros. A noite estava úmida e abafada.

O sistema de ar-condicionado zunia pelo telhado da boate, e a música enlatada e a conversa abafada vazavam pela porta aberta para o estacionamento.

Sally estava inconscientemente sacudindo a cabeça no ritmo da música. Eu o coloquei dentro do Porsche e agradeci a Ranger.

– É sempre um prazer vê-la em ação – disse Ranger.

Saí dirigindo do estacionamento e segui para a Hamilton. Notei os nós dos meus dedos brancos no volante e me esforcei para relaxar.

– Cara, estou realmente atiçado – disse Sally. – Acho que devemos ir a mais boates. Conheço um lugar ótimo em Princeton.

Eu tinha quase acabado de ser morta, esfaqueada e estrangulada. Não estava tão atiçada assim. Eu queria me sentar em algum lugar calmo e não ameaçador e comer os biscoitos da minha mãe.

– Preciso falar com o Morelli – eu disse. – Vou dispensar as boates, mas você pode ir sozinho. Agora não precisa se preocupar com o Sugar.

– Pobrezinho – disse Sally. – Ele realmente não é uma má pessoa.

Imaginei que isso fosse verdade, mas eu estava tendo dificuldade em ter muita compaixão por ele. Ele havia destruído meu carro e meu apartamento e tinha tentado me matar. E, se isso não fosse o bastante, tinha arruinado minha camisa de jérsei do Gretzy, dos Rangers. Talvez amanhã eu me sentisse um pouco mais generosa, quando tivesse recuperado meu bom humor. Nesse momento, eu estava meio ranzinza.

Virei na Chambers e segui até a casa de Morelli. A van não estava mais na rua, e eu não vi a Duc. As luzes estavam acesas na parte de baixo da casa de Morelli. Imaginei que ele tivesse ficado sabendo sobre Sugar e resolvido interromper a vigilância. Peguei meus biscoitos e saí do Porsche.

Sally passou para o banco do motorista.

– Até mais – disse ele, arrancando com o pé no chão.

– Até – eu disse, mas a rua já estava vazia.

Bati na porta de tela.
– Oi! – gritei, mais alto que o som da TV.
Morelli veio andando e abriu a porta pra mim.
– Você estava mesmo rolando pelo chão na casa dos idosos?
– Você ouviu falar?
– Minha mãe ligou. Ela disse que Thelma Klapp ligou pra ela e disse que você tinha acabado de dar uma surra numa mulher loura bonita. Thelma disse que, como você está grávida, ela acha que não deveria ficar rolando por aí daquele jeito.
– A mulher loura bonita não era mulher.
– O que tem no saco? – Morelli quis saber.
Morelli conseguia sentir o cheiro de um biscoito a uma milha de distância. Tirei um e dei o saco pra ele.
– Preciso falar com você.
Morelli se esparramou no sofá.
– Estou ouvindo.
– Sobre Francine Nowicki, mãe de Maxine...
Morelli ficou parado.
– Agora estou realmente ouvindo. O que é que tem a Francine Nowicki?
– Ela passou outra nota falsa de vinte. E meu informante diz que Francine tem um montão delas.
– Por isso, você queria tanto colocá-la sob vigilância. Acha que está envolvida com esse negócio de falsificação e vai se arrancar... junto com Maxine.
– Acho que Maxine talvez já tenha partido.
– Por que você ainda está interessada, se Maxine se foi?
Peguei outro biscoito.
– Não tenho certeza de que ela se foi mesmo. E talvez não esteja tão longe que eu não possa encontrá-la.
– Principalmente se sua mãe ou sua amiga a dedurarem.
Eu assenti.
– Sempre há essa possibilidade. Então, o que me diz? Posso usar sua caminhonete?

— Se ela ainda estiver lá de manhã, eu posiciono uma van.
— A consulta médica é às três.
— Por que resolveu me contar?
Deslizei mais pra baixo no sofá.
— Preciso de ajuda. Não tenho o equipamento certo pra fazer nenhum tipo de vigilância. E estou cansada. Quase não dormi ontem à noite, e meu dia foi um pesadelo. O cara esvaziou o revólver em cima de mim agora à noite, depois saiu correndo atrás de mim com uma faca. Detesto quando as pessoas fazem isso! — Eu estava tentando comer um biscoito, mas minha mão tremia tanto que eu quase não conseguia enfiá-lo na boca. — Olhe pra mim. Estou um caco!
— Excesso de adrenalina — disse Morelli. — Assim que passar, você vai dormir como um defunto.
— Não fala assim!
— Você vai se sentir melhor de manhã.
— Talvez. Nesse momento, estou feliz com qualquer assistência que você possa me dar.
Morelli se levantou e sacudiu os farelos de biscoito.
— Vou pegar um copo de leite. Quer um?
— Claro.
Eu me estiquei no sofá. Ele estava certo sobre a adrenalina. Eu tinha parado de tremer e agora estava exausta.

Tive um momento de desorientação quando abri os olhos. E percebi que tinha adormecido no sofá de Morelli. E agora era de manhã. A luz do sol estava entrando pelas janelas da frente e eu senti o cheiro do café vindo da cozinha. Morelli tinha tirado os meus sapatos e me cobriu com uma mantinha. Olhei rapidamente pra ver se o resto da minha roupa estava intacto, antes que me sentisse grata.

Fui até a cozinha e me servi de um pouco de café.

Morelli estava prendendo a arma no cinto.

– Preciso correr – disse ele. – Ontem à noite, eu liguei pra sua mãe e disse que você estava aqui. Achei que ela ficaria preocupada.
– Valeu. Legal você ter feito isso.
– Sirva-se do que quiser. Se alguma coisa surgir hoje, você pode me bipar.
– Você está vigiando a Nowicki?
Morelli parou.
– Ela partiu. Mandei checar ontem à noite. A casa está vazia.
– Droga!
– Talvez a gente ainda consiga pegá-la. Há um alerta sobre ela. O Tesouro tem recursos.
– O médico...
– Nowicki cancelou sua consulta ontem.
Ele se virou o restante do café, colocou a caneca na pia e saiu. Chegou ao meio da sala de jantar, parou e olhou para o sapato por um minuto. Pensando. Eu o vi dando uma pequena sacudida na cabeça. Ele se virou, voltou à cozinha, me puxou e me beijou. Muita língua. Mãos famintas.
– Jesus – disse ele, recuando. – Estou realmente mal.
E lá foi ele.
Minha mãe olhou, ansiosa, quando entrei na cozinha. E então? Dizia sua expressão. Você dormiu com ele?
Minha avó estava à mesa com uma xícara de chá. Meu pai não estava à vista. E Sally estava à cabeceira da mesa, comendo biscoitos de chocolate, novamente vestido com meu roupão.
– E aí, cara – Sally me disse.
– Sally estava me contando sobre ontem à noite – disse a vovó. – Nossa, eu certamente gostaria de ter estado lá. Sally disse que você arrasou.
– Com tanto lugar – disse minha mãe –, logo na residência dos aposentados. O que você estava pensando? Você sabe que eles falam!

— Já recebemos três telefonemas essa manhã — disse a vovó. — Essa é a primeira chance que estou tendo de me sentar com meu chá. É como se fossemos estrelas de cinema!

— Então, o que há de novo? — perguntei a Sally. — Você tem planos pra hoje?

— Vou me mudar. Arranjei um lugar pra morar. Encontrei uns amigos ontem à noite, e eles estão procurando alguém para morar com eles. Eles têm uma casa em Yardley.

— Pô! — disse a vovó. — Vou sentir falta de vê-lo sentado aí com seu robe rosa.

Fiquei ciscando até que Sally saísse. Depois fui tomar um banho e arrumar meu quarto. Eu não gostava do fato de ter perdido a sra. Nowicki. Tudo porque contei a história toda a Morelli cedo demais.

— *Droga!* — gritei. Agora só me faltava a Joyce Barnhardt entregar a Maxine. — *Merda!*

Minha mãe bateu na porta do quarto.

— Você está bem aí dentro?

Eu abri a porta.

— Não, não estou bem. Estou ferrada! Eu ferrei esse caso e agora tenho que me preocupar sobre Joyce Barnhardt fazer a apreensão.

Minha mãe inalou o ar com força.

— Joyce Barnhardt! Joyce Barnhardt não poderia carregar nem o seu pinico!

— Você acha?

— Apenas vá consertar o que você estragou. Tenho certeza de que não é tão ruim. Essa mulher que você está procurando tem que estar por aí em algum lugar. As pessoas não somem simplesmente.

— Não é tão fácil. Perdi todas as minhas pistas. — Com exceção do Bernie, traficante de drogas, que eu não estava morrendo de vontade de voltar a ver.

— Você sabe disso com certeza?

– Na verdade, não.
– Você está certa – eu disse. – Não custa nada dar uma checada nas coisas. – Peguei minha bolsa e segui para a escada.
– Você vai jantar? – perguntou minha mãe. – Vai ter frango frito, pãezinhos e torta de morango.
– Estarei em casa.
Meu entusiasmo teve outra queda quando vi o Buick esperando por mim. Seria muito mais fácil ser a Mulher Maravilha numa Duc, por exemplo.
Eu me sentei no banco enorme e olhei por cima do volante para o capô azul claro que se estendia infinitamente à minha frente. Virei a chave e acelerei. *Bzzzz*, o carro sugou gasolina e desceu a rua.
Morelli tinha feito a cobertura da casa da sra. Nowicki, mas ele não tinha ido ver Margie. Havia uma chance remota de que a sra. Nowicki pudesse estar com Margie.
Não me senti animada, quando encostei diante da casa de Margie. Seu carro não estava ali, nem o da sra. Nowicki. Fui até a porta e encontrei-a trancada. Ninguém atendeu minha batida. Contornei sorrateiramente e olhei as janelas dos fundos, mas não havia qualquer sinal de vida. Nada de louça do café sobre a pia da cozinha. Nenhuma meia no chão. Nenhum gato encolhido na poltrona. A vizinha não apareceu. Talvez ela já estivesse acostumada a me ver xeretando.
Atravessei o gramado e bati na porta da vizinha.
A princípio, ela pareceu intrigada, depois me reconheceu.
– Você é a amiga de Margie! – disse ela.
– Sim, e ainda estou procurando por ela.
– Você acaba de perdê-la. Ela ficou em casa um dia e agora foi embora outra vez.
– Sabe pra onde ela foi?
– Não perguntei. Só imaginei que tivesse voltado para a praia.
– Bem, obrigada – eu disse. – Uma hora dessas, eu a encontro.
Voltei ao carro e fiquei ali, me repreendendo por alguns minutos.

– Imbecil, imbecil, *imbecil!* – eu disse.
Eu estava na rua, então pensei, ah, só de onda, vou dar uma última checada na casa da mãe de Maxine. Não vou deixar de checar tudo.
Também não vi o carro na frente da casa dela, mas estacionei e fui até a porta. Bati e a porta se abriu.
– Olá! – Eu gritei. Ninguém respondeu. Fui de quarto em quarto e fiquei aliviada por não encontrar ninguém morto, escalpelado, nem picado em pedacinhos.
A mãe de Maxine não vivia bem. A cama de casal tinha um colchão com um sulco no meio. Os lençóis estavam uns trapos. Uma colcha de chenile servia de cobertor e colcha. Ambos estavam queimados de cigarro. Os móveis eram velhos e gastos. Os tapetes estavam manchados e furados. A lata de lixo da cozinha estava cheia de garrafas de birita. E a casa fedia a fumaça velha e mofo.
Não havia bilhetes rabiscados indicando planos de viagem. Nenhuma página de revista marcada com propagandas de cruzeiros. Não tinha notas falsas de vinte jogadas. A sra. Nowicki tinha partido e não pretendia voltar. Achei que a porta aberta fosse uma mensagem ruidosa. Deixe que os abutres venham remexer nessa merda, dizia a porta. Eu estou seguindo adiante.
Voltei ao Buick e tentei ligar as coisas, mas não tinha informação suficiente. O que eu sabia era que Margie, a mãe de Maxine e Maxine estavam juntas. Sabia que Francine tinha um monte de notas de vinte. Eu desconfiava de que Eddie Kuntz quisesse Maxine por algo mais que cartas de amor. E eu sabia que tinha gente que queria informações sobre Maxine com avidez suficiente a ponto de matar.
Eu achava que, o elemento mais confuso de tudo isso era o desaparecimento de Eddie Kuntz. Ele estava sumido havia quatro dias. Achei que, a essa altura, já tivesse sido trazido pela maré.
Eu já chequei Margie e Maxine, pensei. Deveria checar Eddie Kuntz também. O problema é que eu detestaria ter que me envol-

ver novamente com Betty e Leo. Isso estava ficando desagradável. É claro que eu poderia só passar de carro. Parar seria opcional. Engrenei a marcha do Buick e fui até a rua Muffet, parando diante da casa dos Glick. Parecia que ninguém estava em casa, em nenhum dos lados. Nada de Licoln sedan estacionado junto ao meio-fio. Eu sentia meus dedos começando a formigar, querendo ver se a porta da frente de Eddie abriria, como a de Francine. Como não tinha ninguém por perto, talvez eu até pudesse *ajudar* para que ela abrisse.

Meu coração parecia sapatear. Stephanie, Stephanie, Stephanie, nem pense no que você está pensando! E se você for flagrada lá dentro? Certo, eu tenho que admitir, ser flagrada é uma droga. Eu precisava de alguém para vigiar. Precisava de Lula. O escritório ficava a uns dez minutos de distância.

Peguei o celular e liguei para o escritório.

– Tá, claro – disse Lula. – Sou boa nessa merda de vigiar. Já chego aí.

– Vou tentar entrar – eu disse a ela. – Vou levar meu celular comigo. Você fica do outro lado da rua e fica fria, só me liga se a Betty ou o Leo vierem pra casa. Aí, eu saio pela porta dos fundos.

– Pode contar comigo – disse Lula.

Dirigi até o fim da quadra, virei a esquina e estacionei. Depois, caminhei de volta até a casa dos Glick e subi marchando os degraus da varanda. Só pra ter certeza, bati na porta dos Glick. Ninguém atendeu. Olhei pela janela. Ninguém na área. Fiz a mesma coisa do lado de Kuntz. Tentei a porta. Trancada. Corri até os fundos. Sem sorte lá também. Eu deveria ter ligado para o Ranger, em vez de Lula. Ranger tinha jeito com fechaduras. Eu costumava carregar um jogo de palitos para abrir fechaduras, mas nunca consegui fazê-los funcionar, então joguei tudo fora.

Dei uma olhada pela janela dos fundos de Eddie, ao lado da porta. Ela estava com uma fresta aberta! Não tinha ar-condicionado do lado de Kuntz. Provavelmente seria possível assar pão no chão da cozinha. Saí sorrateiramente da varanda e dei uma cotovelada na janela. Emperrada. Olhei em volta. Nenhum movimento nos arredores. Nenhum cachorro latindo. Nenhum vizinho molhando a grama. Nenhuma criança brincando. Quente demais. Todos estavam do lado de dentro, com o ar-condicionado ligado, assistindo à televisão. Bom pra mim.

Discretamente arrastei uma lata de lixo até a janela e subi em cima. Dei um bom safanão na janela e *zzzing*! A janela abriu. Não ouvi ninguém gritando "Ei, você! O que está fazendo?". Imaginei que estivesse tudo tranquilo. Quero dizer, não foi como arrombar e entrar, porque eu realmente não arrombei nada.

Fechei novamente a janela e saí correndo até a frente da casa, para ter certeza de que os Glick não tinham chegado. Como não vi o Lincoln, me senti um pouquinho mais à vontade, e meu coração quase voltou ao normal. Primeiro, olhei lá em cima, metodicamente passando de um cômodo ao outro. Quando cheguei lá embaixo, olhei pela janela e vi o Firebird vermelho estacionado duas casas abaixo. Olhei a cozinha por último. Leite na geladeira. Lá em cima, no quarto dele, tinha roupa suja no chão. Isso me levava a crer que ele não tivera a intenção de viajar.

Encontrei duas argolas com chaves na gaveta de bugigangas ao lado da pia. Uma argola tinha várias chaves. Chave do carro, chave da casa, uma chave de armário de vestiário. A outra argola só tinha uma chave. Minha mãe morava num sobrado como esse, e sua gaveta de bugigangas também tinha duas argolas. Uma era um jogo extra de chaves. A outra chave era do sobrado ao lado.

Capítulo 16

Olhei meu relógio. Já estava na casa havia meia hora. Provavelmente não deveria abusar da sorte, mas eu realmente queria dar uma olhada na metade dos Glick. Ajudaria muito se eu encontrasse um bilhete de pedido de resgate na pia da cozinha. A chave estava na gaveta me chamando. *Use-me. Use-me.* Certo, o que poderia acontecer de pior? Os Glick me pegariam, e eu ficaria constrangida. Mas isso não aconteceria porque Lula estava olhando.

Enfiei a chave no bolso, fechei a janela com a abertura de dois centímetros do parapeito, saí pela porta e enfiei a chave na fechadura dos Glick. Bingo. A porta se abriu.

A primeira coisa que eu notei foi a onda de ar fresco. Devia estar uns 5°C na cozinha de Betty. Foi como entrar numa geladeira. O piso de linóleo sem cera estava imaculado. Os eletrodomésticos eram novos. As bancadas eram de fórmica. O tema era cozinha country. Corações de madeira pintados de vermelho e azul Newport, com mensagens escritas, pendurados na parede. Uma mesinha de pinho tinha sido colocada embaixo da janela dos fundos. A torradeira tinha um forro artesanal. Os pegadores de panelas e panos de prato tinham desenhos de galos e uma bela vasilha pintada à mão tinha essência de potpourri de laranja.

O único problema era que o sachê não fazia nada para disfarçar o fato de que a cozinha de Betty Glick cheirava mal. Betty precisava de bicarbonato de sódio no ralo de sua pia. Ou talvez precisasse esvaziar o lixo. Dei uma olhada rápida nos armários e gavetas. Nada incomum por ali. Nada de ratos mortos, nem carcaças de galinha apodrecendo. A lixeira estava limpa e com um saco plástico. Então, o que era aquele cheiro? Havia um telefone na cozinha, mas não tinha secretária eletrônica para xeretar. O bloquinho ao lado do telefone estava em branco, esperando por um recado importante. Olhei na geladeira e no armário de vassouras, que tinha sido convertido numa pequena despensa.

O cheiro estava mais forte no lado onde estava o armário de vassouras, e subitamente eu soube o que era aquele cheiro. Iiiih, eu pensei. Pés, tirem-me daqui! Mas meus pés não estavam ouvindo. Meus pés estavam se aproximando da fonte do cheiro. Meus pés estavam indo para a porta do porão, ao lado do armário de vassouras.

Meu celular estava na bolsa pendurada em meu ombro. Olhei dentro da bolsa para me assegurar de que o LED estava aceso. Ãrrã. O telefone estava funcionando.

Abri a porta do porão e acendi a luz.

– Alôôô – chamei. Se respondessem, eu teria desmaiado.

Desci metade da escada e vi o corpo. Eu esperava que fosse Eddie ou Maxine. Esse corpo, no entanto, não era de nenhum dos dois. Era um homem de terno. Cinquenta e tantos anos, talvez sessenta e poucos. Bem morto. Ele tinha sido posto numa lona. Não tinha sangue em lugar nenhum. Eu não era perita policial, porém, pelo jeito com que os olhos desse cara estavam esbugalhados e a língua pendia pra fora, eu diria que não tinha morrido de causas naturais.

Então, que diabos isso significava? Por que Betty teria um cadáver no porão? Eu sei que parece loucura, mas aquilo me pareceu especialmente estranho, já que Betty era uma dona de casa tão meticulosa. O porão tinha acabamento em ladrilhos e teto acústico. A área de lavanderia ficava de um lado. A de armazenagem, do outro, incluindo alguns equipamentos volumosos embaixo de outra lona. Um porão comum... exceto pelo cara morto.

Subi a escada cambaleando e entrei na cozinha, na hora em que Betty e Leo entraram pela porta da frente.

– Que diabo? – disse Leo. – Que diabo é isso?

Eu não sabia o que estava acontecendo, mas não parecia muito saudável ficar na cozinha de Betty. Então, parti para a porta dos fundos.

POW! Uma bala voou pela minha orelha e cravou no portal.

– Pare! – gritou Leo. – Pare onde está.

Ele soltou a caixa que estava carregando e mirou a semiautomática para mim. E ele parecia bem mais profissional com a arma na mão do que Sugar parecera.

– Se tocar essa porta dos fundos, eu atiro em você – disse Leo.

– E, antes disso, vou decepar seus dedos.

Eu o encarava de olhos arregalados e boca aberta.

Betty revirou os olhos.

– Você e esses dedos – ela disse a Leo.

– Ei, essa é minha marca registrada, está bem?

– Acho que isso é uma tolice. Além disso, fizeram isso naquele filme com aquele baixinho. Todos te acharão um imitador.

– Bem, eles estão errados. Eu fiz isso primeiro. Estava decepando dedos anos atrás em Detroit.

Betty pegou a caixa que Leo tinha soltado, levou pra cozinha e colocou em cima da pia. Eu li o que estava impresso na lateral. Era uma serra elétrica. Black and Decker, 2, portátil.

Cruzes.

– Vocês não vão acreditar nisso, mas tem um cara morto no seu porão. Vocês provavelmente deveriam ligar para a polícia.

– Sabe, quando o negócio começa a dar errado, acaba dando merda – disse Leo. – Já notou isso?

– Quem é ele? – perguntei. – O cara que está lá embaixo?

– Nathan Russo. Não que isso te interesse. Ele era meu sócio e ficou nervoso. Eu tive que acalmar seus nervos.

Meu telefone tocou dentro da bolsa.

– Cristo – disse Leo –, o que é isso? Um daqueles telefones celulares?

– É. Eu provavelmente devo atender. Talvez seja minha mãe.

– Ponha sua bolsa no balcão.

Eu obedeci. Leo remexeu com a mão livre, encontrou o telefone e desligou.
— Agora isso virou um verdadeiro pé no saco — disse Leo. — Já estava ruim de precisar me livrar de *um* corpo. Agora preciso me livrar de *dois*.
— Eu lhe disse para não fazer isso no porão — disse Betty. — Eu lhe *disse*.
— Eu estava ocupado — disse Leo. — Não tinha muito tempo. Não notei você ajudando a juntar o dinheiro. Acha que é fácil pegar todo aquele dinheiro?
— Eu sei que essa é uma pergunta meio tola — eu disse. — Mas o que aconteceu com Eddie?
— Eddie! — Leo jogou as mãos para o alto. — Nada disso teria acontecido se não fosse por aquele vagabundo!
— Ele é apenas jovem — disse Betty. — Não é uma pessoa ruim.
— Jovem? Ele me arruinou! O trabalho da minha vida... puf! Se estivesse aqui, eu o mataria também.
— Não quero ouvir esse tipo de conversa — disse Betty. — Ele é do sangue.
— Rá. Espere até você estar no meio da rua, porque seu sobrinho que não presta detonou sua pensão. Espere até precisar ir para uma clínica de repouso. Acha que vão te deixar entrar só pelos seus belos olhos? Não senhora.

Betty colocou sua sacola de compras na mesa da cozinha e começou a desempacotar. Suco de laranja, pão, cereal, uma caixa de sacos de lixo gigantes.
— Nós deveríamos ter comprado duas caixas desses sacos — disse ela.

Isso me fez engolir com força. Eu tinha uma ideia razoável quanto ao que eles fariam com os sacos de lixo e a serra elétrica.
— Então, volte ao mercado — disse Leo. — Eu vou começar lá embaixo e você pode ir comprar mais sacos. De qualquer jeito, esquecemos de trazer molho para o bife. Eu ia grelhar bifes esta noite.

— Meu Deus — eu disse. — Como podem pensar em grelhar bifes com um homem morto no porão?
— A gente tem que comer — disse Leo.
Betty e Leo estavam de costas para a janela lateral. Olhei por cima do ombro de Leo e vi Lula aparecer e olhar pra gente, pela janela, com os cabelos balançando.
— Você está ouvindo um som engraçado, tilintado? — Leo perguntou a Betty.
— Não.
Os dois ficaram escutando.
Lula apareceu uma segunda vez.
— Olha aí, de novo!
Leo se virou, mas Lula já tinha sumido da janela.
— Você está ouvindo coisas — disse Betty. — É todo esse estresse. Nós devíamos tirar umas férias. Devíamos ir a algum lugar divertido, como à Disney World.
— Eu sei o que ouvi — disse Leo. — E eu ouvi algo.
— Bem, eu gostaria que você se apressasse para matá-la — disse Betty. — Não gosto de ficar aqui assim. E se um dos vizinhos vier aqui? O que vai parecer?
— Lá pra baixo — Leo me disse.
— E não faça sujeira — disse Betty. — Eu acabei de limpar lá embaixo. Estrangule-a, como fez com Nathan. Isso funcionou bem.

Era a segunda vez, em vinte e quatro horas, que alguém apontava uma arma pra mim, e eu estava muito assustada. Oscilava entre fria, aterrorizada e verdadeiramente injuriada. Meu estômago estava oco de medo, e o resto do meu corpo tinha espasmos pela necessidade de atracar Leo pela camisa e bater com sua cabeça na parede, até as obturações caírem dos dentes.

Imaginei que Lula devia estar arranjando ajuda, ligando para a polícia. E eu sabia que só precisava ganhar tempo, mas era difícil pensar com coerência. Eu estava suando na cozinha de 4°C de Betty. Era o suor frio de alguém encarando a morte de forma ruim. Eu não estava pronta para ir.

— Não estou enten-tendendo — eu disse a Leo. — Por que toda essa matança?
— Eu só mato quando preciso — disse Leo. — Não é indiscriminado. Eu não teria matado aquela balconista, mas ela arrancou a máscara de esqui de Betty.
— E ela parecia uma boa moça — disse Betty. — Mas o que podíamos fazer?
— Eu sou uma b-boa moça — eu disse.
— Nem conseguimos nenhuma informação dela — disse Leo.
— Cortei o dedo dela para mostrar que eu estava falando sério, e mesmo assim ela não falou. Que tipo de pessoa é essa? Tudo que ela disse era que Maxine estava em Point Pleasant. Grande coisa. Point Pleasant. Maxine e vinte mil outras pessoas.
— Talvez isso fosse tudo que ela sabia.
Leo sacudiu os ombros.
Eu busquei outra pergunta, em pânico.
— Sabe o que mais eu não entendo? Não entendo por que você escalpelou a sra. Nowicki. Todos os outros tiveram o dedo decepado.
— Esqueci meu tosquiador — disse Leo. — E tudo que ela tinha em casa era uma faca fajuta. Não dá pra fazer um trabalho bom com uma faca daquelas. A não ser que esteja super afiada.
— Estou sempre dizendo, você devia tomar ginkgo — disse Betty. — Você não se lembra de mais nada.
— Não vou tomar nada dessa porcaria de ginkgo. Nem sei o que é esse troço.
— É uma erva — disse Betty. — Todo mundo toma.
Leo revirou os olhos.
— Todo mundo. Tá.
Lula apareceu na janela novamente. Dessa vez, estava com a arma na mão. Ela estreitou os olhos, mirou e POU! A janela estilhaçou e um pegador de panela de galo, pendurado no gancho do outro lado, pulou no lugar.

– Meu Jesus Cristo – disse Leo, desviando para o lado, girando para ficar de frente para a janela.
– Solte a arma, seu velho tolo – Lula gritou.
– Se não soltar a arma, eu vou te dar um teco na bunda!
Leo atirou na janela. Lula revidou o tiro, acertando o micro-ondas. E Betty e eu mergulhamos embaixo da mesa.
Sirenes ecoavam a distância.
Leo correu até a porta da frente, onde houve mais tiros e muito palavrão, tanto de Leo quanto de Lula.
As luzes da polícia piscavam através das janelas da frente e houve mais gritaria.
– Detesto essa parte – disse Betty.
– Você já fez isso antes?
– Bem, não exatamente assim. Foi bem mais organizado da última vez.
Betty e eu ainda estávamos embaixo da mesa, quando Morelli entrou.
– Com licença – Morelli disse a Betty. – Eu gostaria de falar com a srta. Plum em particular.
Betty engatinhou pra fora e parecia não saber pra onde ir.
Eu também engatinhei pra fora.
– Talvez você queira detê-la – eu disse a Morelli.
Morelli entregou-a para um policial uniformizado e me olhou, fulminando.
– Que diabos está acontecendo aqui? Eu atendi meu bipe e era Lula, berrando que alguém estava atirando em você.
– Bem, ele não chegou a atirar em mim.
Morelli fungou.
– Que cheiro é esse?
– Um cara morto no porão. Sócio de Leo.
Morelli deu a volta e desceu. Um minuto depois, ele voltou, sorrindo.
– Aquele é Nathan Russo.
– E?

— É nosso distribuidor de dinheiro falso. Era ele que estávamos vigiando.

— Mundo pequeno.

— Lá embaixo também tem uma máquina de impressão. Embaixo da lona.

Senti meu rosto se enrugar e meus olhos se encherem de lágrimas.

— Ele queria me matar.

— Eu conheço essa sensação — disse Morelli. Ele colocou um braço ao meu redor e beijou o alto da minha cabeça.

— Detesto chorar — eu disse. — Fico toda vermelha e faz meu nariz escorrer.

— Bem, agora você não está vermelha — disse Morelli. — Agora você está branca. O cara lá embaixo está mais corado que você.

— Ele me conduziu pela casa até a varanda, onde Lula andava de um lado para o outro, parecendo que ia começar a ter urticária a qualquer momento. Morelli me sentou num degrau e me disse para colocar a cabeça entre as pernas.

Depois de um minuto, o zunido parou e eu não estava mais com vontade de vomitar.

— Estou bem — eu disse. — Estou melhor.

Lula se sentou ao meu lado.

— Primeira vez que vejo uma pessoa branca ficar branca mesmo.

— Não vão a lugar algum — disse Morelli. — Preciso falar com vocês duas.

— Sim senhor, chefe — disse Lula.

Morelli agachou ao meu lado e baixou a voz.

— Você não estava dentro dessa casa ilegalmente, estava?

— Não. — Eu sacudi a cabeça para dar ênfase. — A porta estava aberta. Fui convidada a entrar. O vento soprou a porta...

Morelli estreitou os olhos.

— Quer escolher uma?

— Qual você gosta?

– Cristo – disse Morelli.

Ele voltou para dentro da casa, agora cheia de policiais. Um caminhão da emergência tinha chegado. Não precisava. Ninguém tinha se ferido, e o corpo no porão iria embora no carro do IML. Os vizinhos tinham se aglomerado na calçada, perto do caminhão. Outros estavam nas varandas do outro lado da rua. Betty e Leo estavam sentados em carros separados. Eles seriam mantidos separados de agora em diante, para ser interrogados separadamente.

– Obrigada por vir me salvar – eu disse a Lula. – Cara, você realmente acertou aquele pegador de panela.

– É, só que eu estava mirando o Leo. Desculpe não ter te ligado a tempo. Havia uma interferência. Sorte ter conseguido falar com Morelli imediatamente.

No fim da quadra, um jipe preto cantou pneu ao frear e um homem nu pulou pra fora.

– Cacete! – disse Lula. – Eu conheço aquele pelado filho da puta.

Eu estava em pé, correndo. O pelado filho da puta era Eddie Kuntz! Eddie viu a aglomeração na frente de sua casa e imediatamente se escondeu nos arbustos. Eu derrapei ao frear diretamente em frente à moita e fiquei olhando. Kuntz estava tatuado da cabeça aos pés com mensagens coloridas tipo "pinto de lápis" e "bato em mulher" e "gosto de tomar na bunda".

– Aimeudeus – eu disse, me esforçando para não ficar óbvio que eu estava comparando as mensagens com o equipamento exposto.

Kuntz estava furioso.

– Elas me fizeram de refém. E tatuaram meu corpo inteiro!

Lula estava ao meu lado.

– Acho que foram generosas com o pinto de lápis – disse ela. – Você está mais para borrachinha do lápis.

– Eu vou matá-la – disse Kuntz. – Eu vou achá-la e vou matá-la.

– Maxine?
– E também não pense que você vai receber seus mil dólares.
– E quanto ao carro do qual você acabou de descer...
– Era a outra caçadora de recompensas. A dos peitões. Ela disse que captou uma ligação policial em seu rádio e estava vindo pra cá. Ela me pegou na Olden. Foi lá que Maxine me soltou. Olden! Na frente do 7-Eleven!
– Você sabe para onde Maxine estava indo?
– Para o aeroporto. Todas três. Estão num Honda Civic azul. E eu retiro o que disse sobre os mil dólares. Se você me trouxer aquela piranha, eu vou te deixar rica.

Eu dei a volta e corri para o Firebird. Lula estava correndo pelo asfalto atrás de mim.
– Tudo em cima – ela dizia. – Tudo em cima!

Nós duas pulamos para dentro do carro e Lula voou antes mesmo que eu tivesse fechado a porta.
– Elas vão pegar a Rota Um – disse ela. – Por isso que o deixaram em Olden. Estou seguindo pela Um. – Ela fez a curva da Olden com duas rodas no asfalto, pegou o retorno e entrou na Rota Um, ao norte.

Eu estava tão empolgada, que tinha me esquecido de perguntar qual era o aeroporto. Como Lula, eu imaginava que fosse o de Newark. Olhei o velocímetro e vi que estava passando de 140km/h. Lula pisou com tudo e eu me segurei e virei o rosto.

– Elas pegaram mesmo o bestinha – disse Lula. – Eu quase detesto ter que pegar a Maxine. Você tem que admirar o estilo dela.
– Criativa – eu disse.
– Maldita fujona.

Na verdade, eu achei que as tatuagens talvez tivessem sido meio excessivas. Eu não gostava de Eddie Kuntz, mas me contraí quando pensei em Maxine cravando-lhe uma agulha, da cabeça aos pés.

Eu estava à procura do Honda Azul e também procurava Joyce. Agora veja, a Joyce trombando com Eddie Kuntz. Se hou-

vesse um homem nu em qualquer lugar perto de Joyce, ela o encontraria.
— Lá estão elas! — eu gritei. — Na lateral da estrada.
— Estou vendo — disse Lula. — Parece que Maxine foi parada pela polícia.
Polícia, não. Elas foram paradas por Joyce Barndhardt, que colocou uma luz portátil vermelha no teto do jipe. Encostamos atrás de Joyce e saímos correndo pra ver o que estava acontecendo.

Joyce estava no acostamento da estrada, apontando uma arma para Maxine, a sra. Nowicki e Margie. As três estavam no chão, com as mãos algemadas para trás.

Joyce sorriu quando me viu.

— Você está um pouquinho atrasada, benzinho. Eu já fiz a apreensão. Que pena que você é tão fracassada.

— Rá — disse Lula, estreitando os olhos.

— Você está com três pessoas algemadas, Joyce, e só uma delas é delituosa. Você não tem direito de deter as outras duas.

— Posso prender quem eu quiser — disse Joyce. — Você só está zangadinha porque peguei sua criminosa.

— Estou zangadinha porque você está sendo antiprofissional babaca.

— Cuidado com o que me diz — disse Joyce. — Se me irritar, você e sua amiga bunda de banha podem se ver no chão, junto com essas três. Eu ainda tenho algumas algemas sobrando.

— Desculpe — disse Lula. — Bunda de banha?

Joyce mirou a arma para mim e para Lula.

— Vocês têm trinta segundos para tirar suas bundas gordas daqui. E ambas deviam procurar novos empregos, porque agora está claro quem é a caçadora de recompensas de primeira.

— É — disse Lula. — Não merecemos ter um emprego legal como caçadoras de recompensas. Estive pensando em talvez arrumar um emprego naquele novo lugar que acabou de abrir, Frango Lambido. Disseram que se você trabalha lá, pode comer tudo que quiser. Você ganha até aqueles pãezinhos, quando saem fresquinhos do forno. Aqui, deixe-me ajudá-la a pôr essas mulheres no seu carro.

Lula ergueu Maxine, colocando-a de pé, e, quando ela a entregou a Joyce, esta fez um som abafado e caiu no chão.

– Epa – disse Lula. – Outra onda de tontura daquelas.

Com a ajuda de alguns volts da arma imobilizadora de Lula. Havia uma mochila no banco traseiro do carro de Joyce. Eu revistei a mochila e encontrei as chaves das algemas. Destranquei as algemas da sra. Nowicki e as de Margie. E me afastei.

– Agora é com vocês – eu disse a elas. – Não estou autorizada a prendê-las, mas o Tesouro está atrás de vocês e seria inteligente se se entregassem.

– É claro – disse a sra. Nowicki. – Farei isso.

Lula ergueu Maxine e espanou a poeira dela, enquanto a sra. Nowicki e Margie se movimentavam, desconfortáveis, na lateral da estrada.

– E quanto a Maxie? – perguntou Margie. – Não pode soltar a Maxie também?

– Desculpe. Maxine tem que se apresentar ao tribunal.

– Não se preocupem com isso – Maxine disse à sua mãe e à Margie. – Vai ficar tudo bem.

– Não parece certo deixá-la assim – disse a sra. Nowicki.

– Não tem nada de mais – disse Maxine. – Vou encontrá-las depois que tudo isso estiver esclarecido.

A sra. Nowicki e Margie entraram no Honda azul e foram embora.

Joyce ainda estava deitada no chão, mas tinha começado a ter pequenos espasmos e um de seus olhos estava aberto. Eu não queria que Joyce fosse abordada enquanto estivesse voltando a si, então Lula e eu pegamos Joyce e a enfiamos no jipe. Depois pegamos as chaves do jipe e trancamos Joyce lá dentro, bem aconchegada e segura. A pequena luz vermelha ainda estava piscando no teto de seu carro, então havia uma boa possibilidade de um bom policial parar para investigar. Como a luz vermelha era ilegal, era possível que Joyce fosse presa. Mas também, talvez não. Joyce era boa em convencer os policiais a não a punir.

Maxine não estava muito a fim de papo no caminho da delegacia, e eu desconfiava de que estivesse compondo a sua história. Ela parecia mais jovem do que na foto. Menos vulgar. Talvez seja isso que aconteça quando você bota a raiva pra fora tatuando alguém. Como devolver a respiração e a vida a uma vítima de afogamento. O ar bom entra e o ar ruim sai. Ou talvez fossem o corte e a coloração de cabelo de cem dólares e a camiseta da DKNY de setenta e cinco. Maxine não parecia estar precisando de dinheiro.

A Delegacia de Polícia de Trenton fica no norte de Clinton. O prédio é de tijolinhos. O estacionamento é do estilo sul do Brooklyn... um acre inteiro de asfalto de segunda, cercado por uma cerca de ferro de três metros de altura. A esperança é que a cerca evite o roubo dos carros de polícia, mas não há garantia.

Nós entramos no estacionamento da polícia e vimos que havia dois carros de patrulha encostados para deixar gente atrás do prédio. Leo Glick foi ajudado a sair de um dos carros. Ele olhou em nossa direção. Seu olhar era perfurante e furioso.

– Não faz sentido fazer uma cena – eu disse a Lula. – Vamos levar Maxine pela frente, para que ela não tenha que aturar o Leo.

Às vezes, se o tribunal estivesse em expediente, eu poderia levar a apreensão diretamente ao juiz, mas estava suspenso pelo dia, então, acompanhei Maxine até o oficial de justiça. Entreguei a papelada e Maxine.

– Tenho um recado para você – disse ele. – Morelli ligou há cinco minutos e deixou esse número. Quer que você ligue pra ele de volta. Pode usar o telefone na sala dos policiais.

Fiz a ligação e esperei que Morelli viesse até a linha.

– Já que você está na estação, imagino que tenha apresentado Maxine – disse Morelli.

– Sempre pego meu homem.
– Essa é uma ideia assustadora.
– Eu estava falando profissionalmente.
– Preciso de uma explicação do que aconteceu aqui na casa.

Pulei a parte sobre usar a chave de Kuntz para entrar na casa e contei o resto.

– Como chegou a mim tão rápido? – eu quis saber.
– Eu estava de volta, na vigilância do 7-Eleven. – Houve um momento de silêncio entre nós, quando ouvi as pessoas falando ao fundo. – Kuntz está colaborando – disse Morelli. – Ele está tão injuriado, que está disposto a nos contar tudo que queremos saber. Ele disse que Maxine estava a caminho do aeroporto.
– É, eu a peguei na Rota Um.
– Sozinha?
– Não.
– Estou esperando – disse Morelli.
– Margie e a sra. Nowicki estavam com ela.
– E?
– E eu as deixei ir. Eu não estava autorizada a prendê-las. – E não queria vê-las presas especificamente. Eu tinha dificuldades em acreditar que estivessem envolvidas na falsificação. Por esse motivo, eu não queria entregar Maxine. Eu suspeitava de que elas houvessem extorquido dinheiro de Leo e estivessem a caminho da boa vida. Isso era realmente terrível, mas algo dentro de mim queria que elas se dessem bem.
– Você deveria ter me falado imediatamente. Você sabia que eu queria falar com a mãe de Maxine.

Morelli estava zangado. Ele estava falando com sua voz de policial.
– Mais alguma coisa? – perguntei.
– Por enquanto é só.

Mostrei a língua para o fone e desliguei. Eu estava me sentindo muito madura.

Meu pai estava esparramado em sua poltrona, assistindo ao beisebol na televisão. Minha avó dormia sentada, com a cabeça recostada no sofá, e minha mãe, ao lado dela, fazia crochê. Esse era um padrão noturno habitual e havia um conforto nesse ritual. Até a própria casa parecia entrar num torpor satisfeito quando a louça estava lavada e o único som vinha do barulho do jogo.

Eu estava do lado de fora, nos degraus da entrada da casa dos meus pais, sem fazer nada. Poderia estar fazendo algo profundo, como pensar em minha vida, ou na vida de Madre Teresa, ou na vida em geral, mas não conseguia me animar com isso. O que me animava, nesse momento, era a luxúria de não fazer nada.

Depois que entreguei Maxine, fui ver meu apartamento e fiquei surpresa ao encontrar a reforma já em andamento. Visitei a sra. Karwatt e a sra. Delgado, depois voltei à casa de Morelli e arrumei meus poucos pertences. A ameaça de perigo havia passado, e ficar com Morelli agora teria gosto de relacionamento. O errado era que não havia relacionamento. Havia um sexo ótimo e uma afeição verdadeira, mas o futuro estava muito distante para dar uma sensação confortável. Além disso, Morelli me deixava maluca. Morelli me provocava em todos os sentidos, sem sequer tentar. Sem contar com a vovó Bella. Nem contar com todos aqueles espermas de Morelli, nadando contra a maré, tentando sair pela ponta da camisinha. Meu olho começou a tremer e eu coloquei meu dedo em cima. Está vendo? É isso que Morelli faz comigo... faz meu olho tremer.

É melhor morar com meus pais do que com Morelli. Se eu pelo menos conseguisse passar algumas semanas com meus pais, poderia voltar ao meu apartamento e minha vida voltaria ao normal. E meu olho ia parar de tremer.

Eram quase dez horas e não tinha movimento na rua. O ar estava parado e denso. A temperatura tinha caído. Havia algumas estrelas no céu, esforçando-se para brilhar através da leve poluição de Trenton, sem muita sorte.

Alguém estava quicando uma bola de basquete a algumas quadras. Os aparelhos de ar-condicionado zuniam e um grilo solitário cantava no quintal ao lado.

Ouvi o ronco de uma motocicleta e achei que haveria uma chance remota de saber quem era o motoqueiro. O som era hipnotizante. Não um grunhido retumbante. Era um som de foguete de duas rodas. A moto se aproximou e eu finalmente vi a silhueta sob a luz da rua no fim da quadra. Era a Ducati. Só velocidade, agilidade sexy italiana. Moto perfeita para Morelli.

Ele encostou no meio-fio e tirou o capacete. Estava de jeans, bota e uma camiseta preta e parecia o tipo de homem com quem uma mulher precisa se preocupar. Armou o descanso e veio caminhando até mim.

— Bela noite para se sentar ao ar livre — disse ele.

Eu me lembrei do dia em que estava no acampamento de bandeirantes e me sentei perto demais da fogueira, e minhas botas começaram a pegar fogo.

— Achei que você gostaria de saber como foi o interrogatório.

Eu me inclinei à frente, ávida de curiosidade. Claro que eu queria saber!

— Foi um sururu total — disse Morelli. — Nunca vi tanta gente tão ansiosa para incriminar uns aos outros. No fim das contas, Leo Glick tem uma ficha de um quilômetro de comprimento. Ele cresceu em Detroit, trabalhando para a família Angio. Era capanga executor. Vinte anos atrás, ele decidiu que estava ficando velho demais para fazer trabalho braçal, então, passou a ser aprendiz de um falsário que tinha conhecido na prisão. O falsário, Joe Costa, tinha um conjunto de prensas muito boas. Leo passou três anos com Costa, aprendendo o ofício e, um dia, Costa foi morto. Leo não sabe como isso aconteceu.

Eu revirei os olhos.

— É — disse Morelli. — É o que eu também acho. De qualquer forma, Leo e Betty deixaram Detroit e se mudaram para Trenton e, depois de alguns anos, montaram uma loja.

— Leo conhecia Nathan Russo de Detroit. Nathan era cobrador dos Angios. Leo fez Nathan se mudar e passar a fazer a lavagem de dinheiro pra ele. Foi tudo bem engenhoso. Nathan tem

um negócio de tinturaria. Betty era a intermediária e fazia todas as trocas na lavanderia. Tudo muito limpo.
– Isso é terrível.
Morelli sorriu.
– E quanto à Maxine? – perguntei.
– Maxine estava apaixonada por Kuntz, mas Kuntz é um verdadeiro escroto. Bate em mulher. Maxine não é a primeira. E abusa delas de outras formas também. Ficava dizendo a Maxine que ela era idiota.
– Então, um dia, eles tiveram uma briga muito feia e Maxine saiu com o carro de Kuntz. Kuntz pensou em dar-lhe uma lição, prestou queixa e ela foi presa. Maxine pagou a fiança e saiu furiosa. Ela voltou a Kuntz e fingiu ser amável, mas o que ela queria mesmo era dar o troco. Kuntz estava se gabando do grande gângster que ele é e como está tocando o negócio de falsificação. Maxine o convence de mostrar as prensas e Eddie, com seu cérebro de formiga, vai até a porta ao lado quando Leo e Betty estão no supermercado e pega as prensas, o livro de contabilidade e uma mochila de notas de vinte. Depois, Maxine dá uma bela trepada com ele, espera ele ir para o chuveiro e está preparada para o segundo round, zarpando e levando tudo.
– Maxine é foda.
– Sim – diz Morelli. – Maxine é decididamente foda. No começo, era para ser apenas um jogo de vingança. Você sabe, fazer Kuntz suar. Mandá-lo numa busca infernal ao tesouro. Mas Leo descobre a respeito e sai à procura de Maxine, ao estilo Detroit. Ele interroga Margie e a mãe de Maxine, e elas não sabem nada de nada.
– Mesmo depois que ele a encoraja, decepando um pedaço de seus corpos.
– É. Leo não é muito bom para analisar personalidades. Ele não sabe que não se pode tirar sangue de pedra. De qualquer forma, quando Maxine descobre sobre o dedo e a escalpelação, ela fica revoltada e decide ignorar a mãe e Margie e sair em busca do ouro.

"A essa altura, ela já vasculhou os livros de contabilidade e sabe que está lidando com Leo. Ela liga pra ele e dá suas condições. Um milhão, em dinheiro real, em troca das prensas e dos livros de contabilidade."

– Leo tinha essa quantia?
– Aparentemente. É claro que Maxine está negando a parte da extorsão.
– Onde está o milhão? Morelli parecia realmente gostar dessa parte.
– Ninguém sabe. Acho que está fora do país. É possível que a única acusação que vá recair sobre qualquer um deles seja o roubo original do carro e o não comparecimento de Maxine ao tribunal. Na verdade, não há qualquer prova de extorsão.
– E quanto ao sequestro de Eddie Kuntz?
– Não houve queixa registrada. Se você tivesse "pinto de lápis" tatuado na bunda, iria à público? Além disso, a maioria daquelas tatuagens não era permanente. Na primeira noite em que Maxine raptou Eddie, ela o trancou num quarto com uma garrafa de gim. Ele ficou totalmente bêbado e desmaiou e, quando acordou, era o sr. Tatuado.

Eu estava olhando a Duc, pensando que era muito maneira e que, se eu tivesse uma, seria fodona.

Morelli cutucou meu joelho com o seu.

– Quer dar uma volta?

Claro que eu queria dar uma volta. Estava morrendo pra colocar minhas pernas em volta daqueles 109 cavalos e sentir a aceleração.

– Posso pilotar? – perguntei.
– Não.
– Por que não?
– Porque é *minha* moto.
– Se eu tivesse uma Ducati, eu te deixaria pilotar.
– Se você tivesse uma Ducati, provavelmente nem falaria com um caído como eu.

– Lembra quando eu tinha seis anos e você, oito, e você me convenceu de brincar de trenzinho na garagem do seu pai?

Os olhos de Morelli se estreitaram.

– Nós não vamos falar disso outra vez, não é?

– Eu nunca podia ser o trem. Você era sempre o trenzinho e eu sempre era o túnel.

– Eu tinha equipamento melhor de trem.

– Você me deve.

– Eu tinha oito anos!

– E quando eu tinha dezesseis, e você me seduziu atrás da vitrine de éclair, na confeitaria?

– O que é que tem?

– Eu nem pude ficar em cima. Só fiquei embaixo.

– Isso foi totalmente diferente.

– Não tem diferença nenhuma! É a mesma coisa!

– Jesus – disse Morelli. – Suba na maldita moto.

– Você vai me deixar pilotar, certo?

– Tá, você vai pilotar.

Eu passei a mão na moto. Lisa, linda e vermelha.

Morelli tinha um segundo capacete amarrado à garupa. Ele abriu o extensor e me deu o capacete.

– Parece uma pena cobrir todos esses lindos cachos.

Eu pus o capacete.

– Tarde demais para lisonjas.

Fazia um bom tempo que eu tinha dirigido uma moto. Eu me acomodei na Duc e dei uma olhada nas coisas.

Morelli se sentou atrás de mim.

– Você sabe pilotar, certo?

Eu liguei o motor. – Certo.

– E tem carteira?

– Tirei carteira quando era casada com o Dickie. Mantive em dia.

Ele me segurou pela cintura.

– Isso vai igualar o placar.

– Nem de perto.
– Totalmente – disse ele. – Na verdade, dessa vez vai ser tão bom, que você é quem vai ficar me devendo quando acabar.
Ai meu Deus.

Impressão e Acabamento:
GRÁFICA STAMPPA LTDA.
Rua João Santana, 44 - Ramos - RJ